DER TOTE IN DER HOCHZEITSTORTE

CPI
Mehr Bäume.
Weniger CO_2.
www.cpi-print.de/umwelt

FSC
www.fsc.org
MIX
Papier aus verantwortungsvollen Quellen
FSC® C083411

Thomas Brezina:
Knickerbocker-Bande 4immer
Der Tote in der Hochzeitstorte

www.edition-a.at

Cover: Pablo Tambuscio
Satz: Lucas Reisigl

Gesetzt in der Premiera
Gedruckt in Deutschland

1 2 3 4 5 — 24 23 22 21 20

ISBN 978-3-99001-410-3

THOMAS BREZINA

DER TOTE IN DER HOCHZEITSTORTE

KNICKERBOCKER-BANDE
FREUNDE FÜRS LEBEN

DER JUBILÄUMSFALL

edition a

PLÄNE

Es war alles genau geplant.

Die Hochzeit.
Das Geständnis und die Enthüllung.
Der Mord.

Aber wie heißt es so schön?
Erstens kommt es anders,
zweitens als man denkt.

MONTAG
9. NOVEMBER

DER TERMIN

Poppi musste sich setzen.

»Wann wollt ihr heiraten?«

»Am 21. November.«

Pause.

»Lilo, kein Mensch heiratet am 21. November.«

»Wir schon.«

Pause.

»Mein Geburtstermin ist für den 6. Dezember berechnet. Eure Hochzeit wäre nur eine Woche davor.«

»Zwei Wochen.«

»Aber das Baby könnte früher kommen.«

»Das Baby hat sicher Einsehen und will eher später als früher zur Welt kommen. Du wirst meine Trauzeugin sein, Poppi, da fährt die Eisenbahn darüber.«

Wie konnte Poppi Lilo nur zur Vernunft bringen? Wieder entstand eine Pause am Telefon und Lilo machte sich keine Mühe, sie mit Worten zu füllen.

»Lilo, ich sehe jetzt bereits aus wie ein Osterei auf Beinen. Zwei Wochen vor der Geburt werde ich nur noch Bauch sein und sonst nichts. In mein blaues Kleid, das ich mir für die Hochzeit gekauft habe, passe ich ohnehin nicht hinein. Ich müsste Jogginghosen anziehen oder ein Zelt.«

»Alles kein Problem. Du wirst trotzdem wunderschön sein.«

Poppi hatte ihre Freundin in den vielen Jahren schon einige Male stur erlebt. So starrsinnig aber war sie noch nie gewesen.

»Es wird nebelig auf dem Berg sein und kalt«, gab sie zu bedenken.

»Wir halten uns ohnehin nur im Hotel auf. Um diese Jahreszeit sind dort keine Gäste und wir haben es für uns allein.«

»Es ist also dein voller Ernst und ich werde dich nicht davon abbringen können?«

»Genau so ist es. Wir haben die Hochzeit vom Frühjahr in den Sommer verschieben müssen und dann in den Frühling des nächsten Jahres. Aber ich will einfach nicht so lange warten.«

»Die Absage im Frühling war Pech«, gestand Poppi ein. »Aber ihr wart nicht die Einzigen. Wegen der Corona-Krise mussten viele Hochzeiten verschoben werden.«

»Poppi, spare dir deine Kräfte. Mein Entschluss steht fest. Und du weißt, wieso wir nicht im Sommer geheiratet haben.«

Ja, das wusste Poppi genau. Die ersten fünf Monate ihrer Schwangerschaft waren nicht einfach verlaufen. Sie hatte viel Zeit im Bett verbracht, weil die Ärztin ihr strikte Schonung verschrieben hatte.

Poppi hatte die Hoffnung, schwanger zu werden, schon vor Jahren aufgegeben. Deshalb war die Vorfreude auf ihr Kind jetzt umso größer. Die Blutungen in den ersten Schwangerschaftswochen hatten ihr Sorgen bereitet und so hatte sie alle Anweisungen der Ärztin ohne Widerspruch befolgt.

Poppis Geburtstermin rückte näher und näher. Außer Kreuzschmerzen und geschwollenen Beinen hatte sie aber glücklicherweise keine weiteren Beschwerden gehabt. Die Gynäkologin war sehr zufrieden und Poppi musste schon lange nicht mehr das Bett hüten.

Lilos Ankündigung der Hochzeit war völlig überraschend gekommen. Poppi hatte sich gerade einen Kräutertee zubereitet, den ihr die Gynäkologin empfohlen hatte, als ihr Handy klingelte und sie Lilos Stimme hörte.

»Habt ihr über diese Vorverlegung schon länger nachgedacht?«, wollte Poppi wissen.

»Axel weiß nichts davon. Ich sage es ihm, wenn er zurückkommt. Er hat Fußballtraining mit seinem Spezial-Team.«

Poppi atmete tief durch. »Und was ist, wenn Axel den Termin gar nicht vorverlegen will?«

»Ihm ist alles recht. Das weiß ich. Ihm ist nur wichtig, dass ihr dabei seid und Dominik sein Trauzeuge ist. Aber sonst ist er kein Mann von großen Feiern. Du kennst ihn.«

Ja, Poppi kannte Axel seit Kindheitstagen. Nach der Schule waren sie getrennte Wege gegangen und hatten erst als Erwachsene vor dreieinhalb Jahren wieder zusammengefunden. Seit ihrer Wiedervereinigung aber war die Knickerbocker-Bande, wie sie seit der Schulzeit genannt worden war, mindestens so verbunden wie früher. Sie hatten auch zwei neue Fälle gelöst. Bei einem hätte Dominik fast sein Leben verloren. Aus einem Treffen in London waren die schlimmsten Stunden geworden, die sie sich vorstellen konnten. Das lag nun auch schon wieder fast 18 Monate zurück. Danach hatten sie einander nur per Skype gehört und gesehen.

Es gab für Poppi eine letzte Hoffnung. »Dominik kann sicher nicht so kurzfristig kommen.« Er spielte in einer neuen TV-Serie, die in Toronto gedreht wurde und hatte damit riesigen Erfolg. Seine Rolle war ausgebaut worden und seine Drehtage verdoppelt, wie er beim letzten Skype-Treffen stolz verkündet hatte.

»Ich habe ihn gleich als Ersten angerufen. Er hat rund um dieses Datum zehn Tage drehfrei und freut sich sehr, nach Österreich zu kommen«, entgegnete Lilo.

Poppi sank in sich zusammen. Die Hochzeit Ende November hoch oben in den Tiroler Bergen war also eine ausgemachte Sache.

Lilo hatte bereits Zimmer und ein Hochzeitsessen in einem Hotel gebucht. »Es heißt *Alpenschlössel* und ich schlage vor, alle reisen individuell an. Das ist einfacher. Ich habe in zehn Minuten ein Gespräch mit Veronika Wunderer vereinbart, der Besitzerin, um die Details für die Hochzeit abzustimmen.«

»Also gut, dann bis zum 21. November.« Poppi klang mehr geschlagen als begeistert.

»Anreise eher schon am 19. Oder spätestens am 20. November«, erklärte Lilo. »Abreise frühestens Sonntag, den 22., am Nachmittag. Ihr werdet doch alle zum Feiern bleiben. Wird Zeit, dass die Bande endlich wieder einmal zusammen ist.«

»Wenn Klaus zum Wochenenddienst eingeteilt ist, wird er nicht mitkommen können.«

»Eure Hunde- und Katzenpatienten können doch ein Wochenende von euren Tierarzt-Kollegen versorgt werden«, brauste Lilo auf.

»So einfach ist das nicht, und außerdem ...«

Weiter kam Poppi nicht. Lilo verabschiedete sich hastig, weil sie einen anderen Anruf bekam, den sie annehmen musste.

»Blödes Corona«, brummte Poppi nach dem Auflegen. Es gab Momente, da tat ihr das Baby fast leid. In welche Welt wurde es da hineingeboren? Sie rieb sich kreisförmig über den prallen Bauch. »Keine Sorge, wir werden dir alles geben, damit du ein glücklicher Mensch wirst. So schlimm ist die Welt gar nicht. Du wirst schon sehen.«

Das Aufstehen vom Hocker war für die hochschwangere Poppi eine Anstrengung. In dem leicht watschelnden Gang, mit dem sie sich seit einiger Zeit fortbewegte, ging sie in ihr Arbeitszimmer und setzte sich an den Laptop. Was konnte Lilo bewogen haben, in zwei Wochen zu heiraten?

Poppi googelte Hinweise auf einen Neuausbruch des Coronavirus. Es gab Gerüchte und neue Verschwörungstheorien, Berichte über eine neue Behandlungsmethode, aber keine akute Warnung oder Meldung. Sie konnte sich auch täuschen, aber irgendwie wurde Poppi das Gefühl nicht los, Lilo hatte ihr etwas verschwiegen. Es musste einen Grund für die plötzliche Hochzeit geben. Aber welcher könnte das sein? Hatte Lilo auf einmal die Angst überkommen, Axel könnte sie verlassen?

Nein, das war nicht möglich. Nach Lilos Erzählungen in den letzten Gesprächen wirkte ihre Beziehung sehr solide und harmonisch.

Vielleicht war es einfach nur Lilos Dickkopf, dachte Poppi. Wenn sie sich etwas einbildete, musste es geschehen. So war das immer schon gewesen. Als Erwachsene war es bei Lilo nur noch schlimmer geworden.

DIE E-MAIL

Von: Dominik Kascha

An: Lilo Schroll, Axel Klingmeier, Poppi Reder

Betreff: Hochzeit

Hallo ihr drei,

hier meldet sich Nummer vier.

Die frohe Kunde der bevorstehenden Hochzeit ist bis nach Kanada gedrungen. Was für eine Überraschung. Allerdings halte ich Lilos Idee für nachvollziehbar. Besser jetzt, als dann im Frühling nächsten Jahres womöglich wieder nicht.

Der Termin trifft sich wunderbar mit meiner Drehpause. Es ist mir eine Ehre, Axels Trauzeuge zu sein und ich würde niemals auf diese Auszeichnung verzichten.

Es rührt mich sehr, wenn ich überlege, wie lange es gedauert hat, bis Lilo und Axel endlich erkannt haben, was viele andere immer schon gewusst hatten. Doch wie heißt es so schön: Gut Ding braucht Weile.

Es ist schon wieder so viel Zeit vergangen, seit wir uns das letzte Mal gesehen haben. Die Rolle im neuen *James Bond* habe ich damals nicht bekommen, aber der Caspar Jones in *Fools Unlimited* ist mir ohnehin lieber. Es wurde schon eine zweite und eine dritte Staffel in Auftrag gegeben. Das bedeutet, ich werde die nächsten beiden Jahre in Toronto verbringen.

Viel hat sich in meinem Leben getan. Ich wollte euch manchmal darüber bei unseren Skype-Treffen erzählen, aber nie erschien mir der Moment richtig.

Darum freue ich mich so sehr auf das Wiedersehen. Meine Neuigkeiten möchte ich euch mitteilen, wenn wir einander von Angesicht zu Angesicht gegenübersitzen. Vorweg: Eine Hochzeit ist auch für mich in greifbare Nähe gerückt und Nachwuchs gibt es auch.

Außerdem wird es Zeit, dass ich …

Dominik nahm die Hände von der Tastatur des Laptops, lehnte sich im Sessel zurück und blickte zur Decke.

Es wurde an die Tür seines Trailers geklopft.

»Ja, was gibt's?«, fragte er.

»In zehn Minuten Szene 010947«, rief die Set-Runnerin von draußen. Ihre Aufgabe war es, die verschiedenen Schauspielerinnen und Schauspieler rechtzeitig ins Studio zu bekommen, was mit dem Hüten eines Sackes voller Flöhe zu vergleichen war.

»Komme gleich!«, rief Dominik. Er überflog die E-Mail und verzog das Gesicht. Axel würde seine Ausdrucksweise wieder als »kariertes Quatschen« bezeichnen. Außerdem würden Dominiks Andeutungen bestimmt zahlreiche Anrufe und E-Mails der neugierigen Poppi zur Folge haben. Wollte er jetzt schon mehr verraten?

Pflichtbewusst griff Dominik nach seinem iPad, öffnete es und tippte auf das Manuskript, das er in einer speziellen App für Serienschauspieler gespeichert hatte. Er gab die Szenennummer ein und sofort erschien sein Text für die Szene. Er hatte ziemlich viel Dialogtext, den er besser noch einmal durchsah.

Zuerst wollte er die E-Mail speichern, später ein wenig überarbeiten und dann absenden. Er entschied sich schließlich aber anders und drückte auf »Löschen«. Seine Freunde mussten sich gedulden. Sie würden alles zeitgerecht erfahren. Beim Gedanken an das Gespräch bekam Dominik leichtes Herzklopfen.

Unsinn, sagte er leise zu sich selbst. Es gab keinen Grund, nervös zu sein.

EINE IDEE

Veronika Wunderer saß in dem engen Büro hinter der Rezeption und starrte auf den Bildschirm des Computers.

Beim Googeln der Schlagworte »besondere Hochzeit« hatte sie ein paar Hunderttausend Einträge gefunden. Sie würde sich später am Abend auf Pinterest alle Boards ansehen, die sich mit diesem Thema beschäftigten. Im Augenblick las sie Erlebnisberichte von jungen Paaren: Was ihnen an ihrer Hochzeit besonders gefallen hatte und was sie sich anders gewünscht hätten.

Wenn sie damit fertig war, würde sie sich auf Youtube Videos von Hochzeitsplanern vornehmen und zur Auflockerung ein paar Videos mit den peinlichsten Hochzeitspannen ansehen.

Veronika streckte sich und sah zum Fenster hinaus. Erst vier Uhr und die Sonne versank schon hinter der Bergkette. Oben auf dem Kamm glänzten die Reste des ersten Schnees, der vor drei Wochen gefallen war.

Auf der Anzeige der Wetterstation, die auf ihrem Schreibtisch stand, konnte sie alle Werte lesen, die von den verschiedenen Messstationen rundum gefunkt wurden.

Temperatur: fünf Grad Celsius auf dem höchsten Gipfel.

Veronika hätte sich null Grad gewünscht und Schneefall. Drei schneearme Winter hatten das Hotel an den Rand des Ruins gebracht. Dazu war im März Corona gekommen und der Skandal um die Infektionen in der Après-Ski-Bar in Ischgl. Sie hatten nicht nur die Saison um einige Wochen früher als geplant beenden müssen, bisher waren für diesen Winter nicht einmal ein Drittel der üblichen Buchungen eingetroffen.

Aber Veronika hatte eine Idee. Wenn ihr Vorhaben gelang, würde sie dem Hotel zu allen Jahreszeiten Gäste bringen, nicht nur Skifahrer im Winter und ein paar Wanderer im Sommer.

Die Bürotür wurde aufgerissen und ihr Vater stapfte herein. Er würdigte sie keines Blickes, sondern steuerte ein Regal an der Wand an, das vom Boden bis zur Decke mit Aktenordnern vollgestopft war.

»Schönen Tag, dir auch, Vater«, grüßte Veronika mit sarkastischem Unterton.

Herr Wunderer drehte nicht einmal den Kopf zu ihr, sondern ließ den Zeigefinger auf den Ordnern von einem Schild zum nächsten gleiten.

»Suchst du etwas?«, fragte Veronika höflich. Sie musste sich sehr beherrschen, nicht loszubrüllen.

»Du hast keine Ahnung, wie üblich«, knurrte ihr Vater. Er war klein und gedrungen und selbst mit ausgestreckten Armen reichten seine Hände nicht bis zu den obersten Regalen. Veronika sah ihm zu, wie er versuchte, sich auf die Zehen zu stellen. Sein Übergewicht und die Steifheit in seinen Gelenken, die viel Alkohol und fettes Essen hervorgebracht hatten, machten sich bemerkbar.

Knurrend zog Herr Wunderer einen Stuhl heran, um ihn als Trittleiter zu verwenden. Seine Beine waren zu kurz und unbeweglich, um hinaufzusteigen.

»Soll ich dir helfen?«, bot Veronika an.

»Den violetten Ordner aus dem vorletzten Fach. Den zweiten von rechts.« Er deutete ihr, sich zu beeilen, hatte sie aber noch immer nicht angesehen.

»Was ist drinnen?« Veronika ging zu ihm und angelte ihn herunter. Sie war fast zwei Köpfe größer als ihr Vater und außerdem gut trainiert.

Herr Wunderer entriss ihr den Ordner. »Ich habe gerade ein gutes Geschäft gemacht. Ohne meine Geschäfte könnten wir schon zusperren, aber zum Glück habe ich vorgesorgt, damit wir uns wenigstens Brot leisten können, wenn es schon für die Butter nicht mehr reicht.«

Veronika betrachtete den Ordner im Arm ihres Vaters prüfend. Sie hatte ihn natürlich dort oben stehen gesehen, aber nie einen Blick hineingeworfen. Der alte Aktenschrank war ein Relikt aus der Zeit, als ihre Eltern das Hotel allein und auf ihre Art geführt hatten. Halbherzig hatten sie die Geschäfte vor zwei Jahren an Veronika übergeben, genau in der Zeit, als die Krise in der ganzen Region beonnen hatte. Es wunderte Veronika nicht, dass die Eltern ihr die Schuld dafür gaben.

»Kann ich erfahren, welches ›Geschäft‹ du gemacht hast?« Sie deutete auf den Computer. »Wenn es sich um Zimmerbuchungen handelt, müsste ich sie in das Reservierungsprogramm eingeben. Wenn es Zahlungen sind, muss ich sie ebenfalls eingeben.«

»Du brauchst gar nichts ›eingeben‹, ich mache das allein. Das Geld siehst du auch nicht, weil es in keine Buchhaltung kommt. Du weißt überhaupt nichts von Geld, hast du verstanden?« Ihr Vater verließ das Büro und knallte die Tür hinter sich zu.

Veronika atmete einmal tief durch und kehrte an den Schreibtisch zurück. Als sie begann, die Angebote eines renommierten Hochzeitsplaners auf seiner Homepage durchzulesen, platzte ihre Mutter herein.

»Weißt du nicht, wie spät es ist?«, fuhr sie Veronika an.

»Ich weiß es, aber wieso ist es wichtig?«

»In einer Stunde kommt die Lady. Was ist mit ihrem Essen?«

Frau Wunderer war so klein wie ihr Mann und wie jeden Tag tadellos frisiert und geschminkt. In ihrem dunkelgrünen Trachtenkostüm sah sie aus, als würde sie im nächsten Moment in der Halle neu angekommene Gäste begrüßen.

»Ich habe Spaghetti mit Crevettensoße und Safran vorbereitet«, erklärte Veronika.

»Die Küche ist dunkel.« Ihre Mutter sah sie mit diesem stechenden, kalten Blick an, den ihre Angestellten früher so sehr gefürchtet hatten.

»Die Soße habe ich schon vor ein paar Tagen gekocht und tiefgefroren.«

»Tiefgefroren? Bist du verrückt? Wenn die Lady das herausfindet, kündigt sie uns womöglich die Abmachung auf.« Ihre Mutter stemmte die Hände in die Seite. »Du hast den ganzen Tag nichts zu tun und wirst es doch wenigstens schaffen, unserem einzigen Restaurantgast ein frisches Abendessen zu kochen.«

»Die Küche ist normalerweise deine Verantwortung«, schnappte Veronika zurück.

»Meine Verantwortung ist es, mit der Bank zu telefonieren und jeden einzelnen unserer Stammgäste anzurufen und anzuflehen, doch wieder zu buchen. Man sollte meinen, das ist genug Arbeit für eine Frau, die längst in Pension sein könnte, aber nicht gehen kann, weil die Nachfolgerin mit einem Bein im Ruin steht.«

Die Eltern konnten es nicht lassen, Veronika mindestens einmal am Tag darauf hinzuweisen, dass sie ihre Tochter für völlig unfähig hielten.

Frau Wunderer trat hinter Veronika und warf einen Blick auf den Bildschirm.

»Hochzeitsplaner? Willst du heiraten? Gibt es vielleicht endlich einen Schwiegersohn für uns?«

»Ich habe euch erklärt, dass ich versuchen will, unser Hotel zu einem beliebten Ort für Hochzeiten in den Bergen zu machen.« Sie schaltete den Computer aus. »Dafür brauche ich so viele Informationen wie möglich, um für die Gäste eine Traumhochzeit gestalten zu können.«

Die einzige Reaktion ihrer Mutter war ein verächtliches Schnauben.

»Die Hochzeit am 21. November ist eine Art Testlauf. Wenn sie gut klappt, dann kann ich Fotos an die Presse schicken und ins Internet stellen. Das wäre für uns kostenlose Werbung.«

Ihre Mutter schüttelte langsam den Kopf. »Meine Güte, Veronika, immer diese Schnapsideen. Wer soll hier bei uns heiraten wollen? Und wieso soll irgendeine Zeitung über die Hochzeit von dieser Frau aus Kitzbühel und ihrem Freund schreiben?«

»Weil Zeitungen, das Fernsehen und viele Internetplattformen schon oft und viel über die zwei berichtet haben. Sie sind ein Teil der ›Knickerbocker-Bande‹. Erinnerst du dich nicht? Als Kinder haben sie einige mysteriöse Dinge aufgedeckt. Voriges Jahr waren die Zeitungen auch wieder voll, als sie einen Internetbetrug aufgedeckt haben.«

»Du rennst da Hirngespinsten nach.« Ihre Mutter machte sich ans Gehen. »Denk nicht, dass du für diese Hochzeit Personal anstellen kannst. Wir eröffnen erst am 1. Dezember. Auf uns brauchst du auch nicht zu zählen. Wir halten von diesem Vorhaben nichts.«

»Ich habe bereits alles geplant«, erwiderte Veronika. »Du brauchst dir keine Sorgen zu machen. Es hat sich eine Praktikantin gemeldet, die gerne kommt. Nur für Kost und Logis. Ich werde sie geringfügig anmelden, damit sie versichert ist, und mit ihr gemeinsam die Hochzeit ausrichten.«

Frau Wunderer schüttelte noch immer den Kopf, als sie das Büro verließ.

Veronika schloss die Augen und redete sich gut zu, weder Mut noch Nerven zu verlieren. Um sich ein wenig aufzuheitern, öffnete sie ihre eigene Homepage, die sie für das *Hochzeitsschlössel* gestaltet hatte. Sie fand sie gelungen. Einfach, aber stilvoll und stimmungsvoll.

»Die besondere Hochzeit in den Bergen« stand in goldenen Buchstaben über einem Werbefoto des Hotels und dem Bild eines Brautpaares, das sich innig umarmt hielt.

Lilo Schroll hatte als Erste auf die Homepage geantwortet. Sie suchte einen guten und originellen Ort, um in Tirol zu heiraten, der kurzfristig verfügbar war. Das *Hochzeitsschlössel* erschien ihr gut geeignet.

Weil ihre Mutter sicherlich schon in der Küche lauerte, um zu kontrollieren, was Veronika für den Gast kochte, machte sich Veronika auf den Weg. Das Gemecker ihrer Mutter würde sonst noch unerträglicher werden.

Als Belohnung dafür, ihre Eltern auch an diesem Tag nicht erwürgt zu haben, würde sich Veronika später am Abend eine Stunde in ihrer kleinen Wohnung gönnen und verschiedene Datingseiten im Internet durchforsten. Sie hatte mehrere Profile angelegt und die kleinen Flirts, auch wenn sie nur online stattfanden, erfrischten sie. Jeden Tag schlug ihr Herz vor Aufregung, wenn sie überprüfte, ob neue Nachrichten für sie eingetroffen waren.

Vielleicht schaffte sie es auf diesem Weg eines Tages, einen Mann zu finden, mit dem sie das Hotel betreiben konnte. Oder noch besser: einen Mann, mit dem sie von hier wegziehen konnte und ein neues Leben beginnen, in dem ihre Eltern nicht mehr vorkamen.

Vor drei Wochen hatte sie Mario auf einer der Datingseiten kennengelernt. Zuerst hatten sie nur kurze Nachrichten ausgetauscht, aber an einem der nächsten Abende wollten sie miteinander reden. Die Datingseite bot einen Service an, bei dem keine Handynummern ausgetauscht werden mussten. Insgeheim hoffte Veronika, Mario würde sogar zu einem Video-Chat bereit sein. Die Fotos in seinem Profil sahen vielversprechend aus. Sie hoffte inständig, dass sie echt waren.

TODESSCHATTEN

Rache war ein Motiv, das Leute zu den grausamsten Taten trieb. Die Rachehandlung konnte zu jeder Zeit und auf jede erdenkliche Weise erfolgen.

Auf diese Weise dachte ein Mensch über den Tod nach.

Der Tod würde sich in einem Moment einstellen, in dem keiner mit ihm rechnete. Wie ein Engel mit schwarzen Schwingen würde er dahinfegen und einen leblosen Körper hinterlassen.

Niemand würde das plötzliche und völlig unerwartete Ableben verstehen können. Keiner würde jemals den wahren Grund für den Todesfall erfahren.

Wer überleben will, braucht Ruhe und Klarheit. In diesem Fall schien die einzige Möglichkeit, zu überleben, gleichzeitig der Tod zu sein. Es gab keinen anderen Ausweg.

Der Plan für den Todesfall lauerte auf dem Berg. Viele Vorbereitungen waren dafür nötig. Außerdem Augenzeugen. Das Sterben machte nur Sinn, wenn viele dabei anwesend waren.

Eine Hochzeit im *Alpenschlössel* erschien als der beste Moment für den Auftritt des Todes.

DIE GÄSTELISTE

»Du hättest sie heute sehen müssen«, rief Axel in der Diele. »Sie haben wirklich alles gegeben. Wir werden die Special Games gewinnen.« Nachdem er seine Jacke aufgehängt und die Sportschuhe weggestellt hatte, stutzte er. Wieso kam ihm niemand entgegen?

»Hallo? Keiner da?«

Axel lauschte in die Stille des Hauses. Was war hier los? Sowohl Lilo als auch Lotta müssten doch zu Hause sein.

Laut rief er noch einmal seine Frage die Treppe hinauf.

»Ich bin hier«, kam es von oben. Am Klang ihrer Stimme konnte Axel erkennen, dass seine Tochter keinen guten Tag hatte. Er lief drei Stufen auf einmal nehmend in den ersten Stock und öffnete die Tür zu ihrem Zimmer.

Lotta saß am Schreibtisch neben dem Fenster über ein Heft gebeugt und schrieb etwas. Sie sah nicht einmal auf, als er eintrat.

»Ist Lilo nicht zu Hause?«, wollte Axel von ihr wissen.

»Zum Glück nicht.«

»Was soll das denn heißen?«

Als Lotta den Kopf hob, fiel Axel die Veränderung auf. Ihr Haar, das sie bisher zu kleinen Zöpfchen geflochten getragen hatte, war offen und gekraust.

»Schicke Frisur«, sagte er.

»Ich hasse Zöpfe!«

»Seit wann? Gestern haben sie dir noch gefallen.«

»Ich hasse Lilo.«

»Stopp!« Axel trat neben Lotta. »Das reicht. In diesem Haus wird nicht gehasst.«

»Mir egal.«

Axel ließ sich auf Lottas Bettkante sinken, um ihr in die Augen sehen zu können. »Lass mich raten: Lilo hat darauf bestanden, dass du deine Hausaufgaben schreibst. Oder sie hat dir den dritten Pudding aus dem Kühlschrank verweigert. Oder sie hat geschimpft, weil du mit matschigen Schuhen ins Haus gelaufen bist. Also, was war es diesmal?«

Lotta starrte ihn finster an. »Alles drei.«

Auch wenn Axel nicht so gut kombinieren konnte wie Lilo, war die Schlussfolgerung nicht schwierig. »Du bist wütend und hast dir deshalb die Zöpfchen aufgemacht, damit du nicht wie Lilo aussiehst.«

»Ich hasse dich auch«, brummte Lotta.

»Weil ich dich durchschaut habe?«

Er bekam keine Antwort.

»Es ist sehr ärgerlich, wenn Erwachsene ausnahmsweise recht haben, nicht wahr?«

»Ich hasse ...«

»Nein, du hasst heute nicht mehr und auch sonst nicht mehr«, fiel ihr Axel ins Wort. »Lotta, reg dich ab. Schreib deine Hausaufgaben, damit deine Lehrerin uns nicht jeden zweiten Tag anruft, weil du sie wieder nicht gebracht hast. Zu viel Pudding macht dick und Lilo ist keine Putzfrau. Daher bleiben die Schuhe, wenn du deine Schlamm-Expedition gemacht hast, in der Garage stehen.«

Von Lotta kam nur ein unverständliches Grummeln.

»Ist Lilo noch einmal weggefahren?«

Axel konnte sich selbst die Antwort auf diese Frage geben. Ihr Geländewagen stand vor dem Haus. Für einen Spaziergang war es zu spät und zu kalt. Also musste Lilo im Haus sein.

»He, Lotta, wo ist Lilo? «

»Sie spinnt heute.«

Normalerweise verlor Axel nur selten die Nerven, aber heute war ein Tag, an dem ihn Lotta wieder einmal aus der Ruhe brachte.

»Das reicht jetzt. So redest du nicht über Lilo! Sie ist wie eine Mutter für dich, wenn nicht noch besser. Sie hatte mit allem recht und ich hätte es genauso gemacht. Wenn du mir keine Antworten geben willst, dann bleib allein in deinem Zimmer. Sobald du mit den Hausaufgaben fertig bist, zeichnest du für Lilo eine Karte zur Entschuldigung.«

Lotta war eine begeisterte und gute Zeichnerin. Axel wollte von ihr eine liebevolle Geste in Lilos Richtung sehen und hielt das für besser als jede Strafe.

Ohne weitere Worte verließ er das Zimmer. Er konnte Lottas Blick im Rücken spüren, kümmerte sich aber nicht darum. Mit Nachdruck schloss er die Zimmertür.

»Lilo? Schatz? Wo bist du?«, rief er den Flur hinunter.

Die Tür zum gemeinsamen Schlafzimmer wurde geöffnet und Lilo trat heraus. »Rufst du schon lange?«

»Eine halbe Stunde«, scherzte Axel.

Lilo lächelte schwach. »Ich habe dich nicht gehört, ich war im Badezimmer.«

»Hast du dich verwöhnt und ein warmes Bad genommen? Erholung von Lottas Frühpubertät?«

»Nein. So schlimm ist das nicht.«

Axel trat zu ihr und wollte sie auf den Mund küssen, aber Lilo drehte den Kopf zur Seite. Sein Kuss ging halb auf ihre Nase. Ein wenig irritiert neigte er sich zurück und sah sie prüfend an. »Stimmt etwas nicht zwischen uns?«

Axel musste an den Sommer des vergangenen Jahres denken. Ihre Beziehung wäre damals beinahe auseinandergegangen. Auch wenn sie sich schließlich wiedergefunden hatten und in Kitzbühel zusammengezogen waren, kämpften sowohl Axel als auch Lilo noch immer mit einer kleinen Unsicherheit bezüglich ihrer Gemeinsamkeiten.

»Nein, nein, alles zu hundert Prozent in Ordnung«, versicherte ihm Lilo. Sie hob entschuldigend die Hand und verschwand wieder im Schlafzimmer. Axel folgte ihr langsam. Er streckte den Kopf durch die Tür, konnte sie aber nicht sehen.

»Lilo?«

»Komme schon.« Sie trat aus dem Bad und kam auf ihn zu. Der frische Geruch von Pfefferminze schlug Axel entgegen und sie küsste ihn. Lilo musste schnell mit Mundwasser gegurgelt haben.

»Mein Team wird immer besser«, begann Axel zu erzählen. »Ich kann die Special Games kaum erwarten.« Nebeneinander gingen sie hinunter in die gemütliche Wohnküche.

»Freut mich sehr für dich.« Lilo öffnete den Kühlschrank und nahm eine flache Backform heraus. »Waren heute alle beim Training?«

»Es fehlt praktisch nie jemand. Sie freuen sich die ganze Woche darauf.« Axel war der Stolz anzumerken. Auf einem

Regal an der Wand standen Fotos von Lilo, Lotta und ihm, die die drei auf Urlaub in Teneriffa, beim Skifahren, auf einer Bergtour und auf ihrer Städtereise nach London zeigten. Daneben gab es ein großes Foto von Axel und seinem Team, aufgenommen am Tag, als sie die Landesmeisterschaft im Special Football gewonnen hatten.

Das Team bestand aus Jungen und Mädchen, die alle eine Behinderung hatten. Es gab Kinder mit Downsyndrom, körperlichen Behinderungen, Sehschwächen und Gehörlosigkeit. Axel mochte sie alle und keine andere Tätigkeit in seinem Leben hatte ihn bisher so sehr erfüllt wie das Training mit dieser Gruppe.

Seit die vier Freunde, die in Kindertagen Knickerbocker-Bande genannt wurden, einen riesigen Internetbetrug aufgedeckt hatten, waren sie alle wohlhabend. Ihre Belohnung lag in Millionenhöhe. Keiner der vier hätte noch arbeiten müssen, aber trotzdem taten es alle.

»Ich bin so froh, keine reichen Leute mehr dafür loben zu müssen, dass sie drei Kniebeugen schaffen, nur damit sie sich nach dem Training beruhigt den Bauch vollstopfen und eine halbe Flasche Wein trinken können«, sagte Axel. Er war Personal Trainer gewesen, verwendete seine Kenntnisse nun aber nur noch für sein Spezial-Team und zwei Seniorengruppen in Altenheimen, die für Axels wöchentliche Trainingseinheiten sehr dankbar waren.

Lilo lächelte Axel liebevoll an. »Die größte Freude für mich ist, zu sehen, wie sehr du in deiner Arbeit aufgehst.«

Das traf zu. Axel hob die Alufolie von der Backform ab. »Fischpastete«, erklärte Lilo.

»Hmmm.« Axel leckte sich die Lippen. »Lotta wird aber weniger begeistert sein.«

»Sie bekommt zwei Mini-Pizzas.« Lilo öffnete das Backrohr, wo die Pizzas schon auf dem Blech lagen. Die Fischpastete kam in das zweite Rohr daneben.

Axel schenkte Mineralwasser ein. Für Lilo gab er ein paar Tropfen Rosensirup ins Glas, für sich selbst nahm er Minzblätter und Gurkenstückchen. Sie prosteten einander zu.

Nachdem er getrunken hatte, legte Axel den Kopf schief. Einfühlungsvermögen war keine seiner Stärken. An diesem Abend aber entging ihm nicht, wie verändert Lilo erschien. Er konnte nur nicht genau festmachen, woran es lag.

»Ist mit dir wirklich alles in Ordnung?«, fragte er nach.

Lilo nickte. »Ich habe heute eine Entscheidung getroffen und hoffe, du bist einverstanden.«

»Kein größeres Haus. Dieses hier reicht uns völlig.« Axel deutete um sich. Die Wohnküche allein hatte die Ausmaße einer Junggesellenwohnung.

Lilo und Axel hatten das Haus kurz nach der Fertigstellung günstig erwerben können. Es lag auf einem Berghang, von dem sie einen prachtvollen Blick über die Dächer von Kitzbühel hatten.

»Wir heiraten am 21. November!«, platzte Lilo heraus.

»November?« Axel war anzumerken, dass ihn die Meldung überrumpelte.

»Ja. Genau, wie du es gerne magst: kleiner Rahmen, kleiner Kreis, aber nicht gewöhnlich«, erklärte Lilo schnell.

»Das ist doch schon das übernächste Wochenende«, fiel Axel ein.

»Stimmt. Aber ich will nicht bis zum Frühling warten. Es gibt da Meldungen über ein neues Coronavirus und … und …«, Lilo suchte nach Worten, was ungewöhnlich für sie war.

»Und was?«

Sie lächelte verlegen. »Und ich will dich einfach wirklich gerne endlich heiraten.«

»Können die anderen so kurzfristig? Dominik hat doch Dreharbeiten.«

»Alles schon arrangiert. Alle kommen.«

»Wo werden wir uns das Jawort geben?«

»In 2.800 Meter Höhe in einem Hotel, das Spezialhochzeiten anbietet. Es gefällt dir bestimmt.« Lilo holte ihr iPad und zeigte Axel die Webseite des *Hochzeitsschlössels*. Er besah sich die Fotos und nickte. »Sieht nicht schlecht aus.«

»Es wird wunderbar werden. Eine Standesbeamtin wird kommen und uns trauen. Zum Glück müssen wir kein neues Aufgebot bestellen, weil unsere andere Hochzeit wegen Corona abgesagt wurde.«

»Ich kenne niemanden, der im November geheiratet hat«, meinte Axel.

»Vielleicht schneit es nächste Woche. Dann wird unsere Hochzeit sicher romantisch.« Lilo strich ihm über die Hand. »Du bist doch einverstanden?«

Axel grinste auf seine jungenhafte Art. »Lilo, habe ich eine andere Wahl?«

Verlegen blickte Lilo zu Boden. »Nein. Eigentlich nicht.«

»Wen laden wir noch ein, außer Poppi und Dominik? Ich nehme an, Poppis Mann Klaus. Und meine Mutter selbstverständlich. Meinen Vater auch, sonst ist er beleidigt.« Axels

Eltern waren seit vielen Jahren geschieden und nicht gut aufeinander zu sprechen.

Lilo stand auf und holte ihr Handy. »Dominiks Eltern nicht, weil er das ablehnt. Ich habe ihn gefragt.«

Sie blickten gleichzeitig auf ein Foto im Regal. Es zeigte Lilo mit ihren Eltern und war vor ungefähr zehn Jahren aufgenommen worden. Herr und Frau Schroll lebten beide nicht mehr. Sie waren bei einem Autounfall ums Leben gekommen. Ein betrunkener Fahrer hatte sie gerammt.

Diesmal nahm Axel Lilos Hand. »Sie hätten sich sehr über unsere Hochzeit gefreut.«

Stumm nickend stimmte Lilo zu.

»Sonst noch jemand, den wir einladen?«, fragte Axel, der das Thema wechseln wollte. Die Erinnerung an ihre Eltern machte Lilo immer traurig. »Herrn und Frau Monowitsch vielleicht?«

»Ich habe sie auch auf meiner Liste«, sagte Lilo. Sie beratschlagten über ein paar andere Verwandte, aber beschlossen am Ende, die Gäste auf ihre beiden Freunde und Eltern zu begrenzen.

»Darf ich nicht kommen?« Lotta stand in der Tür und machte ein verlegenes Gesicht.

»Aber Lotta, was ist denn das für eine Frage.« Lilo winkte sie zu sich.

Lotta streckte ihr eine gefaltete Karte hin. Vorne hatte Lotta Berge gezeichnet, eine orangerote Sonne und einen Mann, eine Frau und ein Mädchen, von denen nur die Silhouetten im Gegenlicht zu sehen waren. »Für dich«, sagte sie.

»Danke, mein Schatz.« Lilo nahm die Karte und betrachtete die Zeichnung bewundernd.

»Steht etwas drinnen.« Lotta deutete ihr, die Karte zu öffnen. In krakeliger Handschrift stand hineingeschrieben: »Ich mag dich! Sehr!« Das »sehr« war unterstrichen und daneben noch ein Herz gemalt. Sogar unterschrieben hatte Lotta.

Axel breitete die Arme aus. »Kommt zu mir, meine beiden Herzensdamen.« Er drückte sie und fühlte sich sehr glücklich.

Die Hochzeit in zwei Wochen fand er überstürzt. Er freute sich auch nicht wirklich darauf. Axel wollte Lilo schon lange gerne das Jawort geben, aber Ort und Jahreszeit kamen ihm unpassend vor. Aus langer Erfahrung wusste er allerdings, wie sinnlos es war, Lilo etwas auszureden. Sie war nicht nur das Superhirn der Bande gewesen (und war es wahrscheinlich immer noch), sondern auch der größte Sturkopf, den er kannte.

»Ich muss meinen Anzug probieren«, verkündete er. »Seit wir ihn gekauft haben, habe ich viel Krafttraining gemacht.« Er deutete auf seine muskulösen Oberarme.

»Keine Sorge«, beruhigte ihn Lilo. »Es ist noch genug Zeit, ihn ändern zu lassen.«

FREITAG
13. NOVEMBER

DIE LIEFERUNG

Raoul vertraute auf einen einzigen Menschen und das war er selbst. Er arbeitete allein, er lebte allein und er würde niemals im Leben eine Partnerschaft eingehen, weder beruflich, noch privat.

Er war immer schon so gewesen, sogar als kleines Kind. Im Schulhof war er in den Pausen immer abseitsgestanden. In der Klasse hatte er nichts unversucht gelassen, um allein in einer Bank zu sitzen. Seine freundliche Grundschullehrerin hatte ein Mädchen namens Isobel zu ihm gesetzt, in der Hoffnung, sie könnte ihn ein wenig aus der Reserve locken. Um Isobel loszuwerden, hatte Raoul sie mit frisch gespitzten Bleistiften gestochen, gezwickt und ihre Hefte versteckt. Bald hatte Isobels Mutter darauf bestanden, dass ihre Tochter einen anderen Platz bekam und er hatte wieder den ganzen Tisch für sich allein gehabt.

Das Studium der Pharmazie absolvierte Raoul im Rekordtempo. Auch an der Uni hatte er alle Kontakte vermieden, immer allein gelernt und Gruppenarbeiten, wie sie von einigen Professoren vorgeschlagen wurden, grundsätzlich abgelehnt.

Das Lernen war ihm leichtgefallen und deshalb hatte er nach seinem Master der Pharmazie noch ein Studium der Medizin angehängt. Er promovierte in der Mindestzeit. Die Ausbildung zum Facharzt für Mikrobiologie, Virologie und Infektionsepidemiologie machte Raoul an einem darauf spezialisierten Krankenhaus in Chicago. Danach unternahm er mehrere Fortbildungen auf eigene Faust und an

Instituten, die unter strengster Geheimhaltung im Verborgenen arbeiteten.

Covid-19 hatte Raoul mit großem Interesse verfolgt. Er hatte mittlerweile sein eigenes kleines Institut, das von ihm allein geführt wurde. Während die meisten Virologen der Welt an einem Medikament und einem Impfstoff arbeiteten, tat Raoul das Gegenteil. Er intensivierte seine Forschungen an neuen Viren, die wie Covid-19 die Welt lahmlegen konnten.

Natürlich wusste er, dass so etwas als »biologischer Kampfstoff« bezeichnet werden konnte . Ihm war auch klar, welche fürchterlichen Folgen ein künstliches Virus haben konnte, wenn es in falsche Hände geriet. Raoul plante weder einen Verkauf noch eine weltweite Erpressung. Wichtig war ihm nur ein Gefühl von Macht. Er wollte spüren, dass er die ganze Erde in der Hand haben konnte.

Seine Experimente waren bisher recht erfolgreich verlaufen. Ebenso die Entwicklung eines Impfstoffes gegen sein Virus. Wenn er es schaffte, seine Forschungen rechtzeitig zu beenden, könnte er sich überlegen, zu einem tödlichen Schlag gegen die Menschheit auszuholen. Die Möglichkeit allein reichte ihm.

Die Pharmazie und die Virologie würden ihm helfen, sich selbst ein Denkmal des Schreckens zu setzen. Auf diese beiden Fachrichtungen führte Raoul es zurück, dass sein Körper im Mutterleib verunstaltet wurde und sein Herz so sehr beschädigt wurde, dass seine Lebenserwartung von Ärzten zuerst auf wenige Jahre geschätzt worden war.

Seine leibliche Mutter hatte ihn deshalb einfach im Krankenhaus gelassen und war verschwunden. Die Pflegefamilie, die ihn aus Mitleid aufgenommen hatte, rechnete es ihrer Fürsorge an, dass er das Erwachsenenalter erreicht hatte und die Ärzte sich eingestehen mussten, eine Fehleinschätzung getroffen zu haben.

Trotzdem wusste Raoul um den Zustand seines Herzens Bescheid. Er könnte sich jederzeit rapide verschlimmern und dann wären seine Tage gezählt.

Jeder Tag war für Raoul kostbar. Da er alleine arbeitete, musste er Teile seiner Forschungen an andere Labore abgeben, um Zeit zu gewinnen. Wie er arbeiteten auch diese Labore nicht immer im Bereich des Legalen.

Diese Subaufträge musste er finanzieren, genauso wie seine Ausrüstung. Er brauchte dafür Millionen und hatte eine Möglichkeit gefunden, dieses Geld auf schnellstem Wege zu verdienen.

Gift war seine Ware. Natürlich handelte es sich nicht um erlaubte Gifte, sondern um jene Arten von Giften, die dringend gewünscht, aber illegal waren: Gifte, die Schädlinge auf Avocadoplantagen in Südamerika vernichteten, Gifte zur Beseitigung von Staren, diesen lästigen Vögeln, die Oliven- und Weintraubenernten vernichteten oder Gifte, die Fischereigebiete zerstörten, ohne nachgewiesen werden zu können. Die Herstellung solcher Substanzen war Raouls Spezialität.

Es erfüllte ihn mit Befriedigung, zu wissen, dass die sprunghafte Preissteigerung bei einigen Meeresfischen auf die Verbreitung von Substanzen aus seinem Labor zurückzuführen war. Es war am Markt bereits zu einer Verknappung von Dorsch und Kabeljau gekommen.

An diesem nebeligen Novembertag lieferte Raoul ein Gift, wie er es noch nie zuvor hergestellt hatte. Es war eine Premiere, eine neue Herausforderung, wie er sie schätzte. Das Gift war für einen Selbstmord bestimmt, der das Leben der betreffenden Person retten sollte. So widersprüchlich das klang, so sinnvoll erschien der Plan, der dahinter steckte.

Wer sein Auftraggeber oder seine Auftraggeberin war, wusste Raoul nicht. Die Bestellung war über eine der zahlreichen Webseiten abgewickelt worden, die er im Darknet betrieb. Abigor nannte er sich dort, ein Deckname, der beschrieb, wie er sich sehen wollte. Allerdings glaubte er nicht, dass jemand die Bedeutung des Namens schon einmal nachgeschlagen hatte.

Der Handel hatte klare Regeln. Der Kaufpreis war auf ein Konto in einem Steuerparadies der Südsee zu transferieren. Eine Hälfte musste vor der Hinterlegung des Giftes überwiesen werden. Die zweite Hälfte war fällig, wenn der Besteller das Gift übernommen hatte. Erst nach Erhalt des gesamten Betrags teilte Raoul den Code mit, mit dem der gelieferte Behälter geöffnet werden konnte. Raouls Anweisung an seine Kunden lautete, das Gift frühestens drei Tage danach einzusetzen.

Der Grund dafür war die Gefährlichkeit der Stoffe. Wie beim Umgang mit Giftschlangen war es ratsam, das Gegengift in der Nähe zu haben. Dieses Gegengift aber gab es nur, wenn der volle Kaufbetrag bereits bezahlt worden war und eine Extrazahlung von weiteren vierzig Prozent erfolgte. Das war Erpressung, aber keiner seiner Besteller würde zur Polizei gehen.

Zwei von Raouls Kunden hatten sich für besonders schlau gehalten und beschlossen, auf das Gegengift zu verzichten. Beide starben innerhalb von Stunden, nachdem sie die bestellte Ware eingesetzt hatten.

Grundsätzlich akzeptierte Raoul von seinen Kunden keine Vorschläge für den Ort der Übergabe. Er bestimmte die Spielregeln. Die Leute bekamen Anweisung, von wo sie die Ware abholen konnten.

Die Lieferung ging diesmal nach Tirol und hier kannte Raoul einen Übergabeort in den Alpen, den er aus mehreren Gründen wählte: Erstens war er sehr sicher, zweitens bot ihm die Anreise ein gewisses Vergnügen und drittens hatte Raoul eine Schwäche für hohe Berge. Es war seine einzige Schwäche.

Das Vergnügen bestand für ihn darin, auf seinem Motorrad die kurvige Bergstraße hinaufzufahren. Der Novembernebel blieb wie eine dicke Decke unter ihm im Tal hängen. Auf dem Berg schien die Sonne.

Das Ziel war ein Würfel aus verspiegeltem Glas, in dem ein kleines Restaurant untergebracht war. Zu dieser Jahreszeit hatte es keinen Betrieb.

Nachdem Raoul das Motorrad abgestellt hatte, holte er eine Drohne aus der Transportbox hinter dem Sitz. Er öffnete sein Handy und tippte auf eine App. So konnte er die Drohne vom Handy aus steuern und die Bilder sehen, die sie lieferte.

Die Drohne besaß eine Infrarotkamera, die ihm anzeigte, ob sich irgendwo in der Umgebung Menschen versteckten. Mehrere Male ließ er die Drohne über dem Gipfelplateau kreisen, bis er Gewissheit hatte, allein zu sein. Die einzigen Lebewesen, die die Drohne zeigte, waren zwei Gämsen, die beim Lärm des Flugkörpers aus ihrem Versteck unter einem Felsvorsprung sprangen und die Flucht ergriffen.

Auf dem Handy schaltete Raoul zur zweiten Funktion der Drohne: Sie konnte nun Kameras aufspüren. Aber auch dieser Rundflug blieb ohne Ergebnis. Er war unbeobachtet.

Nachdem er die Drohne wieder weggepackt hatte, marschierte Raoul auf den spiegelnden Würfel zu. Er stand auf einer Ecke, was ihn noch spektakulärer aussehen ließ, fast wie das Spielzeug eines Riesen, das hier auf den Gipfel geworfen worden war.

Raoul betrachtete sich in der Spiegelung der Würfelwände. Er war froh, dass das Visier des Helms sein Gesicht verdeckte. Die Lähmung des Gesichtsnervs auf einer Seite ließ Mundwinkel und Auge hängen. Es waren die letzten Folgen der Infektion, die er als Baby erlitten hatte.

Unter der Jacke zog er eine kleine Metallkassette hervor. Sie war mit einem Zahlenschloss versperrt, dessen Code er später nach Erhalt des Geldes preisgeben würde. Er hob das Gitter des Schuhabstreifers vor dem Eingang und hinterlegte die flache Kassette in einer Aussparung an der Seite. Danach kehrte er zu seinem Motorrad zurück.

Niemand würde jemals erfahren, wer der Erzeuger dieser Gifte war. Raoul hatte es immer geschafft, unerkannt zu bleiben. Es gab keine Möglichkeit, eine Spur zu ihm zurückzuverfolgen. Sobald er in sein Labor zurückgekehrt war, würde er den Besteller, den er gerade beliefert hatte, über die Notwendigkeit des Gegenmittels informieren. Es war in diesem Fall von noch größerer Wichtigkeit als sonst, weil sonst aus einem lebensrettenden Selbstmord ein bedauerlicher Todesfall werden konnte.

Sein Handy meldete eine neue Nachricht. Die zweite Hälfte seines Honorars war soeben auf seinem Konto eingegangen. Raoul blickte sich prüfend nach allen Seiten um. Wieso wusste der Besteller, dass die Ware hinterlegt war? Er sah hinüber zu den Gipfeln der anderen Berge und ihm kam der Verdacht, es könnte ihn jemand mit einem sehr starken Fernrohr beobachten.

Egal, dachte er. Die Nummerntafel seines Motorrades war aus dieser Entfernung sicherlich nicht zu lesen und von ihm selbst war nur der Lederanzug und der Helm zu sehen. Weil er gute Laune hatte, schickte er über einen verschlüsselten Kanal den Nummerncode für die Schatulle mit dem Gift. Wie immer fügte er die Warnung an, das Gift frühestens in drei Tagen einzusetzen.

Es war Zeit, die Rückfahrt anzutreten. Raoul stieg auf das Motorrad, ließ den Motor an und sog noch einmal das traumhafte Bergpanorama mit den Augen ein. Er konnte sich an den schroffen Felsen, den schneebedeckten Kuppen und dem Licht der untergehenden Sonne nicht sattsehen.

Schließlich riss er sich von dem Anblick los und fuhr die Bergstraße hinunter. Ihn überkam eine Fröhlichkeit, die ihm sonst unbekannt war. Raoul legte sich in die Kurven und genoss es, die Fliehkraft zu spüren. Die Waghalsigkeit versetzte ihm einen anregenden Nervenkitzel.

Die nächste Rechtskurve tauchte vor ihm auf und Raoul senkte den Kopf wie ein angriffslustiger Stier. Er lenkte, das Motorrad gehorchte zuerst, rutschte dann aber seitlich unter ihm davon. Wasser rann über die Fahrbahn. Die Reifen schlitterten wie auf Eis. Raoul zog die Bremsen und versuchte, durch Verlagern seines Körpergewichts das Motorrad wieder unter Kontrolle zu bekommen. Die schwere Maschine raste unerbittlich auf die Leitplanke zu. Die Wucht des Zusammenstoßes schleuderte Raoul über die Planke. Dahinter fiel der Fels senkrecht in die Tiefe.

Für Bruchteile von Sekunden schien die Welt stillzustehen. Alle Geräusche verstummten. Dann zog ihn die Schwerkraft nach unten. Er strampelte. Aus der Felswand ragten kleine Bergkiefern, deren Wurzeln fest in den Felsspalten verwachsen waren. Raoul versuchte, eine davon zu fassen zu bekommen.

Der Sturz endete mit einem Aufschlag, der seinen Körper in einen einzigen glühenden Schmerz verwandelte.

LADY ROSS

»In einer Woche ist es also so weit.«

Veronika, die gerade Suppe aus einer kleinen Terrine in den Teller schöpfte, hielt inne und sah in die stark geschminkten Augen ihres Gastes. Lady Ross besaß einen hypnotisierenden Blick, der immer Veronikas Zunge lockerte, selbst, wenn sie nichts erzählen wollte.

»Ja, heute in einer Woche kommen die Hochzeitsgäste. Vielleicht reisen sie sogar schon am Donnerstag an.«

Lady Ross riss die Arme auseinander und schlug Veronika dabei fast die Suppenschüssel aus den Händen. »Was für eine entzückende Idee, das Hotel in ein Hochzeitsschlösschen zu verwandeln.«

Zum Glück konnte Veronika die Terrine samt Inhalt retten und auf den Tisch zurückstellen.

»Verzeihen Sie, Kindchen, aber meine Begeisterung über Ihren Plan ist mit mir durchgegangen.« Die Lady deutete in den kleinen Speisesaal im Tiroler Stil. Ihre Finger flatterten dabei wie dünne Insekten. »Das hier ist genau der richtige Ort für die ›besondere‹ Hochzeit.«

Wieder einmal faszinierten Veronika die sorgfältig lackierten Nägel und die Ringe mit den glitzernden Diamanten. Sie waren genauso speziell wie die leuchtend kupferroten Haare, die immer perfekt geschnitten waren. Lady Ross ließ dazu jedes Mal extra eine Maskenbildnerin aus dem Tal kommen, die normalerweise für große Fernsehproduktionen arbeitete.

»Ich hoffe, die Gäste werden zufrieden sein. Es ist die erste Hochzeit hier, ich habe nicht viel Erfahrung und meine Eltern werfen mir jeden Prügel vor die Füße, den sie nur finden können.«

»Kindchen, lassen Sie die beiden alten Herrschaften.« Lady Ross legte Veronika die kühle Hand beruhigend auf den Unterarm. »Sie werden das sicher gut machen. Ich fürchte nur um mein Essen. Sie wissen, Ignaz kann alles, aber nicht kochen. Wenn ich auf ihn angewiesen wäre, hätte mich schon der Hungertod ereilt.«

»Der Ignaz.« Veronika lachte auf. Ignaz war kurze Zeit Hausdiener im Hotel gewesen und von Lady Ross abgeworben worden. Er war ein hochgewachsener Tiroler mit kantigem Gesicht, ein wenig älter als Veronika, der nur die allernotwendigsten Worte sprach. »Sonst sind Sie aber immer noch mit ihm zufrieden?«

»Zufrieden?« Lady Ross trommelte mit dem Suppenlöffel auf den Tisch. »Er ist ein Engel der Berge für mich. Was täte ich nur ohne ihn? Mein Haus wäre längst verfallen und ich erfroren. Ignaz ist wirklich ein Mann für alles, nur nicht fürs Kochen.«

Als Veronika den Rest der Suppe in die Küche tragen wollte, hielt sie Lady Ross zurück. »Kindchen, setzen Sie sich doch zu mir und leisten Sie mir ein wenig Gesellschaft. Alleine zu essen gehört zu den langweiligsten Tätigkeiten, die ich kenne.«

Gehorsam ließ sich Veronika auf den Stuhl gegenüber sinken und sah zu, wie Lady Ross sehr vornehm die Suppe löffelte. Es war Apfel-Sellerie-Suppe mit Würfeln von geräuchertem Butterfisch. Als sie fertig war, tupfte sich die Lady mit der weißen Serviette den Mund ab. Auf dem Stoff blieben Spuren des violett-roten Lippenstiftes zurück.

»Sie müssen Ihren Hochzeitsgästen eine Attraktion bieten. Eine Überraschung, mit der Sie nicht rechnen.«

Veronika stand auf und servierte ab. »Denken Sie da an etwas Spezielles?«

»Zeigen Sie mir den Ablauf der Hochzeit, das Menü und was Sie sonst noch alles geplant haben.«

Veronika kehrte aus der Küche mit der Hauptspeise zurück: Gemüselasagne mit Räucherlachsröllchen. Während Lady Ross es sich schmecken ließ, schilderte Veronika ihre Pläne.

»Es sind zwei Vegetarier unter den Gästen. Daher habe ich Speisen gewählt wie die Gemüselasagne, die Sie heute essen. Ich kann sie mit und ohne Fleisch servieren. In der Küche wird mir eine junge Köchin helfen. Sie ist eher noch ein Lehrling, um ehrlich zu sein. Sie hat sich für die Wintersaison beworben, kann aber zum Glück schon früher kommen. Ich glaube, sie arbeitet derzeit in der Schweiz. Alles andere muss ich allein schaffen. Vier Gänge für acht Personen. Das ist die ganze Planung.«

Lady Ross deutete auf den großen Bissen, den sie auf der Gabel balancierte. »Ein hervorragendes Gericht, Kindchen. Genau wie die Suppe. Ich hoffe, Sie haben mich an den Tagen der Hochzeit auch eingeplant. Ich werde selbstverständlich nicht stören und notfalls in der Küche essen.«

»Nein, nein, das ist nicht nötig«, beeilte sich Veronika zu versichern. Sie hatte Lilo Schroll allerdings garantiert, dass das Hotel für andere Gäste gesperrt sein würde. Am besten war es, ihr die Situation mit Lady Ross zu erklären, die eine Nachbarin war, die seit mehreren Jahren jeden Tag zum Essen kam.

»Lesen Sie mir das Menü vor«, verlangte Lady Ross. Veronika hob den Zettel.

Die Vorspeise war ein Carpaccio von Roten Rüben, die in Alufolie gebacken wurden. Dazu gab es Mousse vom Kren und für alle Nicht-Vegetarier Räucherfisch.

Danach hatte Veronika eine Karotten-Ingwer-Suppe geplant. Die Hauptspeise war die Gemüselasagne mit oder ohne kleinen Rindersteaks und das Dessert eine Zitronencreme mit Himbeeren.

»Was ist mit der Hochzeitstorte?«, wollte Lady Ross wissen.

»Die ist das größte Problem, weil ich so eine schlechte Bäckerin bin. Ein dreistöckiges Kunstwerk gelingt mir nie. Ich werde eine aus dem Tal kommen lassen. Im Kühlhaus wird sie sich schon halten.«

Die Lady hatte fertig gegessen und tupfte sich wieder den Mund ab. »Kindchen, das Menü hört sich gut an. Nun aber wollen wir die Feier selbst durchbesprechen. Nur sechs Gäste und das Brautpaar klingt reichlich langweilig. Wenn sich zwei Gäste davon nicht ausstehen können, wird die Hochzeit die größte Pleite, die man sich vorstellen kann.«

Veronika sah sie erschrocken an. »Haben Sie da entsprechende Erfahrungen?«

Lady Ross schwenkte die Stoffserviette wie ein Lasso über dem Kopf. »Das will ich meinen. Wir haben den Landsitz meines verstorbenen Mannes früher öfter für Hochzeiten vermietet. Da habe ich einiges miterlebt. Bei einer Hochzeit hat das Brautpaar noch am selben Abend beschlossen, sich wieder scheiden zu lassen.«

»Das gibt es doch nicht. Wieso tun sie sich dann die Mühen einer Hochzeit an?«

»Der Stress hat die wahren Gesichter der beiden zutage befördert. Außerdem haben sie ihre Familien kennengelernt und die Aussicht, sie nun öfter sehen zu müssen, war ihnen unerträglich.«

»Langsam bekomme ich Zweifel an meiner Idee mit dem *Hochzeitsschlössel*«, gestand Veronika.

Mit großer Geste rief die Lady: »Ach, nur keine Panik! Es wird alles bestens klappen. Erlauben Sie mir, dass ich Ihnen ein wenig zur Hand gehe und für das Unterhaltungsprogramm sorge.«

»Das würden Sie wirklich tun?«

»Mir ist doch ständig langweilig. Der Höhepunkt meines Tages ist das Essen bei Ihnen. Ich habe schon einige Ideen, die Ihre Gäste begeistern werden.«

»Vielleicht sollte ich das mit den Leuten vorbesprechen«, gab Veronika zu bedenken. »Sie haben sich ausdrücklich eine sehr private und ruhige Hochzeit gewünscht, ohne Band und Tanz.«

Während sie in ihrer kleinen Handtasche herumkramte, sagte Lady Ross: »Im Vorhinein wollen die Leute immer ein stilles Fest. Wenn es dann aber wirklich still ist, ist ihnen das auch nicht recht. Glauben Sie mir, ich kenne mich da aus.« Sie holte ein silbernes Zigarettenetui und ein Feuerzeug aus der Tasche. »Ich brauche meine Verdauungszigarette.«

Rauchen war im Hotel verboten und so erhob sich Lady Ross und ging in Richtung Terrasse. Die Seide ihres Abendkleides knisterte. Stil und gepflegtes Auftreten, hatte sie Veronika erklärt, wären an jedem Ort der Welt zu jeder Zeit angebracht. Daher erschien sie jeden Abend in einem anderen Kleid, eines feiner als das andere, und außerdem eingehüllt in eine Wolke aus Parfüm.

Weil die Terrasse im November nur nass und dunkel war, ließ Veronika die langen Vorhänge geschlossen. Mit einem energischen Ruck schob Lady Ross die Gardinen zur Seite und öffnete eine Glastür. Veronika brachte ihr den Pelzmantel nach, den sie nur ungern anfasste. Sie wollte keine Felle in den Händen halten, für die Tiere ihr Leben gelassen hatten.

»Danke, Liebes.« Die Lady hängte sich den langen Mantel über die Schultern und zündete eine Zigarette an. Tief sog sie den Rauch ein und ließ ihn durch die Nasenlöcher wieder entweichen. Sie lächelte vor sich hin. »Mir ist soeben die beste Überraschung eingefallen, die es auf einer Hochzeit geben kann. Stimmung ist garantiert und Ihre Gäste werden es Ihnen danken«, verkündete sie. Auf Veronikas weitere Fragen antwortete sie nur mit einem geheimnisvollen Lächeln.

DER CHAT

Freitag der Dreizehnte kann ein Glückstag sein, sagte sich Veronika immer wieder. Sie hatte dem Chat mit Mario an diesem Tag zuerst nicht zustimmen wollen. Da er aber davor keine Zeit hatte und der 13. der erste mögliche Termin war, hatte Veronika schließlich eingewilligt.

Du bist doch nicht abergläubisch?

hatte er ihr geschrieben.

Höchstens ein klein wenig.

hatte Veronika zugegeben.

In Wahrheit war sie sehr abergläubisch und der Grund dafür war der Einfluss ihrer Urgroßmutter. Urli, wie Veronika sie genannt hatte, kannte so ziemlich jede Bauernregel über das Wetter und es hatte Veronika schon als kleines Mädchen erstaunt, dass sich fast fast alle Vorhersagen ihrer Großmutter bewahrheiteten. Aus diesem Grund hatte sie von ihrer Urli auch einige Angewohnheiten angenommen, etwa, dreimal über die linke Schulter zu spucken, wenn eine schwarze Katze über den Weg lief. Aber nur von links nach rechts, denn dann bringt's »Schlechts«. Von rechts nach links war egal.

Den 13. hatte die Urli immer im Haus verbracht, um sich vor Unheil und Unfällen zu bewahren. An einem Freitag den 13. verließ sie nicht einmal das Bett.

Diese Angewohnheiten hatten Veronika als Kind tief beeindruckt und hatten Spuren hinterlassen, die Veronika bis in ihr Erwachsenenleben geblieben waren.

»Heute ist ein guter Tag für mich«, murmelte Veronika immer wieder. Sie war nervös. Bei dem Gespräch mit Mario wollte sie alles richtig machen. Tief drinnen hatte sie ein Gefühl, er könnte endlich der Mann sein, nach dem sie so lange gesucht hatte. Seine Nachrichten waren kurz, aber witzig, stets herzlich und vor allem nie oberflächlich oder geschmacklos. Darin unterschied er sich wohltuend von vielen anderen Männern, die sie auf Datingplattformen bereits kennengelernt hatte.

In ihrer Wohnung angekommen, versperrte Veronika die Tür hinter sich. Ihre Eltern hatten die Angewohnheit, manchmal nach einem kurzen Anklopfen einfach ins Zimmer zu platzen. Das konnte sie wirklich nicht gebrauchen.

Die Wohnung war eine ehemalige Suite des Hotels mit einem kleinen Schlafzimmer und einem Wohnzimmer. Die Möbel waren allerdings mindestens dreißig Jahre alt und abgenutzt.

Veronika ließ sich auf das senfgelbe Sofa sinken. Auf ihrem iPad googelte sie: »Die zehn größten Fehler beim ersten Chat«. Danach suchte sie nach »zehn beste Themen für erste Chats«. Viel Neues erfuhr sie nicht.

Der Chat war für 21 Uhr vereinbart. Ihr blieben noch zehn Minuten. Sie ging ins Badezimmer und blickte in den Spiegel über dem Waschbecken. Die beigefarbenen Kacheln beachtete sie nicht mehr.

»Du machst das gut«, sprach sie sich selbst Mut zu. »Du siehst gut aus. Du bist eine Frau von Klasse.«

Vom iPad kam der Dreiklang, der den Anruf über die Datingseite ankündigte. Mario war zu früh dran. Vielleicht war er genauso aufgeregt wie Veronika und konnte das Gespräch auch kaum erwarten. Eigentlich hatte sie sich noch ein Glas Weißwein einschenken wollen, aber dafür blieb keine Zeit. Nüchtern zu bleiben war ohnehin besser.

Marios Foto erschien in der Mitte des Bildschirms. Darunter ein roter und ein grüner Knopf. Ablehnen und annehmen. Mario strahlte auf dem Foto, als könnte er nur das Gute im Leben sehen. Sein Haar war schwarz, sehr dicht und wild. Um den Hals hatte er ein rotes Bandana gebunden. Er sah aus wie ein Skilehrer, fiel Veronika ein. Sie musste ihn danach fragen.

Nachdem sie noch einmal tief Luft geholt hatte, hob Veronika ab.

»Hallo Mario!«, sagte sie und bemühte sich, locker und natürlich zu klingen. Nur niemals verkrampft oder gierig erscheinen, lautete eine der wichtigsten Regeln beim Daten.

»Schön, dass wir heute miteinander reden können«, antwortete Mario.

Veronika spürte einen leichten Schauer über ihren Rücken kriechen. Mario hatte das, was man eine erotische Stimme nannte.

Die nächste Regel war ebenfalls wichtig: Nicht zu schnell intime Details erfragen. Das könnte den anderen in die Enge treiben.

»Hattest du einen guten Tag?«, fuhr Veronika fort. Diese Frage war sehr unverfänglich.

»Ausgezeichnet, weil ich mich seit dem Aufstehen auf unser Gespräch gefreut habe.«

Was für eine charmante Antwort. Selbst wenn sie gelogen war, klang sie sehr schmeichelhaft. Veronika versicherte, es wäre ihr genauso ergangen.

Das Gespräch nahm Fahrt auf. Mario plauderte über seine Tätigkeit als Berater in einem Computershop und die Mühe mit seinen Kundinnen und Kunden. Alle wären kompliziert gewesen, was er dem Mond zuschrieb. »Ich habe das schon öfter beobachtet, dass die Leute bei Neumond und Vollmond zu spinnen beginnen.«

»Danke für den Hinweis, ich werde mir an der Rezeption einen Mondkalender bereitlegen, damit ich vorbereitet bin«, sagte Veronika lachend.

»Arbeitest du in einem Hotel?«

»Ja. So kann man das sagen.«

»In Tirol.«

»Natürlich. Das habe ich doch in meinem Profil angegeben.«

Mario gab einen Laut von sich, der nach Husten klang. Es war aber wohl eher ein kurzes Auflachen gewesen. »Kennst du jemanden, der in seinem Profil immer nur die Wahrheit sagt?«

»Ich.« Veronika hatte sich sehr genau überlegt, was sie bei den verschiedenen Punkten eintrug und niemals gelogen.

»Du bist die Ausnahme, die die Regel bestätigt.«

»Welche Regel?«

»Dass Leute auf Datingseiten zum Beispiel über ihr Alter lügen und falsche Fotos posten, auf denen sie jünger aussehen.«

»Hast du das auch gemacht?«

»Nein. Ich bin ehrlich. So wie du. Deshalb scheinen wir uns auch gefunden zu haben.«

»Das ist doch ein wunderbarer Grund«, meinte Veronika.

Mario gab ihr recht. »Ich habe das auch so in meiner Kindheit gelernt. Von meinen Eltern und in der Schule. Das hat sich bei mir eingeprägt.«

»Wo bist du zur Schule gegangen?«

»Ins Skigymnasium in Stams.«

Stams war eine Gemeinde in Tirol, die Veronika natürlich kannte.

»Und du?«, wollte er wissen.

»Die Volksschule habe ich hier oben im Ort gemacht, danach das Gymnasium und die Tourismusfachschule in Innsbruck.«

Veronika war überrascht, wie sehr sich Mario für sie interessierte. Normalerweise erzählten Männer bei solchen Chats alles Mögliche über sich, um zu beeindrucken. Mario war anders. Angenehm anders. Ihr Gespräch ging ohne peinliche Pausen dahin. Sie redeten über Erinnerungen aus der Schulzeit, über das Skifahren, ihre Träume als Teenager und wo sie nun im Leben standen.

»Warst du schon einmal verheiratet?«, fragte sie Mario.

Die Frage kam überraschend und war für ein erstes Date fast ein wenig zu heftig, aber sie war Veronika einfach so herausgerutscht.

»Nein. Du?«

»Auch nicht.«

Sie waren beide bereits Anfang dreißig und die meisten ihrer Altersklasse hatten schon das Jawort gegeben und manchmal sogar Kinder bekommen.

Weil Mario auf ihre direkte Frage so offen geantwortet hatte, traute sich Veronika weiter vor. »Lebst du in Stams? Oder warst du im Internat?«

»Internat. Ich bin in Völs zu Hause.«

Auch Völs war Veronika bekannt. Der Ort lag nicht weit von Innsbruck entfernt.

Danach ging es wieder um belanglosere Dinge wie Lieblingsfilme, Musik und Essen. Sie stellten fest, dass sie in allem einen ähnlichen Geschmack hatten.

»Was tust du morgen?«, wollte Mario wissen.

»Arbeiten. Ich habe nächste Woche Samstag eine Hochzeit hier im Hotel. Dafür muss einiges vorbereitet werden. Und du?«

»Ich habe Dienst. Aber hast du auch einmal frei?«

Veronikas Herz begann heftig zu schlagen. Wollte er ein Treffen vorschlagen? Nach diesem Telefonat war sie dazu mehr als bereit. Sie spürte die Verbindung zwischen ihnen und wollte sie vertiefen.

»Ja, natürlich, ich habe auch manchmal frei. Vor allem am Abend. Wieso?«

»Wäre schön, wenn wir uns einmal richtig sehen könnten. Wo wohnst du eigentlich?«

»Ich bin in Hochlissen zu Hause.« Eigentlich hatte sie das nicht verraten wollen, aber Mario klang sehr vertrauenswürdig.

»Soll ich dich besuchen kommen? Oder willst du dich lieber in Innsbruck treffen?«

»Innsbruck klingt gut.«

»Wie wäre es nächsten Samstag?«

»Da habe ich die Hochzeit bei mir im Hotel.«

»Richtig. Du hast es erwähnt. Entschuldige. Dann vielleicht Sonntag? Oder musst du da noch aufräumen?«

»Sonntag 18 Uhr klappt sicher. Die Gäste reisen bis spätestens 15 Uhr ab.«

»Dann haben wir ein Date. Ich trage es gleich in den Kalender ein.«

»Hast du einen Vorschlag für ein Restaurant? Ich habe ein bisschen den Überblick verloren, was es in Innsbruck so gibt.«

Mario überlegte. »Gib mir ein wenig Zeit. Ich will etwas wirklich Gemütliches und Gutes finden. Am besten, ich lass dir die Adresse dann per WhatsApp zukommen.«

»Ja, das wäre das einfachste.« Veronika nannte ihm ihre Handynummer.

»Ich schicke dir gleich eine Nachricht, damit du meine Nummer auch hast«, versprach Mario.

Das Gespräch hatte einen Punkt erreicht, an dem sie am besten Schluss machten. Für Veronika war es viel besser verlaufen als erwartet. Sie fieberte dem nächsten Sonntag entgegen. Noch neun lange Tage, wie sollte sie diese Zeit aushalten?

»Ich freue mich schon sehr!«

»Dann haben wir schon wieder eine Gemeinsamkeit«, meinte Mario.

Sie verabschiedeten sich mehrere Male, aber keiner wollte den roten Knopf drücken, um das Gespräch zu beenden. Schließlich war es Mario, der es tat und Veronika war darüber fast ein wenig enttäuscht.

Mit einem tiefen Durchatmen lehnte sie sich auf dem Sofa zurück. Fast zwei Stunden hatten sie geredet. So etwas war nur möglich, wenn es eine gewisse Verbindung zwischen zwei Menschen gab.

Veronikas Handy lag auf dem kleinen Schreibtisch im Schlafzimmer und sie ging es holen. Als Erstes wollte sie Marios Nummer speichern, damit sie bestimmt nicht verloren ging.

Seltsam. Er hatte ihr noch keine Nachricht geschickt. Sie sah auf die Uhr. Seit dem Ende des Gesprächs waren erst ein paar Minuten vergangen. Vielleicht war er auf die Toilette gegangen oder hatte sich einen Drink geholt.

Nach einer halben Stunde hatte sie noch immer nichts von ihm gehört. Veronikas Unruhe wuchs. Sie legte sich ins Bett, das Handy auf dem Nachtkästchen. Es dauerte lange, bis sie einschlief. Als sie aufwachte, griff sie sofort zum Telefon. Die Anzeige leuchtete auf.

2.02 Uhr

Keine Nachricht.

Hatte er vergessen? Wie konnte man so etwas vergessen? Oder hatte sie einen Fehler gemacht und bei der Verabschiedung zu überschwänglich geklungen? Sollte sie ihm eine Nachricht auf der Datingplattform schicken, um ihn zu erinnern?

Nein, das könnte er für aufdringlich halten. Er würde sich schon melden. Spätestens, wenn er ihr Name und Adresse des Lokals durchgeben würde, in dem sie sich treffen sollten. Die Enttäuschung über sein Vergessen schob Veronika beiseite. Es gab sicherlich eine einfache Erklärung, über die sie beide lachen und von der sie noch ihren Enkelkindern erzählen würden.

SAMSTAG
14. NOVEMBER

DAS PAKET

»Bitte verraten Sie mir doch, welche Überraschung Sie für die Hochzeit planen.« Veronika versuchte es mit dem Kleinmädchen-Tonfall, den sie schon sehr lange nicht mehr eingesetzt hatte.

Lady Ross legte das Besteck auf den Teller und lächelte amüsiert. »Oh nein, meine Liebe. Sie müssen sich da schon gedulden. Ich bin auch nicht völlig überzeugt, dass ich alles bekommen werde. Meine Suche hat erst gestern angefangen, wie Sie wissen. Ich will keine Erwartungen wecken, denen ich nicht entsprechen kann.«

An diesem Abend hatte Lady Ross einen Seidenturban um ihre kupferrot gefärbte Mähne geschlungen und trug eine halbmondförmige Brille. Veronika erinnerte die Nachbarin an einen theatralischen Stummfilmstar.

»Zeit für mein Zigarettchen.« Die Lady machte sich auf den Weg zur Terrasse. Wie immer brachte ihr Veronika den Nerzmantel nach. Für sich selbst hatte sie eine Daunenjacke bereitliegen, da sie ihrem einzigen Gast Gesellschaft leisten wollte.

Als die beiden ins Freie traten, tanzten kleine Schneeflocken vom Himmel herab.

»Der Schnee muss Sie doch freuen«, meinte Lady Ross. »Bestimmt bringt er Ihnen die ersten Wintergäste.«

Veronika sah das anders. »Meine Eltern haben das Personal erst für den 1. Dezember eingestellt und mir untersagt, etwas anderes zu tun. Auch wenn ich offiziell das Hotel leite.« Sie seufzte. »Ich kann keine Buchungen vor dem 1. Dezember annehmen.«

Sie hörte das Kratzen einer Schneeschaufel und warf einen Blick über die Brüstung der Terrasse. Ihr Vater, nur in Hose und Pullover, räumte energisch die dünne Schneeschicht auf dem Gehweg zur Seite.

»Papa? Du wirst dich verkühlen«, warnte Veronika.

»Ein ordentliches Hotel hält seine Wege sauber«, belehrte sie Herr Wunderer.

Lady Ross trat neben Veronika. »Ich danke Ihnen für Ihre Umsicht«, sagte sie überschwänglich.

Veronika blickte sie verwundert an.

Die Lady fuhr fort: »Dieser Weg führt doch zum Teich im Wald. Er ist einer meiner liebsten Spazierwege. Mein Arzt hat mir, wie Sie wissen, Höhenluft und täglich Nordic Walking verschrieben. Es wäre das einzige Mittel, um mein Herz und meine Lunge gesund zu halten. Sonst bin ich in wenigen Jahren ...« Sie fuhr sich mit einem Finger über die Kehle.

»Zum Waldsee würde ich jetzt nicht mehr gehen.« Veronikas Vater stützte sich auf die Schaufel. »Erst letzten Winter ist jemand auf dem Weg gestürzt und hat sich den Knöchel gebrochen. Doppelt gebrochen.«

Daran erinnerte sich Veronika mit Schrecken. Der Gast war eine Nacht lang im Schnee gelegen und halb erfroren. Er hatte aber auch niemandem gesagt, dass er noch einen Spaziergang zum See unternehmen wollte.

»Wie auch immer, es wird Zeit für mich, aufzubrechen. Meinen Sherry nehme ich daheim.« Lady Ross dämpfte die

Zigarette im Aschenbecher aus, der immer für sie auf einem Tisch auf der Terrasse bereitstand. Sie schritt die kleine Treppe hinunter, die zum Gehweg führte.

»Bis morgen«, rief ihr Veronika nach.

»We'll meet again«, trällerte Lady Ross ein altes Lied, das bei den Soldaten im Zweiten Weltkrieg sehr beliebt gewesen war.

Als sie außer Hörweite war, knurrte Veronikas Vater »Vogelscheuche« und setzte das Schaufeln fort.

Veronika räumte das schmutzige Geschirr in die Küche. Bevor sie sich in ihre Wohnung unter dem Dach zurückzog, ging sie noch schnell ins Büro. Sie wollte sich die Bestellung der Zutaten für das Hochzeitsessen ausdrucken und kontrollieren, ob sie auch nichts vergessen hatte.

Als Veronika die Klappe in der Theke der Rezeption öffnete, sah sie dort ein Päckchen stehen. Es war so groß wie ein Schuhkarton, in weißes Packpapier gewickelt und mit grober Schnur zusammengebunden. Veronika nahm es und drehte es. Es stand weder ein Name, noch eine Adresse darauf. Absender auch keiner.

Das Päckchen war leicht und als Veronika es prüfend schüttelte, klapperte etwas darin.

Der Postbote hatte den Code für das elektronisch gesteuerte Eingangstor des Hotels und legte Briefe und Päckchen immer auf die Theke. Er konnte die Schachtel aber nicht gebracht haben, da es keine Postsendung war.

Das Paket muss den Eltern gehören, dachte Veronika. Im Büro druckte sie die Bestellliste aus. Als sie vom Schreibtisch einen Kugelschreiber nahm, fiel ihr Blick auf die Wetterstation. Auf den Gipfeln war die Temperatur auf minus sieben Grad Celsius gefallen. Die Vorhersage hatte sich in den vergangenen Stunden verändert und es wurde starker Schneefall erwartet. Wie es aussah, konnte das Präparieren der Pisten bald beginnen.

Während der Drucker ratterte, rief Veronika über die Hausanlage in der Wohnung der Eltern an.

»Für euch liegt ein Päckchen an der Rezeption.«

Ihre Mutter wusste nichts von einem Päckchen. Sie fragte Veronikas Vater, der im Hintergrund heftig hustete. Auch er erwartete nichts.

Hatte vielleicht Lady Ross dieses Paket mitgebracht und vergessen? Sie war vor dem Essen in der Halle gesessen und hatte telefoniert, erinnerte sich Veronika.

Sie rief in der Villa der Lady an. Ignaz hob ab.

»Residenz Lady Ross, guten Abend.«

»Veronika hier. Kannst du die Lady fragen, ob sie heute vielleicht ein Päckchen in der Rezeption bei uns vergessen hat?«

»Sie hat das Haus ohne Päckchen verlassen«, sagte Ignaz.

»Vielleicht hat sie es im Ort abgeholt und mitgenommen.«

»Sie war nicht im Ort.«

Veronika verlor die Geduld. »Ignaz, frag sie einfach. Tu mir den Gefallen.«

Ignaz legte den Hörer des Festnetzapparates weg. Es dauerte, bis er zurückkam.

»Nein, Lady Ross weiß nichts von einem Päckchen.«

»Alles klar. Gute Nacht.« Veronika legte auf. Ihr Blick fiel auf das Handy, das auf dem Schreibtisch lag.

Weiterhin keine WhatsApp-Nachricht von Mario. Mit ihrer Beherrschung war es vorbei und sie beschloss, ihm eine Nachricht über die Datingplattform zu schreiben. Die Begeisterung über das Gespräch war der Wut über seine Unverlässlichkeit gewichen. Normalerweise ging sie nie über den Bürocomputer auf die Datingseiten, aber an diesem Abend machte sie eine Ausnahme. Veronika loggte sich ein und öffnete die Nachrichtenbox ihres Profils, wo der Gesprächsverlauf mit Mario gespeichert war. Sie wollte ihm etwas Lässiges schreiben. »Vielleicht habe ich dir meine Handynummer nicht richtig angesagt und deine Nachricht ist an jemand anderen gegangen. Hier noch einmal zur Sicherheit ...« So klang sie weder vorwurfsvoll noch beschuldigend, sondern einfach praktisch.

Verwundert sah Veronika auf den Bildschirm. Sie ließ die Seite erneut laden, aber es änderte sich nichts.

Marios Nachrichten waren verschwunden. Alle.

Seinen Profilnamen kannte sie auswendig: Mario9990. Er hatte ihr erklärt, dass es sein Geburtstag wäre: Der 9. September 1990. Veronika tippte ihn in das Feld der Suchfunktion und drückte die Eingabetaste.

Unbekannt. Noch einmal schrieb sie Buchstabe für Buchstabe und Zahl für Zahl. Neuerlicher Versuch und ...

Unbekannt. Veronika wurde unruhig. Als nächstes klickte sie das Hilfsmenü an und ging zu »Fragen und Antworten«.

- Q: Nachrichten eines Users sind nicht mehr in der Inbox, wieso?
- A: Löscht ein User sein Profil, so werden damit auch alle Nachrichten gelöscht, die er verschickt hat.

Sie hörte ihren Atem schneller gehen. Wieso hatte er das getan? Mario besaß ihre Handynummer und konnte sich zusammenreimen, wo sie zu finden war. Veronika hatte schon einige Male von »Ghosting« gehört, wenn Leute zuerst besonders verbindlich waren und danach verschwanden wie ein Geist.

Sie war ein Opfer von Ghosting geworden. Damit hätte sie nie gerechnet.

Aber wieso hatte Mario das getan? War sie wieder einmal einem Knallkopf auf den Leim gegangen, wie schon einige Male davor? Mario hatte anders geklungen und sie hatte den Eindruck gehabt, es wären auch bei ihm echte Gefühle im Spiel gewesen.

Mit einer Mischung aus Wut und Beunruhigung schloss sie die Datingseite.

»Dreckskerl«, schimpfte sie leise vor sich hin. »So ein Aas.« Sie stand auf und trat gegen das Bein des Schreibtisches, um sich abzureagieren. Dem Tischbein war es egal, dafür taten ihr die Zehen weh.

Weil sie noch etwas tun musste, um Druck abzulassen, nahm sie eine Schere und schnitt die Verschnürung des Pakets auf. Sie fetzte das Packpapier herunter und hielt sodann eine braune Pappschachtel in Händen. Veronika hob den Deckel. Die Schachtel war mit Seidenpapier ausgelegt, das locker zusammengedrückt worden war. Darin war etwas eingeschlagen. Veronika zupfte das Papier auseinander.

Ihr Herz machte einen Sprung, als sie den Inhalt der Schachtel sah.

SONNTAG
15. NOVEMBER

HOCHZEITSVORBEREITUNGEN

Lilo hatte darauf bestanden, selbst zu fahren. Axel hatte sie den Ablauf des Besuchs im *Hochzeitsschlössel* erklärt. »Du entspannst dich, denn die Hochzeit ist mein Projekt. Du sollst nur genießen. Arbeit soll dir das keine machen. Du kannst auch gerne zu Hause bleiben.«

Axel wollte aber ins *Hochzeitsschlössel* mitkommen. »Es ist unsere Hochzeit und da würde ich schon auch gerne ein wenig mitreden.«

»Ich will doch nur, dass du keinen Stress damit hast«, hatte ihm Lilo versichert.

»Für dich ist die Hochzeit sehr wichtig, ich freue mich darauf und für unsere Freunde und die Familie soll es ein Fest sein. Also machen wir das alles gemeinsam.«

Trotzdem genoss es Axel, auf dem Beifahrersitz zu sitzen und sich nicht auf die Straße konzentrieren zu müssen. Lilo war die bessere Autofahrerin. Vor allem, wenn die Straßen glatt waren, fühlte er sich bei ihr sicher. Nachdem sie den Führerschein gemacht hatte, bekam sie gleich darauf von ihrem Vater ein Schleudertraining geschenkt und fürchtete seitdem weder Glatteis noch Schneefall.

Vor der Windschutzscheibe tanzten die Flocken. Der erste Schnee ließ sie das Grau des Novembertages vergessen. Axel sah beim Seitenfenster hinaus, während Lilo die Serpentinen der Straße hinaufkurvte. Die Schneeflocken ließen die Tannen aussehen wie Bäume eines Lebkuchenhauses, die mit Puderzucker bestäubt worden waren.

»Etwas abgelegen, dieses Hochlissen«, stellte Axel fest.

»Es hat eine gute Anbindung an die Skischaukel der anderen Gebiete und gilt als Geheimtipp. Das *Hochzeitsschlössel* ist – was ich so herausgefunden habe – vor allem bei älteren Semestern beliebt, die schon seit vielen Jahren hier den Winterurlaub verbringen und auch im Sommer zum Wandern kommen.«

Hochlissen war ein winziger Ort, der nur aus ein paar Pensionen und einfachen Hotels bestand. Gleich hinter der Kirche befand sich die Station des Lifts, der in kleinen Gondeln die Skifahrer im Winter auf den Berg beförderte. Eine breite Piste mit Schneekanonen lag gleich daneben. Sie war so verwaist wie die Après-Ski-Bar.

Lilo lenkte den grünen SUV durch den Ort und die Fahrt ging danach eine etwas schmälere Straße weiter den Berg hinauf. In der Ferne war ein Tirolerhotel zu sehen: weiße Fassade, dunkle Holzbalkone und Fensterrahmen, ausladendes Schrägdach. Noch ein Stück weiter und etwas höher stand auf einem Felsvorsprung ein mächtiges altes Haus mit grün-rot gestreiften Fensterläden.

»Was ist das?«, wollte Axel wissen.

»Eine Art kleines Schloss, das sich vor fünfzig Jahren ein reicher Amerikaner erbauen hat lassen. Schloss Lucasberg.«

Axel war über Lilos Wissen erstaunt.

»Ich habe ein bisschen über die Gegend gegoogelt und dabei bin ich auf das Schloss gestoßen«, erklärte Lilo. »Weitere ›Sehenswürdigkeiten‹ der Umgebung sind übrigens ein Waldsee und eine Kapelle.«

»Klingt nach richtig viel Action hier.« Axel grinste.

»Der ideale Ort für eine Hochzeit in den Bergen.« Lilo ließ sich nicht aus der Ruhe bringen. »Hier können sich alle Gäste auf unser Jawort konzentrieren und auf das herrliche Bergpanorama.«

Da musste Axel ihr recht geben. »Ich bekomme eine kluge und fast schon poetische Frau.«

Er küsste sie auf die Wange. Das letzte Stück zum Hotel war steil und die Automatik des Wagens schaltete einen Gang zurück. Der SUV kämpfte sich bis zum Parkplatz vor dem Hotel nach oben.

Es war erst elf Uhr vormittags. Da die Schneewolken keine Sonne durchließen, wirkte es viel später.

Die beiden Hälften der gläsernen Hoteltür fuhren auseinander und eine Frau im Alter von Lilo und Axel kam ihnen entgegen. Sie trug einen grünen Hoodie und Jeans und ihr Haar steckte unter einer Mütze.

»Willkommen im *Alpenschlössel*!«, rief sie ihnen entgegen.

Axel, der normalerweise nicht sehr verfroren war, schloss nach dem Aussteigen den Reißverschluss seiner dicken Winterjacke. So wenige Tage vor der Hochzeit wollte er sich nicht verkühlen.

»Heißt das Hotel nun *Alpenschlössel* oder *Hochzeitsschlössel?*«, fragte er.

»*Hochzeitsschlössel* für Sie«, erklärte die Frau. »Für die Wintergäste ist es dann wieder das *Alpenschlössel*.« Sie kam die Stufen herunter, die frisch freigeschaufelt, aber schon wieder von einer dünnen Schneeschicht bedeckt waren. »Veronika Wunderer, ich freue mich, dass Sie hier sind.« Sie streckte ihnen die Hand entgegen. »Kommen Sie nur weiter. Ich will Ihnen die Räume zeigen und dann gehen wir das Menü und alle weiteren Details durch. Zuerst aber folgen Sie mir bitte auf die Terrasse. Wenn Sie schon hier oben heiraten, dann sollten Sie und Ihre Gäste auch ein wenig Winterzauber erleben. Deshalb schlage ich vor, dort einen Aperitif zu servieren.«

Die Terrasse lag an der Seite des Hotels. Auch wenn es ein trüber Tag war, konnten Lilo und Axel erahnen, wie schön der Ausblick bei klarem Wetter sein musste. Sie blickten auf die Hänge des Wilden Kaisers, die bereits weiß waren.

Veronika nahm einen Zettel zu Hilfe, auf den sie alles notiert hatte, um nichts zu vergessen. »Hier servieren wir gerne Glühwein und dazu heiße Dörrpflaumen, in Speck gewickelt und gebraten.«

»Klingt sehr gut.« Axel leckte sich die Lippen.

Lilo war anderer Meinung. »Speck ist nicht so gut. Poppi und Dominik essen beide kein Fleisch mehr. Sie sind nicht vegan, aber Speck kommt für sie nicht infrage.«

»Deshalb gibt es als Alternative Dörrpflaumen im Salbeimantel«, sagte Veronika, die mit diesem Einwurf gerechnet hatte.

»Großartige Idee«, lobte Lilo.

Veronika zeigte ihnen gerade den direkten Zugang von der Terrasse in den Speiseraum, als jemand nach ihr rief. Vor der Terrasse, an der kleinen Treppe, stand eine zarte Frau mit einem von der Kälte stark geröteten Gesicht. »Mrs Wunderer?«

»Ja.«

»Ich bin Marie.«

»Die Küchenhilfe.«

»Wir haben geemailt.«

»Natürlich. Bitte nur herein. Hattest du eine gute Anreise? Ich habe mit dir erst später gerechnet.« Sie warf einen Blick auf den kleinen Trolley, den die Frau nachzog, und den großen Rucksack auf ihrem Rücken. »Es wäre besser, du kommst durch den Haupteingang. Vielleicht sollten wir ihn alle nehmen, denn ich habe den Boden im Speisesaal vorhin gereinigt.« Sie führte alle zurück zur Glastür.

Axel bot der jungen Frau an, ihren Rucksack zu tragen, was sie ablehnte. Den Trolley überließ sie ihm gerne.

»Bist du ohne Auto hier?«

»Gerade mit dem Bus gekommen.«

Im Hotel holte Veronika als Erstes einen Schlüssel aus dem Büro. »Du hast in deiner Bewerbung geschrieben, du wärst vorher in der Schweiz gewesen, habe ich das richtig in Erinnerung?«, sagte sie zu Marie.

»Ja. Ich war auf der Hotelfachschule in Luzern. Das liegt aber schon acht Jahre zurück.«

»Sehr gute Schule, Luzern.« Veronika wandte sich Lilo und Axel zu. »Darf ich meiner neuen Küchenhilfe schnell ihr Zimmer zeigen?« Zu Marie sagte sie: »Das sind Lieselotte Schroll und Axel Klingmeier, die am Samstag hier heiraten werden.«

Die junge Frau nickte den beiden zu. »Gratulation.«

»Wir zwei werden das Brautpaar und die Gäste kulinarisch verwöhnen.« Veronika klang ein wenig, als wollte sie alle von der Wahrheit ihrer Worte überzeugen.

Marie lächelte schüchtern. »Ich werde mein Bestes geben. Kochen ist meine Leidenschaft, seit ich ein Kind war.

Meine Mutter kommt aus Österreich, aus Salzburg. Sie hat mir beigebracht, was hier gekocht wird.«

Lilo wunderte sich. »Dem Akzent nach sind sie aber nicht aus der Schweiz.«

»Doch, doch, aber mein Vater ist Kanadier und ich habe die Englische Schule besucht. Meine erste Sprache ist Englisch, meine zweite Deutsch.«

»Da wir das alles geklärt haben, zeige ich dir nun dein Zimmer«, sagte Veronika. Wieder nur ein kurzes Nicken von Marie. Sie übernahm von Axel den Trolley und folgte der Hotelbesitzerin zum Lift, der sich an der Seite der Halle befand.

Nachdem sie eingestiegen waren und nach oben fuhren, sagte Lilo leise: »Riecht hier ein wenig muffig.«

»Das Hotel ist noch geschlossen«, entgegnete Axel.

»Auf den Fotos sah es frischer und neuer aus.«

Bei Axel klingelten die Alarmglocken. »Lilo, du änderst jetzt bitte nicht wieder deine Meinung und sagst die Hochzeit ab.«

»Nein, nein, sicher nicht. Wir bringen sie hinter uns.«

»Nicht gerade eine romantische Einstellung.« Axel schlenderte durch die Lobby und ließ sich in einen der ausladenden Lehnsessel fallen. Hinter ihm an der Wand hing ein Hirschkopf mit Geweih.

Lilo kam ihm nach und legte ihre Hand auf seine Schulter. »Ich habe das nicht so gemeint. Ich will nur einfach endlich etwas tun, das ich mir schon sehr lange wünsche. Ich hoffe, du auch.«

Statt eine Antwort zu geben, küsste sie Axel zart auf die Hand. Der Lift ging auf und Veronika war zurück. Aus dem Büro hinter der Rezeption holte sie ihre Unterlagen.

»Setzen wir uns.« Sie deutete auf einen runden Tisch mit vier Stühlen in der Mitte der Lobby.

»Ich möchte schnell mit Ihnen einige offene Punkte über die Hochzeitszeremonie und die Feier durchgehen. Wie viele Leute werden es nun endgültig sein?«

Axel und Lilo wechselten einen kurzen Blick und hoben die Schultern. »Wir wissen es noch immer nicht fix. Die Eltern unserer Freundin wollen gerne kommen, aber ihre Mutter ist übervorsichtig und wenn es stärker zu schneien beginnt, setzt sie sich nicht ins Auto.«

»Oh, wie schade.«

»Meine Mutter will unbedingt kommen, aber sie hat sich ein Seitenband am Knöchel eingerissen und der Arzt hat ihr eigentlich Bettruhe verschrieben«, erklärte Axel. »Mein Vater ist noch in Argentinien. Er hat keinen Flug zurück bekommen bisher.«

Lilo lächelte verlegen. »Es kann sein, dass wir nur zu viert sein werden.«

»Aber Sie haben den Saal gebucht und sieben Zimmer.«

Herr und Frau Wunderer traten aus dem Lift. Sie musterten die kleine Gruppe am Tisch.

»Das Hochzeitspaar«, sagte Veronika erklärend.

»Aha. Na dann, viel Vergnügen«, wünschte Herr Wunderer.

Axel erinnerte er in seinem schwarzen Mantel und mit dem weißen Hemdkragen, der darunter zu sehen war, an einen alten Pinguin.

»Meine Eltern, die das Hotel begründet haben«, stellte Veronika vor.

Frau Wunderer lächelte schmallippig. »Sie sind also die zwei, die als Kinder in der Zeitung waren, weil Sie Kriminalfälle gelöst haben. Wie kleine Detektive.«

Lilo lächelte milde zurück. »Ja, das sind wir. Der Rest unserer Bande von damals wird auch kommen. Die beiden sind unsere Trauzeugen. Wenn Sie also hier etwas haben, das wir uns näher ansehen sollen, dann bitte nur sagen. Wir sind nach wie vor recht erfolgreich im Lösen scheinbar unlösbarer Fälle.«

»Stand auch in der Zeitung. Und es war in den Fernsehnachrichten. Außerdem waren wir in dieser deutschen Talkshow. Auf Instagram und Facebook gibt es auch einiges über die ›Knickerbocker-Bande‹«, ergänzte Axel. Sie hatten diese Antwort auf spöttische Anspielungen schon einige Male geben müssen und besaßen Übung darin.

Das Ehepaar Wunderer verkniff sich jede Reaktion. »Alles Gute. Wir gehen zur Kirche. Das tut man am Sonntag.«

Axel und Lilo mussten keine Hellseher sein, um zu erkennen, dass zwischen Veronika und ihren Eltern ziemliche Spannung herrschte.

Herr und Frau Wunderer verließen das Hotel und die beiden Verlobten wandten sich wieder Veronika zu.

»Hören Sie, Frau Wunderer«, begann Lilo.

»Bitte sagen Sie einfach Veronika.«

»Veronika. Gerne. Wir bezahlen alles, was ich bestellt habe. Es ist nicht Ihre Schuld, dass uns die Familie im Stich lässt. Wir wollen eine gemütliche Hochzeit mit unseren engsten Freunden.«

Die hohe Belohnung für das Aufdecken des Internetbetrugs gab Lilo und Axel die Freiheit, Geld auszugeben, wann immer sie es für richtig hielten.

Über diese Ansage war Veronika sehr erleichtert. »Die kann ich Ihnen garantieren.« Sie holte einen Zettel heraus. »Der Standesbeamte muss aus dem Tal kommen. Aber er hat für Samstag, elf Uhr vormittags, zugesagt, wenn das noch immer so recht ist.«

»Das ist genau die richtige Zeit«, bestätigte Axel.

»Dann hätten wir alles durch.« Veronika schob ihre Zettel zusammen. Sie zögerte kurz und blickte dann auf. »Es ist eine unverschämte Bitte ...«

Axel und Lilo rechneten damit, um ein Autogramm gebeten zu werden. Das geschah immer wieder. Vielleicht sollten sie sich auch ins Gästebuch eintragen.

»Es ist hier etwas geschehen, über das ich mit sonst niemandem reden kann. Aber Ihnen würde ich mich gerne anvertrauen.«

Diese Ansage kam überraschend.

»Worum geht es?« Lilo öffnete die Hände zu einer auffordernden Geste, einfach zu erzählen.

»Können Sie in mein Büro kommen, bitte?«

Der Anblick war ekelig.

»Ich habe keine Ahnung, wer das Päckchen gebracht und auf die Theke der Rezeption gestellt hat.«

»Das ist eine Voodoo-Puppe«, stellte Lilo fest.

Im Seidenpapier, mit dem der Karton ausgelegt war, lag eine Stoffpuppe.

Es war kein Kinderspielzeug, sondern die Darstellung einer nackten Frau mit Brüsten und Schamhaaren. Die Haare waren struppiger schwarzer Bast. Die Augen und der weit aufgerissene Mund waren aufgestickt.

Das Schaurigste an der Figur waren die sieben Nadeln mit schwarzen Glasköpfen. Jede war lang wie ein Finger. Jemand hatte sie der Puppe an Stellen in den Körper gerammt, die schon beim Ansehen Schmerzen verursachten.

»War eine Nachricht dabei?«, wollte Axel wissen.

»Nein. Kein Zettel, kein Name, kein Absender. Nichts.«

»Dann hat wohl derjenige, der Sie erschrecken will, die Schachtel persönlich gebracht«, kombinierte Lilo.

Veronika, die noch immer die weite Mütze trug, zog sie vom Kopf und schüttelte ihr Haar. Es war schwarz und hatte ungefähr die gleiche Länge wie das Haar der Puppe.

Lilo sah zwischen der Puppe und Veronika vergleichend hin und her. »Entschuldigen Sie die Frage, aber haben Sie ein Muttermal auf der Hüfte?«

»Ein Muttermal, wo?«

»An der Hüfte. Wo man die Hände in die Seite stemmt.«

Veronika wunderte sich. »Nein. Ich habe kein Muttermal. Wieso?«

»Weil auf die Puppe dort ein Muttermal aufgemalt worden ist. Mit Filzstift.«

Nachdem sie tief durchgeatmet hatte, erzählte Veronika von Mario und seinem Verschwinden. Axel und Lilo ließen sich auf der Kante des Schreibtisches nieder und hörten genau zu.

»Sie fragen sich, ob Mario mit dieser Puppe zu tun haben könnte?«, fasste Lilo zusammen.

Veronika nickte.

Lilo begann, ihre Nasenspitze zu kneten. Seit sie zehn Jahre alt war, tat sie das immer, wenn sie überlegte.

Axel kam ihr mit einer Antwort zuvor. »Verrückte gibt es immer. Aber was hätte dieser Mario davon? Wenn er sich an Ihrem Schreck weiden will, müsste er Sie dazu sehen. Das ist aber nicht möglich. Er redet auch nicht mehr mit Ihnen, Sie können es ihm also auch nicht erzählen.«

»Wer sonst könnte mir so etwas hinstellen?« Veronika nahm den Deckel und verschloss die Schachtel wieder.

»Das können eigentlich nur Sie selbst sagen.« Lilo trommelte mit den Fingern auf den Karton. »Hier wohnen doch kaum Leute in der Umgebung.«

Veronika stellte die Schachtel in einen absperrbaren Aktenschrank. »Nicht einmal hundert. Im Winter sind dann fünfmal so viele hier, aber das sind alles Saisonpersonal und Gäste.«

»Haben Sie mit jemandem Streit? Oder gibt es einen Verehrer, den Sie abgewiesen haben? Oder hassen Sie andere

Hotelbesitzer?« Lilo und Axel fielen zahlreiche Möglichkeiten für einen solchen schlechten Scherz ein.

Energisch schüttelte Veronika den Kopf. »Das kann ich mir alles nicht vorstellen. Mir fällt wirklich niemand ein.«

Das Surren der Eingangstür ertönte. Veronika trat in die Rezeption hinaus, um zu sehen, wer gekommen war. Lilo folgte ihr.

Ein Mann, der mit dem Kopf fast an den oberen Türrahmen schlug, war eingetreten. Ihm folgte ein Schwall Schneeflocken, aus dem eine Frau mit fast bodenlangem Fellmantel und einer Fellkappe trat, die die Größe eines Storchennests hatte. Unter den Rändern der Kappe lugte kupferrotes Haar hervor.

»Guten Tag, Lady Ross«, grüßte Veronika. »Was kann ich für Sie tun?«

»Kindchen, ich muss mit Ignaz den Saal besichtigen. Ignaz wird die Überraschung vorbereiten.«

Lilo bemerkte, wie Veronika stumm mit den Augen auf Lilo deutete.

»Ihre Turteltäubchen werden den schönsten Tag ihres Lebens niemals vergessen. Geben Sie mir bitte die Vornamen, die brauche ich noch für die Überraschung.«

»Später, Lady Ross, ich habe meine Gäste gerade zu einer Besprechung hier«, sagte Veronika und betonte dabei die letzten Worte mit einer leichten Kopfbewegung in Lilos Richtung.

»Ach, sieh mal an«, rief die Lady, ohne eine Sekunde die Haltung zu verlieren oder verlegen zu wirken. »Was für ein Vergnügen, die glücklichen Menschen kennenzulernen. Ich erinnere mich an meinen Hochzeitstag, als wäre es gestern gewesen. Dabei liegt er schon eine halbe Ewigkeit zurück. Unvergesslich wurde er durch die Überraschung der besten Freunde meines Mannes. Sie haben eine Opernarie zu unseren Ehren komponieren lassen, die von zwei Sängerinnen und einem Sänger vorgetragen wurde.«

Lilo und Axel standen schweigend da, weil sie nicht wussten, was sie sagen sollten. Veronika war die Angelegenheit peinlich. »Vielleicht können Sie in einer Stunde wiederkommen?«

»Natürlich, Kindchen, wir wollten nicht stören, nicht wahr, Ignaz?« Sie stieß den Riesen mit dem Ellbogen. Mit tiefer Stimme versicherte er, dass das niemals die Absicht gewesen wäre. So theatralisch, wie ihr Erscheinen gewesen war, zogen die zwei wieder ab und verschwanden im Schneegestöber.

»Von welcher ›Überraschung‹ hat die Dame geredet?«, wollte Axel wissen. Er war kein Freund von unerwarteten Geschenken oder Aktionen.

»Die Dame ist Lady Ross. Sie wohnt im Schloss und kommt jeden Tag ins Hotel zum Essen. Ich habe ihr von meinen Plänen erzählt und von Ihrer Hochzeit und sie besteht darauf, mitzuhelfen. Von meinen Eltern habe ich nämlich keine ...«

»... Unterstützung zu erwarten«, setzte Lilo im Stillen den Satz fort, als Veronika abbrach. Laut sagte sie: »Na dann, wir sind gespannt, wie sie unsere Hochzeit unvergesslich macht.«

Veronika lächelte erleichtert. Lilo und Axel verabschiedeten sich und traten die Rückfahrt an. Der Schnee fiel immer dichter und die Scheibenwischer hatten einiges zu tun, die Flocken von der Windschutzscheibe zu fegen.

Axel sah immer wieder zu den überhängenden Felskanten hoch. Manche ragten wie Vordächer über die Fahrbahn. Sie fuhren an einem Schild vorbei, das vor herabfallenden Schneebrettern warnte.

»Gibt es hier auch Lawinen?«

Lilo nickte, völlig konzentriert auf den Straßenverlauf. »Normalerweise werden sie abgesprengt, wenn Gefahr besteht, dass sie zu rutschen beginnen könnten.«

Nach einer Pause fragte Axel etwas, das ihn seit der Abfahrt beschäftigte.

»Ist es dir wirklich recht, dass diese verrückte Lady etwas für unsere Hochzeit tut? Wir kennen sie doch überhaupt nicht.«

»Ich fühle mich langsam schlecht, weil ich diese Hochzeit so kurzfristig angesetzt habe«, gestand Lilo. »Der Ort ist auch etwas seltsam. Auf der Internetseite hat alles viel freundlicher ausgesehen.« Als sie Axel und Lilo zum Wagen begleitete, hatte Veronika noch dazu gestanden, dass es die erste Hochzeit war, die sie ausrichtete.

Axel wollte Lilo die Sorge nehmen. »Wir sind ungewöhnliche Menschen und deshalb kann das Ganze ein unvergessliches Abenteuer werden. Auf jeden Fall besser, als auf einem normalen Standesamt zu heiraten und in einem normalen Restaurant Gäste zu empfangen, mit denen man gar nicht feiern will.«

Da musste Lilo ihm recht geben. »Außerdem tun wir eine gute Tat, denn die Eltern Wunderer sind alles andere als freundliche Menschen. Wir können das Selbstbewusstsein ihrer Tochter ein wenig aufbauen, denn unsere Hochzeit wird ein Erfolg.«

»Du hast normalerweise nie so plötzliche Ideen und Entschlüsse.« Axel musterte Lilo von der Seite. »Wieso machst du ausgerechnet bei unserer Hochzeit eine Ausnahme?«

Lilo überging die Frage. »Bitte hör auf, mich so anzusehen. Ich kann deinen Blick spüren und das irritiert mich.«

Axel gab auf. Lilo wollte nicht antworten und aus Erfahrung wusste er, dass weiteres Befragen keinen Sinn hatte.

Etwas Wichtiges fiel Lilo ein. »Ich schicke Veronika Wunderer auf jeden Fall eine E-Mail. Sie muss diesen Hirschkopf von der Wand nehmen, wenn Poppi kommt. Und die Lady darf nicht in Pelzmantel und -kappe erscheinen.«

Poppi war nicht nur Tierärztin, sondern auch eine leidenschaftliche Tierschützerin, die energisch für ein Verbot von Pelztierfarmen eintrat.

»Gute Idee«, stimmte Axel zu. Noch immer konnte er sich nicht erklären, wieso Lilo ohne ihn zu fragen diese überstürzte Entscheidung für die Hochzeit im Schnee getroffen hatte. Was steckte dahinter?

DER MANTEL DES TODES

Wie es sich wohl anfühlte, zu sterben?

Wie es wohl war, den letzten Atemzug zu tun und die Augen für immer zu schließen?

Würde Leiden vorangehen?

Gab es Schmerzen, wenn keine Waffe im Spiel war?

War der Tod wie ein schwarzer Mantel, der einem umgehängt wurde und den man nicht mehr ablegen konnte?

Nur noch sechs Tage, dann würde es Antworten auf diese Fragen geben.

Es war schade, dass eine Hochzeit durch einen Todesfall gestört werde würde. Aber manchmal gab es Dinge im Leben, die einfach unabänderlich waren. In diesem Fall war das Sterben wichtiger als das zukünftige Glück von Unbekannten.

Wobei es ohnehin fraglich war, wie viel Glück eine Heirat brachte. Da die Hälfte aller Ehen wieder geschieden wurde, war eine Hochzeit mit einem Roulettespiel zu vergleichen, bei dem nur auf Rot oder Schwarz gesetzt wurde. Die Chance, zu gewinnen, stand 1 : 1.

Wie sollte man den Tod nennen, der sich ereignen würde? War es ein »süßer Tod«? Oder ein »Unglücksfall«?

Die Lebensuhr eines Menschen tickte unaufhaltsam. Sprangen die Zeiger auf Null, so war es vorbei.

Tick. Tack.

Noch 144 Stunden.

Tick. Tack.

Nur noch 143 Stunden, 59 Minuten und 50 Sekunden.

Tick. Tack. Tick. Tack.

Aber manchmal kommt es anders, obwohl man alles so haarklein geplant hat.

BEDENKEN

Klaus Reder öffnete zum fünften Mal an diesem Tag die Wetter-App auf seinem Handy. Er seufzte und ging dann in das Zimmer, das in wenigen Wochen das Kinderzimmer sein sollte.

Poppi stand vor dem Schrank, in dem auf einer Stange Babykleidung hing. Mit einem seligen Lächeln im Gesicht ging sie die winzigen Kleidungsstücke durch. Ihr Lieblingsteil war ein Overall, wie ihn die Pfleger im Tierpark Herberstein trugen. Sogar das Logo des Tiergartens hatte er auf der Brusttasche.

Still beobachtete Klaus von der Tür aus seine Frau. Er räusperte sich kurz, damit sie von seinem Eintreten nicht erschreckt wurde. Poppi drehte sich zu ihm und hielt den grünblauen Overall in die Höhe.

»Ist es nicht unglaublich lieb, dass die Leitung des Tiergartens diesen Overall für unser Baby nähen hat lassen?«

»Eine sehr freundliche Geste«, stimmte ihr Klaus zu. Die Reders waren die Tierärzte des Zoos und behandelten vom Erdmännchen bis zu den Löwen alle Tiere.

Poppi strich mit der Hand über ihren runden Bauch. »Der Overall wird dir sicher gut passen.«

Klaus trat neben sie und legte seine große Hand auf Poppis Hand, die den Bauch streichelte. »Willst du wirklich nicht wissen, ob wir ein Mädchen oder einen Jungen bekommen?«

»Nein.« Als die Frauenärztin bei der Untersuchung gefragt hatte, ob Poppi und Klaus das Geschlecht des Kindes erfahren wollten, hatte Poppi energisch abgelehnt. »Es gibt doch kaum noch echte Überraschungen im Leben. Deshalb möchte ich bei meiner Geburt eine erleben. Und was immer es ist, egal ob Junge oder Mädchen, es ist das größte Geschenk, das wir bekommen können.«

Da konnte Klaus ihr nur zustimmen. Sie hatten die Hoffnung auf ein Kind schon aufgegeben gehabt, als Poppi schwanger wurde. Die Schwierigkeiten und Unsicherheiten der Anfangszeit waren überstanden und die Vorfreude der Eltern unendlich groß.

Klaus deutete auf die Kleidungsstücke im Babyschrank. »Sind da keine echten Jungensachen dabei? Oder Mädchenkleider?«

Seine Frau musste lachen. »Nein, keine Motorradjacke und kein Prinzessinnenkleid. Ich habe alle Strampler geschlechtsneutral ausgesucht.«

»Sobald deine und meine Familie das Geschlecht kennen, werden wir mit der passenden Babykleidung überschüttet werden.«

Davon war auch Poppi überzeugt. »Aber ich will keine Stereotypen für unser Kind. Wenn es ein Mädchen wird, bekommt es trotzdem den Overall aus dem Tiergarten und wird nicht nur wie ein rosa Bonbon im Kinderwagen liegen.«

Mit diesem Vorschlag konnte sich Klaus gut anfreunden. Als Poppi den Overall zurückhängte, begann er, vorsichtig zu erzählen, was er herausgefunden hatte.

»Die Wettervorhersage für die kommende Woche ist alles andere als freundlich, Poppi.«

»Was heißt das?«

»Starker Schneefall ist angesagt. Vor allem in den Bergen.«

Poppi drehte sich energisch zu ihm um. »Hör zu, ich weiß, dass du nicht wild darauf bist, zur Hochzeit von Lilo und Axel zu fahren ...«

»Halt, das stimmt so nicht. Natürlich will ich dabei sein«, korrigierte er.

»Im Sommer haben sie die Hochzeit abgesagt, weil ich das Bett hüten musste. Verstehst du? Nur meinetwegen haben sie das getan. Lilo ist es unendlich wichtig, jetzt endlich zu heiraten und wir werden dabei sein. Ich bin ihre Trauzeugin.«

Liebevoll nahm sie Klaus an den Händen. »Poppi, ich denke nur an dich ...«

Sie küsste ihn. »Danke, mein Schatz. Aber die Ärztin hat auch nichts dagegen. Sie meint sogar, was sie aus ihrer langen Erfahrung so sagen kann, wird das Baby eher später als früher kommen. Also ist es frühestens in drei, eher erst in vier Wochen so weit. Vielleicht sogar erst kurz vor Weihnachten. Ein Christkind eben. Oder ein kleiner Weihnachtsmann.«

»Bist du wirklich absolut sicher, Poppi? Dieses Hotel ist irgendwo im Nirgendwo in den Bergen. Ich will nur nicht, dass du auf einmal die Wehen bekommst und wir kein Krankenhaus in der Nähe haben.«

Poppi löste sich aus seinem Griff und ging in Richtung Küche, um Tee zu machen. »Unser Auto hat einen Allradantrieb, du hast Schneeketten im Kofferraum. Was soll schon geschehen?«

»Wir könnten eingeschneit werden.«

»Um diese Jahreszeit? Unmöglich.«

Viel Hoffnung machte sich Klaus nicht, sie umzustimmen, aber er wollte nichts unversucht lassen. »Du bist also fest entschlossen, am Freitag nach Tirol zu fahren?«

Poppi schaufelte energisch Teeblätter in ein großes Sieb und Klaus füllte den elektrischen Wasserkocher.

»Wir fahren in der Früh los und kommen zu Mittag an.« Poppi lehnte sich gegen die Kante der Anrichte. »Vielleicht hat das Hotel Sauna und Hallenbad. Dann kannst du dich einmal erholen, während ich mit dem Rest der Bande plaudere. Abendessen ist dann gemeinsam, am Samstag ist die Hochzeit und sonntags am späten Vormittag treten wir die Rückreise an.«

»Wenn nichts dazwischenkommt.«

»Klaus, bitte hör auf, schwarz zu sehen. Wir fahren zu einer Hochzeit und nicht ins Dschungelcamp.«

Das Wasser kochte und Klaus goss es in die Kanne.

»Ich will nur alles richtig machen«, verteidigte er sich.

Poppi reichte ihm das Teesieb. »Dann fang mit dem Tee an und gib das zuerst in die Kanne, bevor du Wasser einfüllst.«

Sie küsste ihn auf die Wange.

WIEDER EINE E-MAIL

Von: Dominik Kascha

An: Lilo Schroll, Axel Klingmeier, Poppi Reder

Betreff: Ankunft

Hallo ihr drei,

der Countdown läuft. Wer von uns hätte damals, als wir Teenager waren, gedacht, dass Lilo und Axel heiraten werden.

Es gibt so viele Dinge im Leben, die man sich nicht vorstellen kann. Irgendwann aber kommt ein Zeitpunkt, da müssen sie erkannt und angenommen werden. In solchen Zeiten fällt das Annehmen im ersten Augenblick manchmal schwer, aber wenn man sich endlich zur nötigen Erkenntnis durchgerungen hat, entstehen Erleichterung und eine neue Lebensfreude, die man sich vorher nicht vorstellen hätte können.

Heute Abend fliege ich bereits nach Europa, weil ich einen Zwischenstopp in London einlegen muss. Am Dienstag und Mittwoch habe ich zwei Drehtage für einen Kinofilm in den *Pineapple Studios*. Donnerstag geht es nach Wien und Freitag in der Früh nach Innsbruck. Ein Fahrer ist bestellt, um mich in das *Alpenschlössel* zu bringen. Zu Mittag treffe ich ein.

Meine Vorfreude auf unser Wiedersehen könnte nicht größer sein. Es gibt so viel zu erzählen. Unsere Gespräche auf Skype oder Zoom reichen dafür nie aus. Es ist so viel besser, einander gegenüber zu sitzen und von Angesicht zu Angesicht zu reden.

Lilo und Axel, ich werde es mir nicht nehmen lassen, bei eurer Hochzeit zu singen. Von einer Freundin aus New York, die Hits für Beyoncé geschrieben hat, stammt der Song, den ich für euch vortragen will. Er soll mein Geschenk sein.

@Lilo: Ich nehme an, ihr habt Musik auf eurer Hochzeit. Ich bringe das Playback, brauche aber ein Mikrofon und einen Soundcheck vor dem Fest, damit ich mit dem Tontechniker die richtige Mischung festlegen kann.

Bis Freitag in den Bergen,
Dominik

Dreimal hatte Dominik die E-Mail nach dem Schreiben durchgelesen und ein paar Tippfehler ausgebessert. Damit er es sich nicht mehr anders überlegte, drückte er auf »Senden«.

Mit einem Soundeffekt verschwand die Mail vom Bildschirm. Dominik klappte den Laptop zu und stand auf.

Durch das Fenster konnte er auf die Buden des Weihnachtsmarkts am Hof in Wien sehen. Der Eingang des Marktes und die Vorderfronten der Marktstände waren mit Lichtschlangen geschmückt und erleuchtet.

Irgendwie war es noch zu früh für Weihnachtsmärkte. Die Eröffnung lag zwei Tage zurück, wie der Concierge des Hotels erzählt hatte.

In der Mitte des Marktes stand eine hohe Tanne, geschmückt mit hunderten Lichtern, die in der Dunkelheit glitzerten.

Weihnachten.

In sechs Wochen war es so weit und es würde für Dominik ein Fest werden, wie er es noch nie erlebt hatte. Auf der einen Seite freute er sich darauf, auf der anderen Seite fühlte er sich unbehaglich, fast fremd. Wie in Schuhen, die erst eingegangen werden mussten.

Er holte seine Jacke aus dem Schrank, setzte eine Schirmkappe auf und nahm eine Brille mit dickem Rahmen vom Tisch. Dominik trug Kontaktlinsen und die Brille mit Fensterglas diente nur dazu, ihn nicht so leicht erkennbar zu machen.

Mit dem Lift fuhr er in die Lobby des Hotels und steuerte auf den Ausgang zu. Er hatte in ein paar Minuten eine Verabredung.

Hinter einer kleinen Theke kam ein Mann hervor und trat auf Dominik zu. Er sprach ihn auf Englisch an.

»Mister Latimer.«

Im ersten Moment reagierte Dominik nicht auf diesen Namen.

»Mister Latimer!«

Um Himmels willen. Das war der Name, unter dem Dominik die Suite im Hotel gebucht hatte.

Es war der Concierge, der ihn sprechen wollte. Er war ein bemühter, etwas übereifriger Mann in Dominiks Alter.

»Hello!« Dominik hob fragend die Augenbrauen.

»Es ist mir gelungen, die Karten für das Konzert im Wiener Musikverein für Sie zu besorgen. Das Konzert ist seit Wochen ausverkauft, aber ich habe gute Verbindungen zur Kasse und es sind ein paar Tickets zurückgegeben worden.«

»Großartig! Das ist eine schöne Überraschung.« Dominik redete Englisch mit kanadischem Akzent. Niemand wäre auf die Idee gekommen, dass er eigentlich Wiener und Deutsch seine Muttersprache war.

»Ich bekomme die Karten morgen früh und lasse sie dann auf Ihr Zimmer schicken«, schlug der Concierge vor.

»Vielen Dank.« Dominik machte eine Notiz im Kopf, dem Mann bei seiner Rückkehr ein Trinkgeld zuzustecken. Nun musste er los, denn er wurde auf dem Weihnachtsmarkt unter dem Christbaum erwartet.

Als er ins Freie trat, fielen ein paar nasse Schneeflocken vor seinem Gesicht zu Boden. Er fing eine mit der Zunge auf und schmunzelte. Als kleiner Junge hatte er das immer mit dem ersten Schnee gemacht.

Dominik schritt die breite Treppe hinunter. Auf einer kleinen Bühne beim Eingang des Weihnachtsmarktes standen vier Bläser und spielten Weihnachtslieder.

Weihnachten so nahe und ich lüge, was das Zeug hält, dachte Dominik. Das schlechte Gewissen plagte ihn sehr, aber bald würde er seinen Freunden alles erzählen können. Wie würden sie nur reagieren?

DIENSTAG
17. NOVEMBER

DIE LIEFERUNG

Veronika hatte sich Listen für die Hochzeit angelegt, die sie von überall abrufen konnte. Egal ob auf dem Handy, dem iPad oder dem PC, die Listen standen bereit, damit sie Posten für Posten abhaken oder neue Aufgaben eintragen konnte.

Seit Montag schneite es ohne Unterbrechung. Noch ein paar Tage und die Pisten konnten eröffnet werden. Wenn die Skifahrer das über die Webcams sahen, würden die Buchungen bestimmt sofort in die Höhe schnellen. Das hoffte Veronika wenigstens. Sie waren bisher in den Weihnachtsferien nur zur Hälfte voll.

Vor dem Hotel wurde gehupt. Es war die tiefe Hupe eines Lastwagens oder Busses. Veronika trat aus dem Büro und lief zum Eingang.

Langhofer – Spezialdekoration stand auf dem Lieferwagen. Zwei Männer stiegen aus und einer kam auf sie zu, als sie aus dem Eingang trat.

»Kommen Sie zu uns?«, rief sie dem Mann entgegen.

Er winkte mit einem Klemmbrett. »Bestellung einer Lady Ross, die wir liefern sollen.«

»Was ist es?« Veronika spürte ein leichtes Unbehagen. Lady Ross war nicht bereit gewesen, ihr etwas über die »Überraschung« zu verraten.

Der Mann ging wortlos zur Rückseite des Lieferwagens. Sein Kollege ließ dort gerade die Klappe herunter. Veronika kam die Stufen herunter, um nachzusehen.

Im Lieferwagen stand ein hohes Gebilde, dick in Luftpolsterfolie verpackt. Es war unten rund und wurde nach oben hin schmäler. Einer der Männer sprang auf die Klappe und der andere ließ ihn damit auf das Niveau der Ladefläche hochfahren.

Das Gebilde stand auf Untersetzern mit Rollen. Der Mann löste die Arretierung und schob das Ding auf die Klappe hinaus. Es reichte ihm bis zum Kopf. Surrend senkte sich der Lastenlift.

»Was ist das?«, wollte Veronika endlich erfahren.

Ein neuerlicher Blick auf das Klemmbrett, aber weiter keine Erklärung. »Wir sollen das Ding in den Speisesaal bringen und an der Stirnseite aufstellen.«

»Zuerst will ich wissen, was Sie da bringen«, verlangte Veronika energisch.

»Hat Ihnen das diese ...«, Blick auf das Klemmbrett, »... Lady Ross nicht gesagt?«

»Eilanfertigung«, erklärte der andere der beiden Männer. Er zeigte seine Hände, an denen weiße und rosa Farbe zu sehen war. »Erst heute Morgen fertig geworden. Eine Pracht, Sie werden sehen.«

Die Männer nickten einander zu und nahmen das Gebilde am unteren Rand. Sie hoben es hoch und wanderten zur Treppe, die zum Hoteleingang hochführte.

Veronika gab auf. Sie konnte den Lieferanten den Zutritt nicht verwehren und musste sich ohnehin dem Schicksal ergeben und annehmen, was immer Lady Ross da hatte herstellen lassen.

In der Halle angekommen, wurde das Ding wieder auf die fahrbaren Untersetzer gestellt. Einer der Männer dirigierte es in Richtung Speisesaal, wo der zweite die Tische und Stühle in der Mitte zur Seite schob, damit eine Gasse entstand.

»Hier ist's recht.« Die Männer stellten das Ding zwei Meter von der Wand entfernt ab. Sie warteten nicht auf Veronikas Reaktion, sondern entfernten die knisternde Folie. Zum Vorschein kam etwas Weißes, geschmückt mit rosa Girlanden und Verzierungen.

Es war eine dreistöckige Riesenhochzeitstorte.

Veronika betrachtete sie mit einer Mischung aus Ratlosigkeit und Staunen. Solche Torten sah man doch normalerweise nur im Film.

»Wir zeigen Ihnen die Mechanik«, sagte der Mann. »Es ist einfach.« Er winkte sie hinter die Torte. Veronika kam sich vor wie in einem verrückten Traum.

»Hier ... das ist der Öffner.« Der Mann drückte auf einen Kringel aus künstlichem rosa Zuckerguss. An der Rückseite der Torte öffnete sich ein Teil. »Hier steigen die Leute ein, die aus der Torte springen sollen. Nur hier. Auch wenn es enger ist. Aber der untere Teil ist geladen.«

»Geladen?«, wiederholte Veronika.

»Mit Konfetti und Flugschnüren. Außerdem wird das Zimmerfeuerwerk gezündet. Von hier können die Leute in der Torte den ganzen Zauber auslösen.« Diesmal deutete der Mann in das hohle Innere der Riesentorte. Veronika beugte sich vor. Er leuchtete mit der Taschenlampe seines Handys hinein und sie sah einen Zuggriff und einen roten Knopf. »Beides kann nur einmal betätigt werden. Sagen Sie den Typen, die da reinsteigen, sie sollen nicht herumspielen.«

»Feuerwerk und Konfettikanone?«, fragte Veronika, die die Größe und Ausstattung der Torte noch immer nicht ganz begreifen konnte.

»Die obersten beiden Teile klappen nach hinten und gleichzeitig geht der Konfettiregen los, dazu die Funkensprüher und die Flugschnüre. Wie gewünscht nur in Weiß, Rot und Rosa.«

Die Transporteure verabschiedeten sich und ließen Veronika allein mit der Torte zurück.

»Was sagen Sie, Kindchen?« Lady Ross war im Speisesaal aufgetaucht, ohne dass Veronika es bemerkt hatte. Hinter ihr folgte stumm und mit ausdruckslosem Gesicht ihr Butler Ignaz. Beide hatten Schnee auf den Schultern.

Veronika suchte nach den richtigen Worten. »Ich dachte nicht, dass es so etwas wirklich gibt.«

Die Lady umrundete die künstliche Torte. »Die echte Torte, die ich bestellt habe, sieht genauso aus. Zuerst springt aus dieser Torte ein Tanzpaar, das eine Showeinlage zeigen wird. Danach fliegt die Tür des Speisesaales auf und Ignaz schiebt die echte Torte auf einem Servierwagen herein. Der Tänzer wird sehr dramatisch am Ende der Vorführung ein langes Messer zücken. Es ist zum Anschneiden der Torte gedacht, nicht zum Morden.« Sie lachte eine absteigende Tonleiter, amüsiert über ihren eigenen Scherz.

Ob der bodenständigen Lilo Schroll und ihrem sehr zurückhaltenden zukünftigen Ehemann das gefallen würde? Veronika hatte Zweifel.

»Ignaz wird am Samstagmorgen die Tonanlage aufbauen.« Lady Ross deutete zu einer Wandnische, in der normalerweise ein Teil des Frühstücksbuffets aufgebaut war.

»Überhaupt können Sie Ignaz gerne einsetzen, wenn Sie Hilfe benötigen. Haben Sie gehört, Ignaz, Sie gehen der lieben Veronika zur Hand, wenn sie das wünscht.«

Der lange Tiroler mit dem kantigen Kinn und den Dackelaugen nickte langsam. Veronika fragte sich manchmal, ob er wirklich so langsam war, wie er ihr erschien, oder ob er sich nur so gab, um Arbeit zu vermeiden.

Eine Terrassentür wurde aufgestoßen. Das Glas klirrte im Rahmen. Schnaufend kam Herr Wunderer herein. Er hatte zwei große Kunststofftragetaschen links und rechts auf der Schulter hängen. Der Inhalt schien schwer zu sein. Die Taschen schlenkerten, als er sich umdrehte, um die Tür zu schließen.

Stumm beobachteten ihn die Anwesenden, als er in Richtung Saalausgang ging. Er hatte sie gar nicht bemerkt.

Er schleicht sich von hinten ins Haus, fiel Veronika auf. Normalerweise trat ihr Vater fest auf, polterte mit seinen schweren Schuhen und stapfte durch das Hotel, um seine Position zu betonen. Sie hatte noch nie erlebt, dass er von der Terrasse kam.

»Vater?«

Herr Wunderer fuhr erschrocken zusammen.

Ertappt, fiel Veronika ein.

Er drehte sich etwas zu schnell um und die Taschen schlugen gegen seinen Rücken und seine Brust.

»Sollen wir beim Tragen helfen?«, bot Veronika an.

»Nein!«

Das Nein kam zu schnell und zu energisch. »Was ist das da?« Herr Wunderer deutete mit dem Kopf auf die Hochzeitstorte.

»Dreimal dürfen Sie raten.« Lady Ross legte den Kopf zur Seite und sah Herrn Wunderer gütig an.

»Guten Tag, Lady Ross«, grüßte Herr Wunderer, wieder ganz Hoteldirektor. Ignaz ignorierte er, denn er gehörte für ihn zum Personal.

»Weihnachtsgeschenke?« Die Lady deutete auf die Taschen. Sie hatte einen kindlichen Unterton, als würde sie gleich vor Freude wie ein Mädchen in die Hände klatschen.

»Geschenke gibt es bei uns nicht mehr. Damit haben wir schon vor Jahren Schluss gemacht.« Herr Wunderer nickte kurz grüßend und verließ den Saal.

Er hat sich heimlich ins Haus schleichen wollen, damit ihn keiner bemerkt, dachte Veronika. Aber was konnte der Grund dafür sein? Es musste mit den Tragetaschen zu tun haben. Was enthielten sie?

BLUTIGER KINDERREIM

Drei Puppen aus grauem Stoff wurden nebeneinander auf einen Tisch gelegt. Die Puppen sahen einander sehr ähnlich. Die Augen, der weit aufgerissene Mund und ein Muttermal an der Hüfte waren mit Filzstift aufgemalt. Die schwarzen Haare waren aus Bast.

Der ersten Puppe wurde mit scharfer Klinge der Hals durchgeschnitten. Der Kopf war noch an einem Faden mit dem Körper verbunden und hing weg. Rote Tinte wurde auf die »Wunde« getropft, graues Füllmaterial quoll aus dem Körper.

Bei der zweiten Puppe wurden die Arme und Beine in der Mitte brutal zu einem rechten Winkel gebogen. Draht in den Gliedmaßen der Puppe hielt diese Form.

Die dritte Puppe bekam eine Schnur um den Hals gebunden, die fest zugezogen wurde. Das lange Ende wurde hochgehalten. Schlaff baumelte die Puppe daran wie ein Pendel. Hin und her und her und hin.

Als nächstes wurden die Puppen in drei Schachteln gelegt, die mit Seidenpapier gepolstert waren. Sorgsam wurde das Papier zusammengeschlagen.

Die Deckel wurden auf die Schachteln gesetzt und anschließend wurden sie alle in Packpapier gewickelt und mit Schnur zugebunden.

Wie beim Hütchenspiel wurden die Schachteln nun gemischt und herumgeschoben. Es war unmöglich, zu wissen, welche Puppe sich wo befand.

Ein Zeigefinger wanderte über den Schachteln hin und her. Mit einem Kinderreim wurde ausgezählt, bis der Finger auf der rechten Schachtel liegen blieb.

Sie würde also als nächstes abgeschickt werden.

MITTWOCH
18. NOVEMBER

DER EINBRUCH

In der Mitte des Speiseraums standen vier Säulen, die ein Quadrat bildeten. Dazwischen hatte Veronika die Hochzeitstafel platziert, die aus zwei zusammengeschobenen Tischen bestand. Sie wollte zwischen die Säulen noch weiße Girlanden aus Tüll hängen, zusammengebunden mit roten Bändern. So würden sich die wenigen Gäste in dem recht großen Raum nicht verlieren.

Die Trauung selbst hatte sie aber im Kaminzimmer geplant. Dieses Zimmer lag neben der Halle und hatte, wie der Name schon sagte, einen gemütlichen offenen Kamin. Für die Standesbeamtin würde Veronika einen kleinen Tisch hineinstellen und davor zwei Lehnsessel aus Leder für das Brautpaar.

Wenn im Kamin ein Feuer prasselte und der Schein der Flammen an den Wänden tanzte, würde das für eine sehr besondere Atmosphäre sorgen.

Veronika gähnte. Es war erst halb fünf Uhr am Morgen. Sie hatte nicht mehr schlafen können und kam deshalb im Bademantel aus ihrer Wohnung herunter, um die Vorbereitungen fortzusetzen.

Vor den Fenstern lag pechschwarze Nacht. Nur durch die Glastür fiel der Schein der Lampe, die den Eingang beleuchtete. Veronika sah die Schneeflocken tanzen. Am Freitag sollte es sogar stürmisch werden. Sie flehte im Stillen, die Gäste würden nicht im letzten Augenblick absagen.

Als Erstes würde sie die weißen Tischdecken und die Servietten aus der Wäschekammer holen. Sie befand sich gleich neben dem Speisesaal. Dort musste sie auch Hussen finden, mit denen sie die Holzsessel überziehen wollte. So bekam das etwas abgenutzte Mobiliar ein festlicheres Aussehen.

Auf dem Weg zu den Lichtschaltern der Halle, die sich bei der Rezeption befanden, hörte sie ein Geräusch im Speisesaal. Veronika blieb stehen.

Wer war außer ihr schon wach? Doch nicht die Eltern? Sonst blieb nur noch Marie übrig, aber wieso sollte sie zu dieser nachtschlafenden Zeit im Speisesaal sein?

Veronika ließ das Licht in der Halle abgedreht und ging auf die Tür des Speisesaals zu. Ein Flügel war geschlossen, der andere stand einen Spalt breit offen und bewegte sich von allein.

Die Tür schlug zu, das Schloss aber rastete nicht ein. Gleich darauf schwenkte die Türhälfte wieder nach innen. Als sie einen kalten Luftzug spürte, war Veronika klar, dass der Wind die Tür bewegte. War eine Terrassentür offen?

Sie stieß den Flügel auf und blickte in die Dunkelheit. Ein weiterer Windstoß fegte von der Seite her. Mit der Hand tastete Veronika nach dem Lichtschalter an der Wand und drückte ihn. Die Lampen an der Decke flammten auf.

Im Saal standen die Tische und Stühle in derselben Anordnung wie noch am Abend zuvor. Nur ein Vorhang bewegte sich. Er wurde von außen durch den Wind aufgebauscht und schien nach innen hin anzuwachsen. Veronika lief hin und zog den Vorhang zur Seite. Die Glastür schwang, von einer Böe getroffen, auf und schlug ihr gegen die Brust. Sie fing sie ab und drückte sie zu.

Der Drehriegel an der Innenseite ließ sich schließen. Veronika öffnete die Tür erneut und prüfte das Schloss an der Außenseite. Um es zu öffnen, war ein Spezialschlüssel nötig. Die Tür war unbeschädigt, also hatte niemand versucht, sie aufzubrechen. Ihr Vater musste gestern vergessen haben, die Tür richtig zu schließen und deshalb hatte sie der Wind aufdrücken können.

Veronika drehte sich um und ging zur schmalen Tür, die sich gegenüber den vier Säulen befand. Sie stand halb offen und in der Wäschekammer brannte Licht.

War doch jemand eingebrochen? Die Vorstellung erschien Veronika verrückt. Es musste eine andere Erklärung geben. Es brach doch niemand hier auf dem Berg in ein leeres Hotel ein und raubte Tischdecken und Stoffservietten? Sie ging auf die Tür zu und zog sie ganz auf.

An allen Wänden standen Regale, in denen gefaltete Tischwäsche gestapelt war. In der Mitte erhob sich vom Boden bis zur Decke ein weiteres Regal, nach beiden Seiten offen. Auf den Fächern lagen Stoffservietten bereit.

Die Wäsche duftete immer frisch nach Waschmittel. Sie war erst vor ein paar Tagen von der Firma geliefert worden, von der Familie Wunderer Tischdecken, Servietten und Handtücher mietete. In den Duft mischte sich aber auch der Geruch von nasser Wolle. Veronika blickte zu Boden. Sie bemerkte dort Wasser und Reste von Schnee, der aus dem tiefen Profil einer Schuhsohle gefallen sein musste.

Ihr Herz begann zu rasen und sie bewegte sich nach hinten. Es war jemand hier. Wahrscheinlich stand der Eindringling sogar hinter dem Regal in der Mitte. Die Polizei zu alarmieren hatte keinen Sinn, da sie aus dem Nachbarort kommen musste und um diese Zeit vielleicht nicht einmal erreichbar war.

Veronika nahm allen Mut zusammen. Sie griff nach der Klinke der Tür, um sie zuzuschlagen und von außen abzusperren. Wenn jemand in der Wäschekammer war, saß er oder sie in der Falle.

Hinter dem Mittelregal stürzte jemand hervor. In der ersten Schrecksekunde glaubte Veronika, einen Geist zu sehen. Es war aber ein aufgefaltetes Tischtuch, das sich jemand vor den Körper hielt. Veronika sah das Weiß auf sich zurasen und spürte eine Hand, die sie grob am Arm fasste und in die Kammer riss. Sie wurde zu Boden geschleudert. Als sie wieder aufsprang, knallte die Tür zu und sie hörte, wie der Schlüssel von außen im Schloss gedreht wurde.

Veronika war also selbst in die Falle getappt, die sie dem anderen hatte stellen wollen.

Wenn der Einbrecher dachte, sie würde nun schreien oder gegen die Tür trommeln, dann irrte er gewaltig. Veronika wusste, dass es sinnlos war und ließ es deshalb bleiben. Stattdessen packte sie die Klinke an der Innenseite und riss sie mit beiden Händen in die Höhe.

Das Schloss krachte und gab nach. Sie konnte die Tür öffnen und sprang in den Speisesaal hinaus.

Der wehende Vorhang verriet, wohin der Einbrecher geflohen war. Veronika rannte hin, zog den Vorhang zur Seite und trat auf die Terrasse. Der Wind schlug ihr kalt ins Gesicht.

Im Lichtschein, der aus dem Saal fiel, sah sie im frisch gefallenen Schnee Abdrücke von Schuhen mit einem groben, tiefen Profil. Sie bückte sich und legte ihre Hand in einen Abdruck. Er war fast doppelt so groß wie ihre Handfläche.

Sie kannte hier auf dem Berg nur eine Person mit dieser Schuhgröße. Aber wieso sollte sie ins Hotel einbrechen?

Veronika schloss die Terrassentür erneut und kehrte in die Wäschekammer zurück. Sie ließ ihren Blick über die vollen Regale schweifen. Die Stapel der Tischtücher und Servietten waren verschoben worden, ein paar waren sogar umgefallen.

Hier hatte jemand etwas gesucht.

ZAHLTAG

Veronika beschloss, die Polizei aus dem Spiel zu lassen. Sie würde sich den Verdächtigen selbst vorknöpfen.

Sie kehrte in ihre Wohnung zurück, duschte, wusch sich die Haare und überlegte dabei, was sie von dem Vorfall halten sollte.

In der großen Hotelküche bereitete sie sich später ein kleines Frühstück zu: Müsli, gekochte Äpfel und etwas Joghurt.

Sie saß auf einer der Nirosta-Arbeitsplatten und sah grübelnd ins Leere.

Die Küche war zu dieser Jahreszeit ein jämmerlicher und verlassener Ort: Kaltes Neonlicht, kalte Herdplatten, nirgendwo eine Speise und kein Küchenpersonal.

»Guten Morgen!«

Veronika erschrak so heftig, dass ihr die Schüssel mit ihrem Müsli fast aus der Hand fiel. Sie konnte sie im letzten Moment auffangen.

»Verzeihung.« Marie war eingetreten, ohne dass Veronika sie kommen gehört hatte. Sie trug eine weiße Kochjacke und Hosen mit kleinem, schwarz-weißem Karomuster. Die roten Wangen waren ihr auch in der Wärme geblieben und mit den dünnen aschblonden Haaren und der leicht geduckten Haltung hatte Marie etwas von einem verschreckten kleinen Vogel.

Beruhigend winkte Veronika mit der Hand. »Nichts geschehen. Was machst du schon um diese Uhrzeit hier?«

»Ich dachte, wenn ich heute früher fertig bin, könnte ich mir noch die Gegend ein wenig ansehen. Bei Tageslicht. Ich liebe Schnee.«

»In Ordnung.« Veronika sprang von der Platte und holte eine ihrer berühmten Listen aus einer Lade. »Das kannst du bitte heute alles machen.«

Nachdem sie die Liste überflogen hatte, nickte Marie. »Gerne, Boss.«

»Bitte nenne mich nicht Boss.« Veronika musste grinsen, weil das noch nie jemand zu ihr gesagt hatte.

Marie hatte sich bisher als recht hilfreich erwiesen. Sie hatte bereits mit den Vorbereitungen für das Hochzeitsessen begonnen. Alles, was sie schon fertig vorbereiten konnten, wollte Veronika so früh wie möglich im Kühlschrank sehen. Am großen Tag sollten dann nur noch Dinge gebraten, gewärmt und angerichtet werden.

Veronika verließ die Küche, um ins Büro zu gehen. Durch das Fenster des Ganges sah sie den braunen Hotelbus mit dem goldenen Schriftzug wegfahren. Er konnte bis zu zehn Gäste vom Bahnhof oder Flugplatz abholen.

Es konnte aber noch niemand ankommen oder abgeholt werden. Jedenfalls wusste Veronika von keinen Gästen. Am Steuer saß ihr Vater. Ihre Verwunderung wuchs. Gestern die Heimlichtuerei mit den zwei Kunststofftaschen und heute eine Fahrt in aller Früh.

Wo wollte er um diese Zeit hin? Er besaß einen kleinen Geländewagen, der sein ganzer Stolz war und mit dem er normalerweise herumkurvte. Den Bus lenkte er nur, wenn kein anderer Mitarbeiter verfügbar war, um Gäste abzuholen.

Später, wenn er zurückkam, würde sie ihn zur Rede stellen, beschloss Veronika.

Sie fuhr im Büro den Computer hoch. Zuerst ging sie wie gewohnt die E-Mails durch, die über Nacht eingetroffen waren. Jede Buchung würde sofort ihre Stimmung heben.

Leider waren die ersten fünf E-Mails nur Rechnungen und die sechste eine Stornierung. Die siebente kam von DWDB, was auch immer das war. Der Betreff lautete: Wichtig, Warnung!

Mit einer unguten Vorahnung öffnete Veronika die Nachricht.

DWDB@google.com

Betreff: Wichtig, Warnung!

Veronika Wunderer, im Leben tut man nichts ungestraft. Die Zeit deiner Strafe ist gekommen.
Du weißt, was damit gemeint ist. Falls nicht, so kann ich deinem Gedächtnis auf die Sprünge helfen. Du musst es mich nur wissen lassen.

Mit freundlichen Grüßen.
Du wirst dafür bezahlen.

Immer wieder las Veronika die E-Mail, als würde das etwas am Inhalt ändern. War das Spam? Sie hatte schon einige Male E-Mails mit erpresserischem Inhalt bekommen, aber es waren nur Mails gewesen, wie sie tausende Menschen erhielten.

In diesem Fall erschien ihr das anders.

Veronikas nächste Aktion war das Öffnen der Seite der Datingplattform, auf der sie Mario kennengelernt hatte. Erneut gab sie seinen Profilnamen ein, doch sie bekam abermals nur die Meldung: User unbekannt.

Sie hatte keinen Beweis, dass er mit der E-Mail etwas zu tun hatte. Nur einen Verdacht.

Wofür sie bezahlen sollte, war ihr unklar. Veronika war sich keiner Schuld bewusst. An ihrer Beunruhigung änderte das aber nichts.

PLANÄNDERUNG

Axel klopfte an die Tür des Badezimmers.

»Lilo? Alles in Ordnung?«

»Natürlich.«

»Du bist seit einer halben Stunde da drinnen.«

»Ich probiere meinen Look für die Hochzeit aus.«

Kopfschüttelnd verließ Axel das Schlafzimmer. Normalerweise sperrten sie nie ab, wenn sie im Badezimmer waren. Die Toilette war im hinteren Teil des Bades und hatte eine eigene Tür mit Riegel. Irgendwie sah es Lilo auch nicht ähnlich, sich probeweise für die Hochzeit herzurichten. Sie hielt viel mehr von »natürlicher Schönheit« und Axel war das auch lieber so.

Ihm fiel sein Anzug ein, den er am Vortag aus der Änderungsschneiderei geholt hatte. Trotz Lilos mehrfacher Erinnerung hatte er ihn dort nicht anprobiert. Er ging in sein Zimmer, wo ein Crosstrainer und Gewichte standen, weil er auch bei Regenwetter gerne ein wenig trainierte.

Der Anzug hing an einem Haken an der Sprossenwand, die sie für Lotta eingebaut hatten. Axel, der noch Boxershorts und T-Shirt vom Schlafen trug, schlüpfte aus dem Bademantel und in den Anzug. Die Schneiderei hatte gute Arbeit geleistet und Sakko und Hose passten seiner Meinung nach ausgezeichnet.

»Ich bin so aufgeregt.« Lotta stand in der Tür. Sie trug den weißen Hosenanzug, den sie unbedingt zur Hochzeit tragen wollte. Kleider kamen für sie nicht infrage.

»Passt dir gut, der Anzug«, stellte Axel fest.

»Darf ich wirklich die Ringe reichen?«

»Ja, das darfst du. Danach sitzt du neben uns, wie wir das vereinbart haben.«

Lotta strahlte über das ganze Gesicht.

»Es ist wie in *Der Weihnachtsprinz.*« *Der Weihnachtsprinz* war ein Film, den Lotta bestimmt schon siebenmal angesehen hatte. Wenn sie auch noch so burschikos und wild sein konnte, romantische Komödien zog sie allen anderen Filmen vor.

Sie hatte aus dem Film auch einige Vorschläge für die Hochzeit übernommen. »Ihr solltet in einem Schlitten zum Hotel fahren, der von zwei weißen Pferden gezogen wird.«

Axel schüttelte lachend den Kopf. »Du hast zu viel Fantasie, Hase.«

»Wenn ihr euch das Jawort gebt, sollen hundert weiße Tauben losgelassen werden«, schilderte Lotta weiter.

»Dort oben in der Kälte hätten sie keine große Überlebenschance«, gab ihr Vater zu bedenken.

»Dann wenigstens hundert Ballons. Fünfzig weiße und fünfzig goldene.«

»Da kommst du bei Poppi nicht durch. Sie ist dagegen, weil die Ballons irgendwann abstürzen und Tiere den Gummi fressen könnten.«

Lilo gesellte sich zu den beiden. Sie deutete mit der Hand auf Axels Anzug. »Passt jetzt wie angegossen.«

»Könnt ihr nicht schon heute heiraten? Ich bin so kribbelig.« Lotta zappelte zwischen den beiden herum und setzte ihr treuherzigstes Gesicht auf.

Lilo fiel etwas ein. »Hast du nicht am Freitag schulfrei?«

»Ja, Elternsprechtag.« Lotta wurde schlagartig ernst. »Immer geht Papa zum Elternsprechtag. Du nie.«

Axel versuchte sofort, zu schlichten. »Moment, Lotta, das hat praktische Gründe, weil Lilo an diesen Tagen immer beschäftigt war.«

»Stimmt nicht. Sie war beim letzten Mal zu Hause und beim vorletzten Mal auch.«

Da musste ihr Lilo recht geben.

»Ich fände es gut, wenn du auch zum Elternsprechtag gehen könntest. Als meine Mama.«

Überrascht zog Axel die Stirn hoch.

Ernst blickte ihr Lilo in die Augen. »Bist du dir da ganz sicher?«

»Ja. Ganz sicher.« Lotta war anzuhören, dass sie es wirklich so meinte.

»Hm, mal sehen«, sagte Lilo geheimnisvoll.

Lottas Neugier war nun voll erwacht. »Was sehen?«

Axel und Lilo wechselten einen Blick. »Du warst dir in der Vergangenheit nicht immer sicher, ob du mich als deine Mutter akzeptieren kannst.«

»Was bist du sonst, wenn ihr zwei heiratet?« Diese Schlussfolgerung war typisch für Lottas scharfen Verstand, den Lilo sehr schätzte.

»Ich bin die Frau deines Vaters«, entgegnete sie ruhig. Sie wollte Lotta zum Nachdenken anregen.

»Das bist du doch schon jetzt. Nur ohne Hochzeit.«

Schweigend verfolgte Axel das intime Gespräch zwischen den beiden wichtigsten Frauen in seinem Leben.

»Stimmt. Aber eine Heirat bedeutet, dass es zwei Menschen sehr ernst ist, gemeinsam durchs Leben zu gehen. Kinder sind für viele etwas, das sie sich wünschen.«

»Ihr habt mich«, sagte Lotta. Sie musterte Lilo kritisch, weil sie nicht erkennen konnte, worauf sie hinauswollte.

»Stimmt. Du bist Axels Tochter. Und für mich bist du auch wie eine Tochter.«

Wortlos griff Axel nach Lilos Hand und drückte sie.

Lotta trat von einem Bein auf das andere. »Ehrlich? So, als ob du mich geboren hättest?«

»Ja. Genau so. Ein eigenes Kind könnte ich nicht mehr mögen und ...« Lilo zögerte, sagte es dann aber doch: »... lieben.«

Ohne weitere Worte schlang Lotta ihre Arme um sie und drückte den Kopf auf Lilos Bauch. »Ich habe dich auch lieb. Wirklich. Aber du nervst manchmal.«

Lilo lachte auf. »Dann haben wir etwas gemeinsam. Das tust du nämlich auch.«

Von Axel war ein tiefes Aufatmen zu hören. »Ich glaube, wir haben das Richtige getan«, flüsterte er Lilo ins Ohr. Es war nicht leise genug für Lotta, die aufschnappte, was er gerade gesagt hatte. »Was habt ihr getan?«

»Das ist ein kleines Hochzeitsgeschenk an dich«, erwiderte Axel, war aber auch auf Lottas Drängen nicht bereit, mehr zu verraten. »Du erfährst es am Samstag bei unserer Hochzeit.«

»Noch so lange warten!« Lotta spielte schmollendes Mädchen.

»Was haltet ihr davon, wenn wir schon am Donnerstagnachmittag ins *Alpenschlössel* fahren und nicht erst am Freitagvormittag?«, schlug Lilo vor. »Dann haben wir fast einen ganzen Tag für uns, bevor die anderen ankommen.«

»Von mir aus geht's«, sagte Axel. Ihm gefiel die Idee, weil die Hochzeit dann sicherlich entspannter war.

Lilo rief bei Veronika an, die zwar überrascht, gleichzeitig aber auch erfreut über die frühzeitige Ankunft war. »Ich fahre sofort los und kaufe ein, denn außer bei uns können Sie nirgendwo in der Umgebung essen. Aber wir werden Sie gut versorgen.«

Es war Zeit für die Mitglieder der kleinen Familie, aufzubrechen: Lotta musste in die Schule. Axel zum Training mit den Senioren und Lilo hatte auch noch etwas Wichtiges zu erledigen, wie sie sagte. Auf die Frage, was das war, lächelte sie nur geheimnisvoll.

UNERWARTETE SPUREN

»Bleib ruhig, ganz ruhig!«

Veronika betete diesen Satz fast wie ein Mantra, in der Hoffnung, er würde wirken.

In Wirklichkeit war sie völlig aufgewühlt. Sie hatte seit längerer Zeit schon kein Glück im Leben, derzeit aber brauten sich immer mehr dunkle Gewitterwolken über ihr zusammen.

Ihr Vater war noch nicht zurück. Veronika musste auf ihn warten, um den Bus zum Einkaufen zu nehmen. Sie besaß kein eigenes Auto.

Wie hypnotisiert starrte sie die E-Mail an, die sie noch immer geöffnet auf dem Computerbildschirm vor sich hatte. Wer war dieser Mario nur?

Die Nachricht von der vorzeitigen Ankunft von Lieselotte Schroll und Axel Klingmeier samt ihrer Tochter freute sie. Vielleicht konnte sie mit den beiden über die Droh-Mail reden. Die scheußliche Voodoo-Puppe hatte sie ihnen auch gezeigt. Vielleicht wusste einer von ihnen sogar, wie Veronika etwas über die Identität von Mario herausfinden konnte.

Um zehn Uhr war ihr Vater noch immer nicht zurück. Veronika rief ihn am Handy an, aber er hob nicht ab.

Der Schneefall wurde dichter und Veronika wollte nicht länger mit dem Einkaufen warten. Sie lief die Treppe hinauf in den zweiten Stock, wo sich die Wohnung der Eltern befand. Sie war damals, als sie Hallenbad, Sauna und Dampfbad gebaut hatten, auf dem Dach des neuen Gebäudeteils errichtet worden. Veronika drückte den Klingelknopf und hörte den Gong hinter der Tür.

Ihre Mutter öffnete, wie jeden Tag tadellos frisiert und geschminkt.

Zu einem grünen Trachtenkostüm trug sie eine rosafarbene Bluse und ein besticktes Schultertuch.

»Guten Morgen«, grüßte Veronika.

Frau Wunderer musterte sie mit ihrem kritischen Blick. »Kannst du dich nicht besser anziehen? Immer diese Jeans und hängenden Jacken.«

»Da außer uns niemand im Hotel ist, kleide ich mich so bequem, wie es mir gefällt«, entgegnete Veronika, die sich beherrschen musste, keine Grobheit loszulassen.

»Ist etwas geschehen? Ein Problem?«, wollte ihre Mutter wissen.

»Weißt du, wo Papa ist?«

»Er hat etwas zu erledigen, hat er gesagt.«

»Hat er auch gesagt, wann er zurückkommt? Ich brauche den Bus zum Einkaufen.«

»Er sollte eigentlich schon wieder hier sein.«

»Und was erledigt er?«

Die Mutter sah Veronika stumm an und antwortete nicht.

»Er wird doch keine Freundin haben«, konnte sich Veronika nicht verkneifen.

Frau Wunderer brauste auf. »Unsere Ehe ist auch nach 39 Jahren noch frisch wie am ersten Tag. Einen Mann wie deinen Vater musst du erst einmal finden.«

Seltsam, dachte Veronika. Ihre Mutter betonte, wie gut die Ehe war, aber sie hatte ihre Eltern schon lange weder freundliche Worte noch die Andeutung einer Zärtlichkeit austauschen sehen. Sie nickte kurz und ging.

»Ich rufe Papa noch einmal am Handy an.«

»Er hat sicherlich wieder viel zu tun, damit die Hoteleröffnung Anfang Dezember klappt«, rief ihre Mutter hinterher.

Veronika redete, ohne sich umzudrehen. »Wir eröffnen schon heute. Die ersten Gäste kommen am Nachmittag an. Ihr braucht euch um nichts zu kümmern. Ich schaffe das allein. Mit meiner Küchenhilfe. Fast keine Ausgaben, nur Einnahmen. Außerhalb der Saison. Genau das, was Betriebe wie unserer brauchen.«

»Viel Glück.« Ihre Mutter schloss die Wohnungstür mit Nachdruck.

Weil sie derzeit keine Mitarbeiter hatten, die sich darum kümmern konnten, schlüpfte Veronika in ihre Winterjacke und verließ das Hotel durch den hinteren Ausgang. Sie nahm die Schneeschaufel, die dort lehnte, und begann, die Terrasse zu reinigen. Ihre Gäste sollten nicht ausrutschen und sich verletzen. Weil sie schon dabei war, nahm sie sich auch den Anfang des Weges vor, der zum Waldsee führte. Vielleicht wollte das Hochzeitspaar einen romantischen Spaziergang unternehmen.

Im Schnee war die Spur eines Autos zu sehen. Sie musste frisch sein, denn es lagen nur wenige Flocken darauf. Hier war also vor Minuten oder höchstens einer halben Stunde ein Wagen gefahren.

Das war mehr als ungewöhnlich. Den Weg nahmen höchstens ihre Gäste, zu Fuß oder auf dem Mountainbike. Der Waldsee war ein idyllischer Ort, umgeben von Nadelbäumen und bemoosten Felsen. Am Ufer stand eine Blockhütte mit kleiner Sauna, die vor vielen Jahren ein reicher Anwalt aus München errichten lassen hatte.

Veronika erinnerte sich noch an den Streit ihrer Eltern darüber. Da der Wald der Familie gehörte, hatte ihr Vater dem Anwalt den Platz am See verpachtet. Frau Wunderer wusste, dass der Anwalt die Hütte als Liebesnest mit seiner Freundin verwenden wollte. Er war verheiratet, hatte drei Kinder und verbrachte den Winterurlaub seit vielen Jahren im *Alpenschlössel.*

Herr Wunderer hatte sich durchgesetzt und sogar den Bau der Hütte einen Sommer lang beaufsichtigt. Der Anwalt hatte aber nie viel Zeit dort verbracht. Die Hütte wurde kaum benutzt und nur zu Beginn der Saisonen und am Ende vom Personal des Hotels geputzt. Die Abmachung zwischen Herrn Wunderer und dem Anwalt sah vor, dass die Hütte jederzeit ohne großen Aufwand bereitstand.

War der Anwalt zurückgekehrt? Veronika konnte sich nicht erinnern, ihn irgendwann in den vergangenen zehn Jahren in der Gegend gesehen zu haben. Ins Hotel kam er schon lange nicht mehr.

Veronika drückte erneut am Handy auf die Nummer ihres Vaters. Wieder gab es ein Freizeichen, aber nach einigen Malen Klingeln verkündete eine sachliche Stimme, dass der Teilnehmer derzeit nicht erreichbar wäre.

Sie kehrte ins Haus zurück, um von ihrer Mutter die Schlüssel für den Wagen zu holen. Als sie auf die Wohnungstür zuging, hörte sie hinter sich den Lift aufgehen. Ihr Vater trat heraus.

»Wo warst du?«, fragte Veronika ohne Begrüßung.

»Das ist meine Sache.« Er wollte an ihr vorbei, aber sie verstellte ihm den Weg.

»Ich brauche den Bus.«

Herr Wunderer reichte ihr die Schlüssel.

Hinter ihm ging die Tür der Wohnung auf. Frau Wunderer trat auf den Gang und sah zwischen ihrem Mann und Veronika hin und her.

»Stimmt etwas nicht?«

»Das musst du Vater fragen«, antwortete Veronika spitz.

»Diesen Ton will ich hier nicht hören.« Frau Wunderer war schon wieder in der Wohnung verschwunden, kam dann aber noch einmal zurück. »Wir werden das Wochenende über in der Wohnung bleiben, damit wir bei deiner Hochzeit nicht stören. Du wirst das sicher auch allein ganz wunderbar machen.« Die Ironie in ihrer Stimme war nicht zu überhören.

Herr Wunderer nickte kurz, als wollte er die Worte seiner Frau unterstreichen, und folgte ihr dann eilig. Veronika sah den Eltern fassungslos nach. Sie holte Luft, um etwas Unfreundliches nachzurufen, schluckte es dann aber wieder hinunter. Es würde ohnehin nichts nutzen.

DONNERSTAG
19. NOVEMBER

URLAUBSANSUCHEN

»Urlaub? Jetzt?« Die Oberschwester fuhr mit dem Mauszeiger auf dem Bildschirm herum, klickte auf die Tagespläne und auf die Namen ihrer Pflegerinnen und Pfleger.

Der Mann, der vor ihrem Schreibtisch stand, hatte den Kopf gesenkt und spielte nervös mit den Fingern.

»Meine Großmutter hat die nächsten Tage keine 24-Stunden-Hilfe. Beide Frauen sind erkrankt. Ich muss einspringen.«

»Das hatten wir doch schon vor drei Wochen einmal.«

»Ja. Vorsichtsmaßnahmen wegen Corona. Meine Großmutter ist 86 Jahre alt.«

»Risikogruppe, natürlich, sie muss geschützt werden.« Dafür hatte die Oberschwester volles Verständnis. Sie war ein Segen für alle, die auf der Intensivstation lagen und auch für das Personal, das unter ihr arbeitete. Von ihr gab es nie ein lautes Wort, ihre gute Laune schien unerschütterlich und ihr Wille, eine Lösung zu finden, ebenfalls.

»Aber am Montag sind Sie wieder im Dienst. Frühdienst.« Sie tippte und klickte und der Name des Pflegers verschwand für die nächsten drei Tage aus dem Dienstplan, dafür tauchte er am Anfang der nächsten Woche wieder auf.

»Natürlich, Schwester Ingeborg. Sie wissen, dass Sie sich auf mich verlassen können.«

»Das weiß ich, Mario.« Sie blickte über den weißen Rand ihrer schicken Brille zu ihm hoch und lächelte. Brillen waren der einzige Schmuck, den sie sich leistete.

Mario hatte Schweißtropfen auf der Stirn und rote Flecken am Hals und im Gesicht. Er trug nicht nur Schutzhandschuhe aus Latex im Dienst, sondern manchmal auch weiße Stoffhandschuhe, um seine immer feuchten Hände zu verbergen.

»Also, dann bis Montag«, verabschiedete sich Schwester Ingeborg von ihm.

»Ja, bis Montag.« Er nickte bekräftigend und verließ das Zimmer. Die Oberschwester blickte ihm nach. Sie mochte ihn und hatte Mitgefühl für Mario, weil sie selbst ständig mit ihrem Gewicht zu kämpfen hatte. Schwester Ingeborg wusste, wie viele Versuche er schon unternommen hatte, um abzunehmen. Mittlerweile aß er nur noch einmal am Tag, hatte er ihr erzählt. Trotzdem wurde seine Leibesfülle nicht weniger.

Bei der letzten Weihnachtsfeier hatte Mario in tiefer Melancholie zu klagen begonnen, dass sich niemand mit einem Schwergewicht wie ihm einlassen wollte. Er hatte sogar zu weinen begonnen.

Ihr PC gab einen Signalton von sich. Die Oberschwester warf einen Blick auf den Bildschirm. Das Personal-System des Krankenhauses meldete, dass Mario Zylkor einen Tag zu viel Urlaub genommen hatte. Sein Urlaub war bereits aufgebraucht, die Überstunden mit Zeitausgleich abgebaut. Es war untypisch für den gewissenhaften Mario, so etwas zu übersehen.

Am Montag würde sie mit ihm reden müssen.

DAS WEISSE GESICHT

Es war kurz nach drei Uhr am Nachmittag, als Axel den SUV vor dem Hotel *Alpenschlössel* ausrollen ließ und den Motor abstellte. Wie ein verschwommener Lichtpunkt glomm die Lampe über dem Eingang des Hotels durch das dichte Schneegestöber.

»Schon fast so dunkel, als wäre es Abend«, stellte Lilo fest.

Die hintere Wagentür wurde aufgerissen und Lotta sprang heraus. Sie streckte die Arme zur Seite und drehte sich im Schneegestöber. »Hochzeit, Hochzeit, Hochzeit!«, jubelte sie und veranstaltete dazu einen kleinen Tanz.

Axel und Lilo stiegen nun auch aus und atmeten die Bergluft ein. Die Kofferraumklappe ging auf, als Axel den Knopf auf dem Schlüssel drückte. Er überlegte, welchen der Koffer oder welche Tasche er zuerst auspacken sollte.

»Wie lange bleiben wir hier?«, fragte er grinsend. »Bis Weihnachten?«

Natürlich wusste Lilo, worauf er anspielte. Sie hatten viel zu viel eingepackt und mitgenommen. Der geräumige Kofferraum war randvoll.

Aus dem Hotel kam ihnen Veronika entgegengelaufen.

»Herzlich willkommen, schön, dass Sie schon hier sind. Darf ich Ihnen gleich beim Tragen helfen?«

Axel lehnte höflich ab. »Das schaffe ich schon. Bitte geht alle hinein. Heiraten mit Husten oder rinnender Nase ist wenig angenehm.«

»Darf ich ein bisschen im Schnee spielen?«, bat Lotta.

Lilo sah sie zweifelnd an. »Es ist ein bisschen finster dafür.«

Lotta kniff die Augen zusammen. »Ich bin eine Katze und kann auch in der Nacht sehen.«

»Ich gebe dir eine Sturmlampe«, bot Veronika an. Zu Axel und Lilo gewandt erklärte sie, was das war. »Wir haben immer Handlampen in der Lobby liegen, falls hier der Strom ausfällt. Sie sind stark und wasserfest und der Akku hält lange.«

»Fällt hier oft der Strom aus?« Lilo kamen immer mehr Zweifel, den richtigen Ort für die Hochzeit gewählt zu haben.

»Manchmal. Aber nie für lange Zeit. Keine Sorge.«

Axel nahm in jede Hand einen Koffer und stopfte sich Taschen unter die Arme. So bepackt folgte er Veronika ins Hotel. Lilo und Lotta nahmen die leichteren Gepäckstücke.

Veronika reichte Lotta von unter der Theke der Rezeption eine Lampe mit Tragegriff und Umhängegurt. Sie schaltete sie ein und richtete den Strahl ans andere Ende der Halle. Obwohl alle Lichter an waren, konnte man den Lichtkreis gut sehen.

»Wirklich stark, diese Lampe«, stellte Axel fest.

»Darf ich? Nur ein bisschen?« Lotta sah ihren Vater und Lilo bettelnd an.

»Bleib aber in der Nähe des Hotels«, ermahnte sie Lilo.

»Ich liebe euch.« Jubelnd stürmte Lotta davon.

Die Straße vor dem Hotel und der Weg zum Parkplatz waren von ein paar Lampen beleuchtet, zwischen denen die Abstände aber groß waren.

Fröhlich sprang Lotta herum. Sie brauchte viel Bewegung, wie ihr Vater. Still zu sitzen war nicht ihre Sache. Als Erstes inspizierte sie den verschneiten Hotelgarten und leuchtete durch die hohen Scheiben des Hallenbades auf das Becken. Auf der Terrasse versuchte sie, zwei kleine Schneemänner zu bauen, ein Schnee-Brautpaar. Aber der Schnee war zu kalt und zu trocken und nicht klebrig genug.

Ein Weg führte vom Hotel weg und Lotta folgte ihm. Vor ihr tauchten aus dem Schneetreiben die Umrisse hoher Tannen auf. Der Schnee lag schwer auf den Ästen und drückte sie hinunter.

Noch etwas hatte Lotta von ihrem Vater geerbt: Neugier und Sturheit. Auf einem Holzschild am Wegrand las sie »Waldsee 5 min«.

Nur fünf Minuten? Lotta schaffte diese Distanz sicherlich in drei Minuten, wenn nicht noch schneller. Sie wollte den verschneiten See sehen. Bestimmt sah er aus wie in einem der romantischen Filme, die sie so sehr liebte.

Damit sie nicht vom Weg abkam, leuchtete sie vor sich auf den Boden. Die hohen Bäume bildeten ein Dach und deshalb lag zwischen ihnen viel weniger Schnee. Lotta konnte den Verlauf der Zufahrtsstraße gut erkennen.

Nachdem sie ein paar Minuten gegangen war, stieß sie auf eine Spur, die quer über den Weg verlief. Es waren Schuhabdrücke, die frisch sein mussten. Zum Vergleich stellte Lotta einen ihrer Stiefel neben einen der Abdrücke.

Es war fast genau dieselbe Größe.

Sie blickte in die Richtung, wo die Spur zwischen den Bäumen verschwand.

»Hallo?«, rief sie.

Weil sie ihre Neugier nicht bremsen konnte, folgte sie den Abdrücken. Die Spur führte in einer Schlangenlinie zwischen den Bäumen hindurch. Ein paar Mal war da jemand auch absichtlich im Kreis gestapft.

Lotta rief erneut. Sie konnte immer weniger sehen. Der Wald wirkte auf einmal bedrohlich.

Vor ihr zuckte ein Licht.

»Wer ist da?«

Sie sah nur ein Gesicht in der Luft schweben. Ein bleiches Gesicht mit gruseligen Schatten unter den Augen. Es glotzte sie an.

Nach Luft schnappend wandte sich Lotta um und rannte davon. Sie achtete nicht genau darauf, wo sie hintrat und folgte auch nicht mehr der Spur zurück. Sie wollte nur fort.

Zweimal warf sie einen Blick hinter sich. Beim ersten Mal war das Gesicht noch da, beim zweiten Mal nicht mehr.

Sie konnte gerade noch einem Stamm ausweichen, übersah aber die Wurzeln auf dem Boden und fiel der Länge nach hin.

GEHEIME GÄSTE

Lilo rutschte unruhig herum. »Jetzt ist sie aber schon etwas lange fort.« Sie saß mit Axel in den Lehnsesseln der Lobby, vor sich heißen Tee und winzige Häppchen, die Veronika aus der Küche gebracht hatte.

Axel stand auf und ging vor das Hotel. Er rief nach Lotta, bekam aber keine Antwort.

»Ich gehe nachsehen.«

Er klang ruhig, Lilo wusste aber, dass er sich genauso Sorgen machte wie sie. Axel litt unter der Vorstellung, er wäre als Vater nicht gut genug, was Unsinn war. Seine Jacke lag auf dem Sofa des Nebentisches. Er nahm sie und holte eine Sturmlaterne aus dem Regal hinter der Rezeption. Lilo sah ihm nach, bis sich die beiden Hälften der Glastür schlossen.

Veronika gesellte sich zu ihr. »Sind Sie aufgeregt?«

»Ein wenig. Vielleicht überlegt es sich Axel doch noch anders«, versuchte Lilo einen Scherz. Sie musste die ganze Zeit an Lotta denken. Seit dem Unfalltod ihrer Eltern fühlte sie ständig eine Bedrohung, als würde der nächste Verlust schon lauern.

»Darf ich Sie noch etwas fragen, weil Sie doch Erfahrung mit …«, Veronika machte eine drehende Handbewegung, die Lilo nicht verstand, »… Erfahrung mit Dieben und Gaunern haben.«

Lilo lächelte. »Wie das klingt …«

Veronika setzte sich auf die Lehne des Sessels neben ihr. »Gestern Nacht ist jemand hier eingebrochen.«

»Um Himmels willen, ist viel gestohlen worden?«

»Nein, nein, bis jetzt ist mir nichts abgegangen und ich habe den Dieb in der Kammer überrascht, wo wir unsere Tischwäsche aufbewahren.«

Lilo verzog ratlos das Gesicht. »Ich habe schon gehört, dass Hotelgäste Handtücher mitgehen lassen, aber wer stiehlt Tischdecken?«

Veronika redete zögerlich weiter. »Es waren Spuren auf dem Boden und ich habe einen Verdacht.«

»Wer kann es gewesen sein?«

»Ein ehemaliger Hotelmitarbeiter von uns, der jetzt für die Lady tätig ist.«

»Der große Mann mit dem eckigen Gesicht?« Lilo erinnerte sich an ihn.

»Ja, genau der. Ich will keine Polizei einschalten, aber einfach so stehen lassen kann ich die Sache auch nicht.« Veronika knetete die Schürze ihres Dirndls. Sie zog immer Tracht an, wenn sie mit Gästen zu tun hatte.

»Stellen Sie ihn zur Rede.«

»Er wird nicht kommen, wenn ich ihn anrufe und herbitte.«

Das sah Lilo genauso. »Statten Sie ihm einen kleinen Besuch ab. Fragen Sie ihn, was er wollte. Er wird ziemlich sicher alles abstreiten.«

»Ich habe den Abdruck seiner Schuhe fotografiert. Er ist von der Terrasse gekommen und hatte Schnee auf den Sohlen.« Veronika tippte auf ihrem Handy und zeigte Lilo das Foto.

»Das ist ein guter Beweis. Ich würde ihn einfach darauf anreden, ihn ein wenig in die Enge treiben und mit der Polizei drohen.«

»Danke, das versuche ich heute noch.«

Die Eingangstüre fuhr auf und Axel kam herein. Er hatte seinen Arm um Lottas Schultern gelegt und rubbelte sie heftig, um sie zu wärmen.

Lilo und Veronika fuhren gleichzeitig in die Höhe. »Ist was passiert?«

»Gibt es hier in der Umgebung viele Kinder?«, wollte Axel wissen.

Lotta klapperte mit den Zähnen. »Da war ein weißes Gesicht im Wald. Und eine Spur über dem Weg. Füße, die kleiner sind als meine.«

»Kinder gibt es hier keine. Nur im Ort, aber die würden nie hier heraufkommen.«

»Ich habe aber ein Kind gesehen«, Lotta beharrte darauf.

»Junge oder Mädchen?«, fragte Lilo.

»Habe ich nicht erkennen können. Es hatte etwas auf dem Kopf. Aber das Gesicht war so weiß und gruselig, wie ein Geist.«

Axel drückte sie ein paar Mal kumpelhaft. »Und das hast du dir nicht nur eingebildet?«

»Nein!« Lotta schrie fast. »Geht hinaus. Auf den Weg. Die Spur ist sicher noch da.«

»Ich bringe dich jetzt einmal in dein Zimmer und dann nimmst du ein heißes Bad.« Axel schob Lotta in Richtung Lift.

»Ich kann auch die Sauna einschalten und das Dampfbad. In einer halben Stunde ist beides bereit«, rief Veronika.

»Die Badewanne geht am schnellsten, danke.«

Lilo gab Veronika wortlos zu verstehen, dass sie den beiden besser nach oben folgte. Veronika nickte verständnisvoll.

Wie sollte ein Kind in den Wald kommen? Sie ging im Kopf die nächsten Nachbarn durch. Keiner von ihnen hatte ein Kind in Lottas Alter.

Die Blockhütte fiel ihr ein. Dort war heute jemand hingefahren. Vielleicht war der Anwalt zurückgekehrt. Allerdings mussten seine Kinder mittlerweile Mitte zwanzig sein.

Nachdem sie sich warm angezogen hatte, schlüpfte Veronika in ihre Moonboots. Sie nahm die Sturmlampe, die Axel auf der Theke der Rezeption abgestellt hatte, und trat ins Freie hinaus.

Der Wind war schärfer geworden und peitschte ihr die Schneekristalle ins Gesicht. Sie fühlten sich an wie Nadeln. Veronika folgte dem Weg und konnte Lottas Fußspur sehen. Das Mädchen hatte recht, im Wald kreuzte sich Lottas mit einer zweiten Spur kleiner Schuhabdrücke.

Weil sie wissen wollte, ob wirklich jemand in der Hütte war, ging Veronika den Weg bis zum Ende. Sie trat auf eine weite Lichtung hinaus, in deren Mitte der See lag. Auf der anderen Seite sah sie Licht hinter den Fenstern der Blockhütte.

Sie leuchtete vor sich und konnte erkennen, wo der Wagen gewendet hatte. Es musste ein größeres Fahrzeug gewesen sein. Wahrscheinlich ein kleiner Bus.

Vielleicht sogar der Hotelbus? Hatte ihr Vater jemanden aus dem Tal abgeholt und gebracht? Sie erinnerte sich, wie er vor ein paar Tagen von Einnahmen geredet hatte, die er selbst behalten wollte. Vielleicht hatte er die Hütte vermietet. Veronika kannte die Abmachung nicht, die er mit dem Anwalt getroffen hatte.

Um den See war ein schmaler Pfad getrampelt worden. Der frische Schnee begann bereits, ihn wieder auszufüllen. Veronika folgte ihm und kam dem Blockhaus immer näher. Sie wollte einen Blick durch das Fenster werfen, um zu sehen, wer hier wohnte.

Als sie fast davorstand, knirschte hinter ihr der Schnee. Sie hielt die Luft an.

Eine Tür wurde aufgerissen.

DAS SCHLOSS

Die Tür gehörte zur Sauna, die in einem kleinen Häuschen direkt neben der Hütte untergebracht war. Von ihr führte ein Steg ins Wasser.

Mit lautem Gejohle rannte ein schlanker nackter Mann aus der Sauna, sprang über den Steg und durch die dünne Eisdecke des Sees. Prustend tauchte er wieder auf und schleuderte das lange Haar durch die Luft. Im Licht, das aus der Sauna fiel, glitzerten die Tropfen, die von seinem Kopf flogen.

Veronika war die Angelegenheit unglaublich peinlich. Sie versuchte, sich davonzustehlen, aber als sie sich umdrehte, rief hinter ihr ein Kind: »Dad, dad, look!«

Der Mann im See blickte in die Richtung, aus der die Stimme kam.

»Henry?«

Einfach fortzulaufen war für Veronika nicht mehr möglich.

»Entschuldigung!«, rief sie. »Ich wollte nicht stören.«

Das Kind lief in einem Bogen um Veronika zum Steg hin, ließ sie dabei aber nicht aus den Augen. Der Stimme nach war es ein Junge. Unter seiner roten Wollmütze lugten blonde Locken hervor.

»Who are you?«, rief ihr der Mann zu. Er stemmte sich am Steg hoch und zog sich aus dem Wasser. Dass er nackt vor Veronika stand, schien ihn nicht zu stören. »Get me the towel please, Henry«, bat er seinen Sohn.

»Veronika. I am Veronika, the owner of the hotel nearby.«

»But the owner is a man. He picked us up today at the airport.« Henry hatte ein Badetuch gebracht, in das sich der Mann wickelte. Er kam auf Veronika zu, die eine Erklärung hatte.

»The man, the owner, you mean, that's my father.«

»Ah, your dad.«

Eine kleine Pause trat ein. Veronika hätte noch viele Fragen gehabt, schluckte sie für den Moment aber hinunter. Ihr Vater kannte die Antworten auch, also würde sie sich an ihn wenden.

»Sorry. Have a nice time. If you need anything, you find me at the hotel.« Veronika hob die Hände als Geste der Entschuldigung und machte ein paar Schritte nach hinten. Vater und Sohn blickten ihr nach.

»Bye!«, rief der Mann.

»Bye!«, dann auch Henry.

Veronika eilte um den See und war froh, als sie zwischen den Bäumen verschwinden konnte. Ihr Vater hatte das Blockhaus vermietet und plante, das Geld dafür einzustreifen. Das war nicht verboten, trotzdem hätte er nicht so ein Geheimnis daraus machen müssen. Ihr fiel ein, wohin sie eigentlich unterwegs gewesen war. So schnell sie konnte ließ sie den Wald hinter sich und folgte der schmalen Straße zum Schloss hinauf. Auch dort waren zahlreiche Fenster erleuchtet. Vor dem Bogentor parkte der noble Wagen mit Vierradantrieb, in dem Ignaz Lady Ross herumfuhr.

An der Mauer neben dem edlen Holztor mit den schrägen, rotgrünen Streifen befand sich ein schlichter Klingelknopf aus Messing. Veronika drückte ihn und Sekunden später summte der Türöffner. Sie betrat einen Durchgang, der in den Innenhof führte. Links gab es einen kleinen Vorbau mit Glastür, hinter der eine Treppe nach oben führte. Die Wohnräume befanden sich im ersten Obergeschoss.

Während sie die steinernen Stufen hinaufstieg, rief Veronika: »Lady Ross, ich bin es, Veronika.«

»Kindchen ... gehen Sie in die Bibliothek ... ich bin gleich bei Ihnen.« Die Lady klang irgendwie nicht so selbstsicher wie sonst.

Wo war die Bibliothek? Veronika war schon einige Male im Schloss gewesen, hatte bisher aber immer nur »den Salon«, »das Speisezimmer« und »den Bridgeraum« zu sehen bekommen. Außerdem die Küche, die sich im Erdgeschoss befand.

Weil sie nicht fragen wollte, ging Veronika in der Galerie herum und überlegte, welche der Türen, die es hier gab, in die Bibliothek führen könnte.

Eine hohe Doppelflügeltür war nur angelehnt und Veronika entschied sich, einen Blick dahinter zu werfen. Sie zog an der Klinke und eine Hälfte der Tür schwenkte auf, ohne ein Geräusch zu machen.

Der Raum war nicht die Bibliothek, obwohl sich Regale vom Boden bis zur Decke zogen. In den Fächern stand kein einziges Buch. Es musste sich um eine Sammlung alter Gegenstände handeln. Es roch nach Leim und Keller. An einer Seite lehnte eine aufgeklappte alte Leiter, die bis zum obersten Fach reichte und Rollen besaß.

In der Mitte, an einem runden Tisch, stand Lady Ross, über ein Paket gebeugt. Es war eine Schachtel, wie Veronika sie im Hotel gefunden hatte. In einer Hand hielt die Lady eine Voodoo-Puppe, deren Kopf halb zur Seite weghing, weil ihr jemand den Hals durchgeschnitten hatte. Die »Wunde« war grellrot eingefärbt. Mit der anderen Hand klappte sie den Kopf wie einen Deckel auf und nieder.

Die Lady hatte Veronikas Auftauchen nicht bemerkt. Sie legte die Puppe in die Schachtel und schlug behutsam das Seidenpapier darüber zusammen.

Lautlos drückte Veronika die Türe wieder zu. Ihr Herz hämmerte so heftig und schnell, dass sie glaubte, es müsse ihr jeden Moment aus der Brust springen.

DIENLICH BIS IN DEN TOD

Auf Zehenspitzen entfernte sich Veronika rückwärts von der Tür. Sie sollte in die Bibliothek gehen und dort warten. Veronika eilte zum anderen Ende der Galerie.

Lady Ross trat aus dem Raum, in dem Veronika sie gerade eben beobachtet hatte. Sie schloss die Flügeltür sorgfältig und sperrte sie ab. Den Schlüssel nahm sie mit. Als sie sich umdrehte, bemerkte sie Veronika.

»Kindchen, was stehen Sie da? Ich sagte, wir treffen uns in der Bibliothek.«

Veronika sah sie entgeistert an. Den Anblick der Lady mit der grässlichen Voodoo-Puppe hatte sie noch sehr lebhaft vor Augen.

»Meine Liebe, Sie machen ein Gesicht, als wäre Ihnen der Geist des Schlosses begegnet.« Lady Ross kam langsam auf sie zu.

Höflich lachte Veronika kurz. »Es ist ein verrückter Tag.« Ihre Stimme klang schrill. Sie hoffte, der Lady würde es nicht auffallen. »Ich weiß nicht, wo sich die Bibliothek befindet.«

»Hier entlang.« Die Lady zog ihre dicke Strickjacke vorne fester zu. »Dieses Schloss zu heizen kann selbst den reichsten Menschen verarmen lassen.«

Täuschte sich Veronika, oder zitterte die Lady ein wenig?

Die Räume des Schlosses waren miteinander verbunden und verschachtelt wie die Kammern eines Ameisenbaus. Die Bibliothek lag hinter dem Esszimmer und dem sogenannten Anrichtezimmer. Es roch hier nach altem Papier und die Bücher in den Regalen hatten alle dunkle Lederrücken.

»Sie können mich ungebildet nennen«, Lady Ross deutete Veronika, auf einem Ledersofa Platz zu nehmen, »aber ich habe, seit ich hier eingezogen bin, keinen einzigen dieser alten Wälzer herausgezogen, um darin zu schmökern.« Sie pustete auf eine Reihe Bücher und Staub stieg auf. »Ich glaube, die früheren Besitzer haben die Bücher nur hierher gestellt, um sehr gebildet zu wirken.«

Veronika lächelte höflich.

»Was führt Sie zu mir, Kindchen? Brauchen Sie noch Hilfe bei den Hochzeitsvorbereitungen?« Bevor Veronika antworten konnte, redete die Lady schon weiter. »Meine Überraschung trifft Samstag gegen elf Uhr am Vormittag ein. Es ist ein junges Tanzpaar vom Theater in Innsbruck, das ich engagiert habe. Es wird sich in der Hochzeitstorte verstecken und nach dem Essen eine Tanzeinlage geben. Wir müssen den Saal dafür aber verdunkeln, sonst wirkt das kleine Feuerwerk nicht so gut. Außerdem habe ich noch ein paar Scheinwerfer bestellt, die die Vorführung professionell beleuchten sollen.«

Wieder unternahm Veronika einen Versuch, zu Wort zu kommen.

»Ach ja, die richtige Hochzeitstorte, die der Riesentorte bis zur letzten Kirsche gleicht, wird schon am Freitagnachmittag geliefert. Sie haben doch sicher einen Kühlraum.«

»Ja, wir haben einen Kühlraum.«

»Es stört Sie doch nicht, wenn ich ein wenig rauche?« Lady Ross zog ihr silbernes Zigarettenetui aus der Tasche der Strickjacke und entnahm ihm eine kleine Zigarette, die sie sich anzündete.

»So, nun sind aber Sie an der Reihe.«

»Sie müssen sich wirklich nicht so viel Mühe machen«, sagte Veronika.

»Kindchen, ich tue das gerne, wie ich Ihnen schon erklärt habe. Sonst ist mir hier sterbenslangweilig. Außerdem hoffe ich insgeheim, vom Brautpaar zum Essen eingeladen zu werden, um ein wenig Abwechslung in meinen trüben Alltag zu bekommen.«

Veronika bemühte sich, normal zu wirken. Hatte Lady Ross ihr wirklich die Voodoo-Puppe geschickt? Warum? Bisher hatte Veronika die alte Dame für schrullig und exzentrisch, aber für ungefährlich gehalten. Jetzt war sich Veronika nicht mehr so sicher. Lady Ross durfte keinen Verdacht schöpfen, dass Veronika sie mit den Puppen beobachtet hatte. Sie wollte ihr ein paar Informationen entlocken, denn viel hatte die Lady bisher über sich nicht preisgegeben. So nahm Veronika all ihren Mut zusammen und stellte eine Frage, die sie schon lange beschäftigte: »Wieso sind Sie überhaupt hergezogen?«

Die Lady sah sie schweigend an. Wieso zögerte sie mit der Antwort, von der sich Veronika erhoffte, vielleicht eine Erklärung für die Puppen zu bekommen?

»Ach, ich dachte, ich hätte Ihnen das schon lange erklärt. Ich bin aus gesundheitlichen Gründen hier in den Alpen. Die Luft ist heilsam für meine Lungen, meine Atemwege und auch für meine Migräne, unter der ich entsetzlich gelitten habe.« Die Lady bemerkte Veronikas Blick auf die Zigarette. »Das kleine Laster kann ich nicht bleiben lassen. Aber ich gönne mir höchstens drei am Tag, ich inhaliere nicht und die Zigaretten sind aus dem feinsten Tabak, den es zu kaufen gibt. Von mir selbst gedreht.« Sie nahm einen Zug und pustete Rauchringe in die Luft, die sie mit dem Zeigefinger aufzufangen versuchte. »Mein Arzt hat mir gesagt, dass das Leben hier auf dem Berg meine Tage verlängern wird. Aber die Krankheit, an der ich leide, kann mich schon morgen tot umfallen lassen.«

»Es tut mir sehr leid, das zu hören, Lady Ross.«

»Schicksal, Kindchen. Für mich war die Diagnose eine Erinnerung, jeden Tag zu genießen, in vollen Zügen.« Sie gab Veronika zu verstehen, nun aber zu ihrem Anliegen zu kommen.

Veronika drückte ein wenig herum, bevor sie begann. »Lady Ross, ich habe da gestern Nacht etwas im Hotel erlebt, das ziemlich sicher mit Ignaz zu tun hat.«

»Der Gute. Was täte ich nur ohne ihn? Er ist wirklich meine Rettung in dieser Wildnis.«

»Er hat bei uns eingebrochen«.

Die Lady ließ die Zigarette sinken, die sie gerade an die Lippen geführt hatte.

»Er soll was getan haben?«

Veronika schilderte die Begegnung in der Wäschekammer und die großen Fußspuren auf dem Boden.

»Ich kenne sonst niemanden in der Umgebung, der Schuhgröße 46 oder noch größer hat.«

»Aber es kann doch ein Fremder gewesen sein. Jemand, der aus dem Tal heraufgekommen ist. Oder aus dieser verschlafenen Ortschaft. Ich kann sogar verstehen, wieso jemand Tischwäsche stehlen will. Die kleinen Pensionen der Umgebung sind von den schlechten Wintern und dieser entsetzlichen Corona-Krise besonders betroffen.«

Natürlich war das eine Möglichkeit. Trotzdem ...

»Unsere Tischdecken und Servietten sind von einer Leihfirma. Ihr Logo ist eingestickt und jedes Stück hat eine wasserfeste Nummer auf einem kleinen Etikett. Wer so etwas stiehlt, kann sehr einfach überführt werden.«

Lady Ross winkte ab. »Humbug, das ist Humbug. Leute können die Etiketten raustrennen und das Logo entfernen. Aber wenn Sie wollen, werden wir Ignaz einfach fragen.« Sie griff nach einer kleinen Messingglocke auf dem Beistelltisch neben ihrem Polstersessel und schüttelte sie. Die Glocke gab ein schepperndes Klingeln von sich.

Im Stillen kämpfte Veronika mit sich, ob sie Lady Ross auf die Voodoo-Puppe ansprechen sollte.

Die Tür der Bibliothek wurde aufgestoßen und Ignaz trat ein. Er sah an diesem Tag noch größer aus als sonst.

»Setzen Sie sich zu uns, Ignaz.« Die Lady deutete auf das Sofa gegenüber von Veronika. »Ich habe Sie schon verteidigt, aber Sie müssen bestätigen, dass ich recht habe.«

»Was ist denn los?« Ignaz blickte zwischen Lady Ross und Veronika hin und her.

Veronika betrachtete sein Gesicht. Obwohl Ignaz absolut nicht ihr Typ war und sie für ihn nie etwas empfinden konnte, löste sein Anblick in ihr Vertrautheit aus. Als wären sie sich schon früher begegnet, aber nicht nur flüchtig. Sie hatte keine Ahnung, wie das möglich sein sollte. Das Gefühl hatte sie schon damals beschlichen, als Ignaz noch im Hotel gearbeitet hatte.

»... eingebrochen und Tischdecken gestohlen zu haben«, hörte sie Lady Ross erzählen. Veronika riss sich aus ihren Gedanken und wandte sich wieder den beiden zu.

»Nein, nein, es wurde nichts gestohlen. Ich habe nur jemanden in der Wäschekammer überrascht, der geflohen ist. Ich konnte nichts erkennen. Aber auf dem Boden waren diese Schuhspuren.« Sie nahm ihr Handy und zeigte das Foto. Ignaz beugte sich vor, betrachtete es und öffnete dann die großen Hände in einer Geste, die sagen sollte: »Ja, und?«

»Die Schuhe sind so groß wie deine.« Veronika deutete auf Ignaz' Füße. Seine Schuhe hatten etwas von Clownschuhen.

»Wieso sollte ich so etwas tun?«

»Das wollte ich von dir wissen.«

»Sagen Sie ihr, dass Sie es nicht waren, Ignaz«, drängte die Lady.

»Wann ist der Einbruch vorgefallen? Wann genau?«, fragte Ignaz.

Veronika nannte ihm die Uhrzeit.

»Was haben Sie um diese Zeit im Speisesaal getan?«, wollte Ignaz wissen.

Veronika holte zu einer Erklärung aus, schluckte sie dann aber, da sie ihm keine schuldig war. »Das tut nichts zur Sache.«

»Ich schlafe um diese Zeit.«

»Habe ich Ihnen doch gesagt, Kindchen.« Lady Ross tätschelte Ignaz' große Hand, die er auf die Armlehne gelegt hatte. Veronika fragte sich einen Moment lange, ob die beiden ein Verhältnis miteinander hatten. Sie wurde das Gefühl nicht los, dass Ignaz log und die Lady sie allzu heftig von seiner Unschuld überzeugen wollte.

»Für Ignaz garantiere ich«, versicherte ihr Lady Ross erneut. »Er genießt mein Vertrauen und hat es noch nie missbraucht.« Sie blickte ihn gütig von der Seite an. Ignaz sah mit steinerner Miene zu Veronika und wich ihrem Blick keine Sekunde aus. »Ignaz kennt alle meine Wünsche. Ich habe ihm sogar anvertraut, was geschehen soll, wenn mich ein plötzlicher Tod ereilt. Nicht wahr, Ignaz?«

Der Hausdiener nickte. »Ich werde alles genau so tun, wie Sie es wollen. Aber darüber müssen wir jetzt nicht reden.«

Lady Ross gab ihm recht und seufzte. »Dieses graue Wetter verleitet mich zu düsteren Gedanken.«

Ich habe mich blamiert, dachte Veronika. Sie stand auf und verabschiedete sich hastig.

»Ignaz bringt Sie zum Ausgang. Das Schloss ist ein Irrgarten und ich will nicht, dass Sie sich verlaufen.« Sie reichte Veronika die Hand.

Für einen Moment erschien Veronika die Lady unheimlich. Ihr Lächeln wirkte gekünstelt, ihre Hand fühlte sich an wie kühles Papier.

Ich will hinaus, das war Veronikas einziger Gedanke. Sie machte einen Schritt rückwärts und stieß gegen Ignaz, der knapp hinter ihr stand. Eine Entschuldigung murmelnd drehte sie sich um und verließ die Bibliothek. Ignaz folgte dicht hinter ihr.

Sie konnte das Knarren der Bodendielen unter seinen schweren Schritten hören.

»Ich finde den Weg, keine Sorge«, zischte sie vor sich hin. Der Hausdiener blieb trotzdem bei ihr. Veronika fühlte sich verfolgt. Auf der Treppe lief sie immer schneller und hörte, wie auch Ignaz Tempo zulegte. Das Geräusch ihrer Schuhe auf den steinernen Stufen hallte durch das Treppenhaus.

Verfolgte er sie?

An der Ausgangstür angekommen, wollte Veronika nach der schmiedeeisernen Klinke greifen, ein altmodisches, verdrehtes Stück. Ignaz war schneller. Er hielt die Klinke fest und drückte sie nach oben statt nach unten.

»Was sollen diese Lügen über mich?«

»Du warst es!«, fauchte Veronika ihn an. »Willst du dich für etwas rächen? Haben dir meine Eltern etwas angetan? Wir zwei haben sicher keine Rechnung miteinander offen.«

Kaum hatte sie das gesagt, stockte sie.

Rechnung offen.

Du wirst dafür bezahlen.

Sie starrte Ignaz in seine kleinen, dunklen Augen, die in tiefen Höhlen lagen.

»Lass es bleiben«, knurrte er.

»Ich habe dich gesehen.«

»Du hast eine Tischdecke gesehen, sonst nichts.«

»Ich will raus. Mach die Tür auf oder ich rufe die Polizei und melde, dass du mich hier gefangen hältst.« Im nächsten Augenblick hätte sich Veronika für diese Drohung ohrfeigen können, weil sie einfach lächerlich klang.

Ignaz öffnete und kalter Wind schlug ihnen ins Gesicht. Eilig ging Veronika durch das Schneetreiben zum Hotel zurück. Als sie sich umblickte, sah sie Ignaz' große Gestalt noch immer im Türrahmen stehen. Das gelbe Licht hinter ihm betonte seine Silhouette. Er sah ihr nach. Auch wenn sich Veronika nicht darum kümmern wollte, drehte sie sich noch drei weitere Male um.

Ignaz verließ seinen Posten nicht, als wollte er sichergehen, dass sie auch wirklich verschwand.

DER TOTE LORD

Der Abend verlief im Gegensatz zum Tag ruhig und in geregelten Bahnen. Veronika hatte bei ihrer Rückkehr alle Hände voll zu tun, die Anlagen des Hotels in Schwung zu bekommen. Axel wollte mit Lotta schwimmen und ins Dampfbad gehen. Lilo hingegen blieb am Zimmer.

Das Abendessen wurde um sieben Uhr serviert. An einem Tisch saßen Axel, Lilo und Lotta, an einem anderen Lady Ross. Da sie die einzigen Gäste waren, erschien es Axel unhöflich, die Dame alleine sitzen zu lassen.

»Wollen Sie mit uns essen?«, bot er an.

Sie sprang auf, als hätte sie auf diese Einladung schon die ganze Zeit gewartet.

»Lady Mona Ross«, stellte sie sich vor. »Nennen sie mich Mona.«

Familie Klingmeier-Schroll stellte sich ebenfalls vor und Lady Ross nahm auf dem freien Stuhl an ihrem Tisch Platz.

»Wie aufregend. Eine Hochzeit«, schwärmte sie immer wieder.

Veronika servierte das Essen und war erleichtert, die Gäste in ein Gespräch vertieft vorzufinden.

»Die wunderbare Miss Wunderer hat sich unendlich viel Mühe gegeben, ihren großen Tag unvergesslich zu machen«, lobte Mona Ross, als Veronika die Teller abstellte.

Veronika lächelte verlegen über das Lob. »Lady Ross hat mich beraten und außerdem will Sie die Hochzeitstorte und eine Überraschung beisteuern.«

Axel und Lilo versicherten ihr, dass das nicht nötig wäre, aber die Lady wehrte die Einwände mit einer energischen Geste ab.

»Wieso sind Sie eine Lady? Ist Ihr Mann ein Lord?«, wollte Lotta wissen.

»Verzeihen Sie, dass unsere Tochter etwas neugierig ist«, entschuldigte sich Lilo.

»Ich liebe neugierige Kinder.« Lady Ross hielt plötzlich inne, griff nach der Serviette und presste sie auf den Mund. Erschrocken sahen sie die anderen am Tisch an. Die Lady riss die Augen auf und japste.

»Haben Sie sich verschluckt?«, wollte Lilo wissen.

Die Lady schwankte auf dem Stuhl. Axel sprang auf, um sie zu halten.

»Es geht wieder«, flüsterte sie. »Danke. Machen Sie sich keine Sorgen. Ich bin diese kleinen Unpässlichkeiten gewohnt.«

»Was sind Unpäss-irgendwas?«, fragte Lotta laut.

»Es sind mein Herz und meine Lunge. Aber bitte, kehren wir zurück zur Frage der jungen Dame.« Lady Ross tupfte sich den Mund ab und legte die Serviette zur Seite. »Mein geliebter Mann war ein Lord, richtig. Du scheinst dich mit englischen Adelstiteln auszukennen.«

Lotta konnte ihr Wissen erklären. »Ich liebe *Downtown Abbey*.«

Mona Ross lehnte sich zurück und fächelte sich mit der Hand Luft zu.

»Sollen wir die Terrassentür kurz öffnen?«, bot Lilo an.

»Frische Luft wirkt immer Wunder.« Die Lady nickte dankbar und wandte sich wieder Lotta zu. »*Downtown Abbey*.

So so. Eine nette Serie, ich habe sie auch gesehen. Manches, was da zu sehen ist, gibt es heute noch im englischen Adel. Ich selbst komme aus Amerika. Meinen Mann habe ich in Washington kennengelernt, in einer Kunstgalerie. Ich habe dort Kunden beraten und so sind wir uns auf einmal gegenübergestanden. Es war Liebe auf den ersten Blick.«

Ein Jahr später erfolgte bereits die Hochzeit und aus Mona Sloun wurde Lady Mona Ross. Sie zog nach England, wo ihr Mann das Anwesen und den kleinen Palast seiner Vorfahren verwaltete, pflegte und Besuchern zugänglich machte. Er war bekannt für seine Kunstsammlung. Außerdem besaß er noch ein Penthouse in einer der besten Gegenden von London und eine Wohnung in New York.

»Drei Jahre, einen Monat und zwei Tage hat unser wunderbares gemeinsames Leben gedauert, bis mein lieber Albert das Opfer eines Raubmordes wurde.«

Lotta riss Mund und Augen auf. »Cool. Wie in einer Serie.«

»Ich glaube, für Lady Mona war das nicht sehr cool«, beeilte sich Lilo, zu sagen. Mit den Augen gab sie Lotta zu verstehen, besser still zu sein.

»Es war schlimmer als im Film oder in einer Serie«, fuhr Lady Ross fort. »In New York hat mein lieber Albert einen van Gogh und einen Monet hängen. Auf diese Bilder hatte es der Einbrecher abgesehen. Als wir aus einer Opernvorstellung nach Hause kamen, stand die Tür des Appartements offen. Wir dachten, unsere Haushälterin wäre noch gekommen, um frische Sachen für das Frühstück zu bringen. Es war aber ein maskierter Mann, der uns aus dem Wohnzimmer entgegenkam. Er hatte den Monet unter dem

Arm. Mein Mann, sehr sportlich seit Jugendtagen, hat sich ihm in den Weg gestellt. Da hat der Einbrecher ihn erschossen. Ich habe mich auf den Boden geworfen und mich hat er verschont. Ob das ein Glück war, weiß ich bis heute nicht, denn ich war nach unserer kurzen glücklichen Zeit schlagartig Witwe und allein.«

Wieder bekam Lady Ross ein wenig Atemnot, erholte sich aber schnell. »Der Mörder konnte ausfindig gemacht werden. Die Überwachungskamera in der Wohnung hat eine Aufnahme von ihm gemacht, als er kurz die Maske abgelegt hatte. Er bekam lebenslänglich.«

»Das tut uns sehr leid«, sagte Lilo.

»Das alles liegt schon 21 Jahre zurück, aber die Wunde ist nie ganz verheilt.« Die Lady deutete auf ihre Brust, wo sich das Herz befand. Sie wischte sich mit der Serviette eine Träne aus dem Augenwinkel.

»Kein Geld der Welt kann mir meinen Albert ersetzen.« Sie malte mit dem Finger auf der Tischdecke herum. »Zuerst die Ermordung, die ich nicht verhindern konnte. Dann der Prozess, in dem der Mörder um ein Haar freigesprochen worden wäre. Glücklicherweise ist noch Beweismaterial aufgetaucht, das seine Schuld endgültig belegen konnte. Danach begann der Erbstreit mit den Verwandten meines Mannes, weil er sein Testament erst ein paar Monate vor seinem Tod zu meinen Gunsten geändert hatte. Es war eine Schlammschlacht, die aber am Ende den gierigen Angehörigen nichts gebracht hat. Sie haben sich sowieso nie um Albert gekümmert.«

Axel, der viel Zeit mit älteren und alten Menschen verbrachte, sorgte sich um die Dame, die da bei ihnen saß und alles tat, um jünger zu erscheinen, als sie war. Das rot gefärbte Haar zeigte weiße Ansätze und an den Ohren hatte er kleine Narben entdeckt, die auf ein Facelifting hinwiesen. Sorgen bereitete Axel aber vor allem die Kurzatmigkeit der Lady. Sie selbst versuchte sie zu verharmlosen, aber sie war in der letzten halben Stunde eindeutig schlimmer geworden.

»Ich werde mich bald zurückziehen«, erklärte Mona Ross. Sie hatte nur die Hälfte ihres Fisches gegessen, legte aber schon das Besteck über den Teller. »Ich rufe Ignaz an, damit er mich mit dem Wagen abholt.« Sie nickte in die Runde. »Es war mir eine Freude, Sie alle kennenzulernen. Wir sehen uns bestimmt in den nächsten Tagen. Das hier ist das einzige Restaurant, das es für mich in der Umgebung gibt.«

Axel stand auf. Er sah fragend zu Lilo, die verstand und nickte.

»Am Samstag, bei unserer Hochzeit, sind nur unsere beiden besten Freunde und meine Tochter zugegen. Würden Sie auch kommen wollen? Wir würden uns freuen.«

»Mit dem größten Vergnügen!« Lady Ross warf die Arme in die Höhe. »Ich liebe Hochzeiten und sehe so gerne junges Glück. Es ist mir eine Ehre und ich bin schon so gespannt, was Sie zu meiner Überraschung sagen werden.«

ERSTE SCHLÜSSE

Nach dem Essen lieh sich Lotta Lilos iPad und bat um die Erlaubnis, sich noch eine Folge von *Friends* anzusehen. Lilo und Axel saßen mit Veronika in der Halle. Sie hatte sie auf ein Glas Champagner eingeladen, das beide abgelehnt hatten. Das Angebot frischen Pfefferminztees nahmen sie aber gerne an.

Vor ihnen stand eine große Glaskanne, in der die grünen Blätter leuchteten. In ihren Tassen duftete der Tee.

Veronika berichtete von dem eigenartigen Gespräch im Schloss.

»Ich bin sicher, es war Ignaz«, sagte sie zum Schluss. »Aber Lady Ross und er halten zusammen, als hätten sie gemeinsam eine Leiche vergraben.«

»Im Zweifel für den Angeklagten«, erinnerte Lilo und nippte am Tee. »Es kann tatsächlich jemand anderes gewesen sein. Wenn es keinen anderen Beweis gibt, dann gilt die Unschuldsvermutung für Ignaz.«

Kopfschüttelnd blickte Veronika ins Leere. »Er scheint sich sehr sicher zu sein, dass ich nichts beweisen kann. Ich habe wirklich nur das aufgespannte Tischtuch gesehen und nicht den Täter, wie er gesagt hat.« Ihr Gesichtsausdruck veränderte sich schlagartig. »Von dem Tischtuch habe ich aber gar nicht erzählt! Lady Ross gegenüber auch nicht.«

Lilo prostete ihr mit der Tasse zu. »Dann hat er sich verraten. Allerdings brauchen Sie Zeugen, um das zu beweisen.«

»Es reicht fürs Erste, zu wissen, dass er es war.«

Marie tauchte neben ihr auf. Sie trug einen Anorak und setzte gerade ihre Mütze auf. »Ich gehe noch ein wenig hinaus. Wie lautet der Code, falls die Tür abgeschaltet ist?«

»Der Code lautet 9128«, verriet ihr Veronika. »Er gilt auch für den hinteren Eingang.«

»Danke. Schönen Abend noch.« Marie lächelte schüchtern in die Richtung von Lilo und Axel. »Ihr Hochzeitsessen wird gut.«

Lilo lächelte zurück. »Davon sind wir überzeugt.«

Die Küchenhilfe nickte noch einmal grüßend und auf dem Weg zum Ausgang zog sie sich die Handschuhe an.

Veronika erhob sich. »Sehr braves Mädchen. Ich wünschte, es gäbe mehr davon. Ich muss nun aber selbst noch einmal in die Küche …« Als wäre ihr etwas Unangenehmes eingefallen, ließ sie sich wieder sinken. »Darf ich Sie doch noch in einer anderen Sache belästigen?«

Axel deutete ihr, zu reden. »Sie belästigen uns nicht.«

»Ich habe kürzlich eine unangenehme Erfahrung auf einer Datingseite gemacht, die mich beunruhigt.« Sie berichtete von Mario, seinem Verschwinden und der E-Mail mit der Drohung.

Lilo sah sie bedauernd an. »Ghosting nennt man das doch. Eine der schlimmsten Begleiterscheinungen von Partnersuche im Internet.«

»Aber was soll diese Drohung bedeuten? Glauben Sie, er steckt dahinter?«

»Wenn er Ihre Handynummer hat, kann er herausfinden, wer Sie sind, falls er das nicht schon vorher wusste.« Lilo knabberte an einem Keks, das Veronika zum Tee gebracht hatte. »Manchen Menschen bereitet es Vergnügen, anderen Angst einzujagen. Die Drohung hat keinen echten Inhalt und es gibt keinen Hinweis, was er damit überhaupt meint. Er will Sie ziemlich sicher einfach beunruhigen und ängstigen.«

»Gestört«, entfuhr es Veronika.

»Leider ja«, stimmte ihr Axel zu. »Ich will keine dummen Sprüche klopfen, aber ich habe etwas gehört, das sehr zutreffend ist: Man muss viele Frösche küssen, bis man seinen Prinzen findet.«

Veronika lachte bitter. »Mein Mund ist schon etwas grün davon. Ich hoffe, Sie haben recht.«

»Entschuldigung, ich wollte nicht unfreundlich sein«, beeilte sich Axel, zu versichern.

»Keine Sorge. Sie haben leider den Nagel auf den Kopf getroffen.« Damit verabschiedete sich Veronika, um gleich darauf wieder vor Axel und Lilo zu stehen.

»Es tut mir wirklich leid, aber ich muss Ihnen noch eine allerletzte Sache erzählen. Ich weiß jetzt leider, wer mir das Paket gegeben hat. Das Paket mit dieser Voodoo-Puppe.«

»Wer?« Lilo und Axel waren sehr gespannt, was sie nun zu hören bekamen.

»Lady Ross.« Veronika schilderte, was sie im Schloss gesehen hatte.

Lilo winkte ab. »Bevor Sie falsche Schlüsse ziehen, würde ich eine andere Möglichkeit in Betracht ziehen.«

Veronika war erstaunt über diese Reaktion.

»Vielleicht hat die Lady selbst ein Paket samt Puppe bekommen und es hat sie entsetzt, genau wie Sie. Es ist nichts

Ungewöhnliches, wenn Leute darüber nicht reden wollen. Vielleicht bespricht sie die Angelegenheit ohnehin mit Ignaz.«

Selbst wenn das so stimmte, verstand Veronika eine Sache trotzdem nicht. »Wer bringt solche Voodoo-Puppen hier herauf auf den Berg? Es muss sie jemand persönlich bringen, denn die Post tut es nicht, wenn keine Anschrift daraufsteht und kein Porto bezahlt worden ist.«

Axel verzog den Mund. »Sie könnten es hier mit einem wirklich Verrückten zu tun haben, der sich Ihnen gegenüber als Mario ausgegeben hat und jetzt hier seinem Hobby nachgeht und Frauen Angst macht.«

Lilo knetete kurz ihre Nase. »Es gibt noch eine andere Möglichkeit. Das Paket, das Sie geöffnet haben, wurde irrtümlich in der Lobby abgestellt. Vielleicht war es für die Lady bestimmt und nicht für Sie.«

Als sie Veronikas zweifelnden Blick bemerkte, sagte sie: »In solchen Angelegenheiten ist es wichtig, alle Möglichkeiten in Erwägung zu ziehen. Wir haben schon erlebt, dass die verrückteste Erklärung am Ende zugetroffen hat.« Sie sah zu Axel. »Damals, als wir noch Teenager waren.«

Axel nickte. Ihm war auch etwas eingefallen. »Wir dürfen aber nicht ausschließen, dass es doch absichtlich hier abgelegt worden ist, damit es Veronika findet. Meiner Ansicht nach gibt es nur einen Mann, der hier im Hotel und im Schloss freien Zugang hat und solche Pakete einfach hinlegen kann.«

Veronika kam zu demselben Schluss. »Ignaz.«

GILBERT SULIVAAN

Lotta schlief im Nebenzimmer, das eine Verbindungstür zum Schlafzimmer von Lilo und Axel hatte. Sie bewohnten eine sogenannte Familiensuite in der Größe einer kleinen Wohnung.

Axel hatte Lilo einen Gutenachtkuss gegeben, sich umgedreht und war eingeschlafen. Lilo aber war noch zu aufgekratzt. Sie spürte, wie die Nervosität über die bevorstehende Hochzeit in ihr wuchs.

Wenn sich Axel nun im letzten Moment anders entschied? Es gab nicht nur Bräute, die vor der Hochzeit davonliefen, sondern auch Bräutigame, die die Flucht ergriffen. Sie zählte Axel nicht dazu, aber Lilo hatte gelernt, dass im Leben alles möglich war.

Bestimmt gab es einige Leute, die ihre Blitzhochzeit seltsam fanden. Dominiks Eltern zum Beispiel. Sie waren geschieden und seine Mutter hatte nun einen Millionär zum Mann. Seither hielt sie sich für etwas Besseres. Dominiks Vater hatte sich zwar etwas mehr mit dem Leben seines Sohnes als Serienstar angefreundet, er zeigte aber keinen Stolz und fand noch immer, dass Dominik sein Schauspieltalent verschwendete. Herr Kascha selbst war als Schauspieler nie weit gekommen und auch als Regisseur hatte er wenig Erfolg. Auch ein Vater konnte neidisch sein, wie Lilo mit Bedauern feststellte.

Da sie noch nicht schlafen konnte, nahm sie ihr iPad zur Hand. Sie wollte ein wenig Backgammon spielen oder Candy Crush. Aber würde sie das beruhigen oder nur noch mehr aufregen?

Schließlich öffnete sie den Browser und gab den Namen Lady Mona Ross ein.

Es erschienen zahlreiche Artikel, außerdem Links zu TV-Berichten und Youtube-Videos. Da sie den Ton nicht aufdrehen konnte und ihre Kopfhörer nicht bei der Hand hatte, las sich Lilo durch die verschiedenen Berichte.

Die Falten auf ihrer Stirn wurden tiefer. Es war nicht ungewöhnlich, im Internet auf Vermutungen, Anschuldigungen und Verleumdung zu stoßen, im Falle des Mordes an Lord Albert Ross war das aber mehr als ein Shitstorm.

Der Mörder hatte vor Gericht unter Eid behauptet, Lady Ross hätte ihn zum scheinbaren Diebstahl der Gemälde angestiftet und sogar die Wohnung für ihn offen gelassen. Die Überwachungskamera hatte nicht zur Vereinbarung gehört. Als das Ehepaar Ross zurückkam und der Lord ihn aufhalten wollte, hätte Lady Ross auf ihren eigenen Mann geschossen. Sie wäre die wahre Mörderin, was aber nie bewiesen werden konnte. Das ballistische Gutachten sagte aus, dass der Lord aus nächster Nähe erschossen worden war, was auf den flüchtenden Einbrecher hinwies.

Der Täter konnte nur gefunden werden, weil die Kriminalpolizei einen anonymen Hinweis auf seinen Aufenthaltsort bekommen hatte. Dort wurde auch die Tatwaffe gefunden, die aber keine Fingerabdrücke trug.

Natürlich hatte Lady Ross alles abgestritten und außerdem ausgesagt, der Dieb hätte Latexhandschuhe getragen, was die fehlenden Fingerabdrücke erklärte.

Schließlich hatten die Geschworenen den Mann für schuldig in allen Anklagepunkten befunden: Raub und Totschlag.

Der Name des Mörders war Gilbert Sulivaan und er beteuerte seine Unschuld auch noch, als er bereits aus dem Gerichtssaal geführt wurde.

Die Erbschaftsstreitigkeiten hatten auch ihren Eingang in alle Medien gefunden. Die Echtheit des Testaments wurde lange angezweifelt. Die Verwandten verloren fast alle Prozesse und schließlich endete die Angelegenheit in einem Vergleich, bei dem Lady Ross praktisch der gesamte Besitz ihres ermordeten Gatten zugesprochen wurde. Einige Verwandte bekamen Geld, mussten dafür aber unterschreiben, alle Anschuldigungen in Zukunft bleibenzulassen.

Lilo fand auch ein paar Fotos von damals, mit einer deutlich jüngeren Lady Ross, deren Haar dunkel, fast schwarz war.

»Was soll man davon halten«, murmelte Lilo. An Schlaf war jetzt noch weniger zu denken. Sie googelte weiter, ob es noch etwas zu Gilbert Sulivaan zu finden gab. Die eigenartige Schreibweise des Nachnamens machte die Suche leichter.

Lilo stieß auf eine kleine Notiz, die sechs Wochen alt war.

Interessant und spannend, dachte sie.

Sie öffnete ein paar der alten Berichte über den Prozess und begann zu rechnen. Der Mord war vor 26 Jahren geschehen. Ein Jahr später war Sulivaan verurteilt worden.

Gilbert Sulivaan musste jetzt 49 Jahre alt sein. Das Alter von Lady Ross wurde in verschiedenen Berichten unterschiedlich angegeben. Sie war jetzt vermutlich zwischen 63 und 70 Jahren alt. Ihr Mann war deutlich älter gewesen. Er starb mit 67 Jahren, wäre also jetzt 93.

Die Notiz, die Lilo so interessant und spannend fand, enthielt einen Hinweis, dass der Prozess wiederaufgenommen worden war, weil es ein neues Beweisstück gab. Im Nachlass des Polizeipathologen, der die Leiche des Lords untersucht hatte, fand seine Tochter Unterlagen von damals. Ihr Vater hatte Aufzeichnungen, in denen er den Tathergang rekonstruierte und zu dem Schluss kam, dass der Lord zuerst nach hinten gestürzt sein musste, wahrscheinlich aufgrund eines Schlags gegen die Brust. Er war mit dem Kopf auf den Sockel einer Marmorstatue aufgeschlagen, die hinter ihm in der Wohnung stand. Der Pathologe hatte seine Zweifel geäußert, ob der Mann nicht schon an dieser Verletzung gestorben war. Der Sturz hätte auch ein Unfall gewesen sein können, da der Schlag auf die Brust nicht wirklich zu beweisen war.

Der Schuss war zusätzlich abgefeuert worden.

Ein findiger Strafverteidiger hatte den Prozess neu aufnehmen lassen und diesmal war Sulivaan des Totschlags freigesprochen worden, da der Tathergang nicht eindeutig rekonstruiert werden konnte. Aus diesem Grund war seine Haftstrafe sofort ausgesetzt worden und er war auf freiem Fuß.

Lilo musste noch etwas trinken. Sie schlüpfte unter der großen Decke hervor und nahm ihren Bademantel, der auf dem Stuhl neben dem Bett lag, zur Hand. In einer Ecke des Zimmers brannte knapp über dem Boden ein Nachtlicht, um den Weg zur Toilette zu zeigen. Sie ging ins Bad und trank Wasser aus der Leitung. Anschließend stellte sie sich ans Fenster und blickte in die Nacht hinaus.

Die Voodoo-Puppen hatten schwarzes Haar. Genau wie Lady Ross auf den Fotos beim Prozess. War vielleicht dort draußen ein Mann, der auf Rache sann, weil er zu Unrecht verurteilt worden war?

Im Zweifel für den Angeklagten, erinnerte sich Lilo. Solange sie nichts beweisen konnte, musste sie Sulivaan und Lady Ross für unschuldig halten.

Doch nur einer der beiden war es wirklich.

FREITAG
20. NOVEMBER

ANKUNFT UND WIEDERSEHEN

Das berühmte Thema von Darth Vader aus *Krieg der Sterne* dröhnte aus dem Handy, das Dominik mit einer Hand in die Höhe streckte. Zu diesen Klängen marschierte er in die Halle des *Alpenschlössel* ein.

»Prinzessin Leia und Luke Skywalker, ich grüße euch!«, rief Dominik und zeigte mit der anderen Hand den Gruß der Klingonen.

»Du bringst das alles durcheinander, Onkel Dominik«, sagte Lotta tadelnd. »Im *Krieg der Sterne* grüßt keiner wie Mister Spock.«

»Egal, meine Lieblingsnichte, die gar nicht meine echte Nichte ist!« Dominik steckte das Handy ein, während die Musik noch lief. »Merke dir: Man muss immer einen starken Auftritt haben, wenn man in Erinnerung bleiben will.«

Axel kam, um den Freund zu begrüßen. »Als ob dich jemand vergessen könnte.« Die beiden umarmten sich herzlich und klopften einander auf den Rücken.

»Und ich?« Lotta breitete die Arme aus. Dominik tat das Gleiche mit ihr.

»Bei mir vielleicht nicht ganz so heftig, ich will eine Hochzeitsnacht ohne blaue Flecken.« Lilo küsste Dominik links und rechts auf die Wangen.

Dominik sah sich um und nickte anerkennend. »Schönes Hotel hast du ausgesucht. Nur ein bisschen am Ende der Welt gelegen.«

Von draußen kam ein Fahrer mit buschigem Walrossbart und brachte zwei Koffer herein. Er stellte sie energisch gleich hinter der Glastüre ab.

»Das macht hundert Euro.«

Lilo wollte ihren Augen nicht trauen, als Dominik dem Mann zwei Hunderteuroscheine reichte, die dieser verdutzt anstarrte.

»Der Rest ist für Sie«, erklärte Dominik. »Und jetzt stellen Sie sich einmal vor, wie hoch das Trinkgeld gewesen wäre, wenn Sie schon einmal von Freundlichkeit, Höflichkeit und einer sanften Fahrweise gehört hätten.«

Mit offenem Mund ging der Mann.

»Du spinnst«, stellte Axel fest.

»Man nennt das Stil, Axel«, korrigierte ihn Dominik. »Geld kann für Leute auch eine Strafe sein. Hätte ich ihm kein Trinkgeld gegeben, wäre der Mann sauer auf mich gewesen und hätte jedem erzählt, was er für einen schrecklichen Fahrgast hatte. Nun aber wird er den ganzen Weg ins Tal und noch länger darüber grübeln, ob er wirklich noch mehr Trinkgeld bekommen hätte. Der Zweifel wird ihn zermürben.«

»Du bist ganz schön raffiniert«, stellte Lilo fest.

»Und du siehst toller aus als in der Serie!«, sagte Lotta.

»Ja, ich weiß.« Dominik zupfte an seinen Haaren, die elegant zurückfrisiert waren. »Die Maskenbildner nehmen immer zu viel Gel und kleben die Haare so an. Aber das gehört zur Rolle.«

Lilo sprach für alle. »Flauschig und ohne Make-up gefällst du uns am besten.«

»Ihr zwei heiratet!« Dominik wollte das Thema wechseln, breitete die Arme aus und schob Axel und Lilo, die nicht weit voneinander entfernt standen, zusammen. »Gratulation, ich freue mich so sehr für euch.«

Veronika kam und schüttelte Dominik die Hand. »Eine große Ehre, einen so berühmten Mann hier bei uns begrüßen zu dürfen. Ich wusste ja gar nicht«, sie deutete zwischen den dreien hin und her, »dass Sie einander kennen.«

Lilo konnte Dominik ansehen, dass es ihn stolz machte, auch in seiner Heimat wiedererkannt zu werden.

»Darf ich später vielleicht ein Foto mit Ihnen machen und bei unseren anderen prominenten Gästen aufhängen?«, bat Veronika.

»Aber gerne. Nur möchte ich vorher unter die Dusche und mir etwas anderes anziehen.«

Als er gerade zum Lift gehen wollte, fuhr die Glastür auseinander.

Poppi, lächelnd und mit Schneeflocken in den halblangen dunklen Haaren, fegte herein.

»Tante Poppi«, jubelte Lotta. Sie lief ihrer Lieblingstante entgegen, die entschuldigend auf ihren prallen Bauch deutete. »Umarmen nur mit Abstand möglich.«

»Darf ich mein Ohr auf den Bauch legen? Kann ich das Baby hören?«

»Darfst du, aber zuerst lass mich bitte ankommen.«

Hinter Poppi trat Klaus ein. Ein wenig zerstrubbelt und zerknittert, wie er eben so war. Für Lilo war er der Inbegriff von liebenswert. Es gab großes Umarmen, Küssen und Rückenklopfen.

»Ich hole schnell unser Gepäck.« Klaus deutete durch den Eingang zum Auto.

»Ich helfe dir.« Axel ging mit ihm.

»Die Bande ist vollständig, die Hochzeit kann beginnen!«, rief Dominik.

»Du bist heute wie ein Aufziehspielzeug, bei dem jemand den Schlüssel zu fest gedreht hat«, stellte Lilo fest.

»Wieso denn? Ich habe einfach gute Laune und bin glücklich, euch alle zu sehen an so freudigen Tagen.«

»Wirklich?« Poppi musterte Dominik. »Oder sagst du uns etwas nicht? Neue Freundin? Heirat?«

»Wie kommst du darauf?«

Täuschte sich Poppi, oder klang Dominik ertappt?

Von draußen kamen Axel und Klaus mit Koffern und Taschen.

»Die Fahrt war alles andere als angenehm«, berichtete Poppis Ehemann. »Die Räumfahrzeuge kommen auf der Bergstraße mit dem Säubern nicht nach.«

»Der Winterwald ist traumhaft«, schwärmte Poppi.

Klaus deutete zurück nach draußen. »Die Schneebretter, die da überall hängen, machen mir Sorgen.«

»Sei nicht so ängstlich und so praktisch, Klaus.« Poppi strich ihm über die Wange. »Wir haben es hergeschafft und das zählt.« Sie rieb sich das Kreuz und ließ sich auf ein Sofa sinken. »Entschuldigt, aber mein Rücken tut höllisch weh.«

»Ruh dich aus. Der heutige Tag ist nur zur Erholung da.« Lilo kam mit einer Kanne frischem Pfefferminztee, den ihnen Marie gerade vorhin serviert hatte. Sie verteilte Tassen an alle und schenkte ein.

»Duftet wunderbar«, schwärmte Poppi. Sie streckte sich. »Ich habe gehört, es gibt einen Pool? Im Wasser fühle ich mich schwerelos und am wohlsten.«

Veronika hatte die letzten Worte aufgeschnappt und trat näher. »Das Hallenbad ist für Sie bereit.«

»Sauna für uns«, sagte Axel. »Du bist doch dabei, Dominik?«

»Ja, klar. Etwas später aber. Zuerst sehe ich mir die Gegend ein wenig an.«

Lotta sprang neben ihm auf und nieder. »Darf ich mitkommen? Ich kenne mich schon aus. Gestern habe ich ein Geisterkind gesehen.«

»Du hast *was* gesehen?«

»Ein Gesicht. Ein weißes Gesicht im Wald.«

»Dafür gibt es eine Erklärung«, sagte Veronika. »Mein Vater hat das Blockhaus am Waldsee vermietet und mir nichts davon gesagt. Sehr freundliche Leute. Engländer, glaube ich. Ein Vater und sein Sohn.«

»Fall Geistergesicht also gelöst, hast du gehört, Lotta?« Axel sah seine Tochter mit einem Blick an, der bedeutete: Damit ist die Sache bitte abgeschlossen. Keine Nachforschungen auf eigene Faust und keine Schauergeschichten mehr.

»Vielleicht ist der Sohn nett. Ich kann Englisch. Ich kann mit ihm reden«, schlug Lotta vor.

Lilo legte Lotta eine Hand auf die Schulter. »Lass die Leute einmal in Ruhe. Wenn sie im Hotel vorbeikommen, dann ist immer noch genug Zeit.«

»Gibt es Mittagessen?«, wollte Poppi wissen. »Ich habe ziemliche Fressattacken. Eine neue steht in Kürze bevor.«

Sie bemerkte Lilos erstaunten Blick. »Ja, die dünne, zarte Poppi sieht derzeit aus wie ein Flusspferd und frisst ungefähr so viel.«

Alle lachten.

»Essen in einer Stunde, wenn Ihnen das recht ist«, schlug Veronika vor.

Dominik sah zu Lilo. »Die beste Idee war wirklich dieser Tag zum Eingewöhnen und Erholen. Wir können mit allen Neuigkeiten aufholen, die es bei uns so gibt.«

Lilo stimmte ihm zu. »So können alle fit und ausgeruht sein für die Hochzeit morgen.«

Ein Handy klingelte. Veronika machte eine entschuldigende Geste und holte ihr Gerät aus der Tasche des rosagrünen Dirndls.

EINDRUCKSVOLLER AUFTRITT

»Hotel *Alpenschlössel,* Veronika Wunderer am Apparat, was kann ich tun für Sie?«

Die vier Freunde und Lotta erhoben sich, um auf die Zimmer zu gehen.

»Ich verstehe«, hörten sie Veronika sagen. »Ja ja, natürlich. Heute um 13.30 Uhr.« Sie sah auf die Uhr. »Aber das ist in einer Stunde!«

Ihr war anzuhören, dass etwas geschehen sein musste.

»Gut, ich werde es ausrichten. Ja, ich sehe Ihre Nummer angezeigt und ich melde mich gleich wieder.« Nachdem sie aufgelegt hatte, wandte sie sich ihren Gästen zu. »Ich fürchte, ich habe keine guten Neuigkeiten.«

»Was ist?«, wollten alle wissen.

»Das war das Standesamt. Aufgrund der Wetterlage kann morgen niemand herkommen und Sie trauen. Das Standesamt in Niederlissen bietet als Alternative an, Sie heute zu trauen. In einer Stunde.«

»Das kann es doch nicht geben«, stöhnte Lilo auf. »Langsam glaube ich, es will einfach nicht sein.«

Axel streichelte ihr zärtlich über das Haar. »Vergiss diesen Unsinn. Unser Leben war immer abenteuerlich, wieso soll das bei unserer Heirat anders sein?« Er wandte sich den anderen zu. »Schafft ihr es, in einer halben Stunde wie Menschen auszusehen?«

»Ich fahre Sie im Hotelbus. Es ist nur fünfzehn Minuten von hier«, bot Veronika an.

Dominik war die Sache sehr unangenehm. »Die Hochzeit, jetzt sofort? Ich wollte eigentlich …« Er brach ab.

»Komm schon, du siehst großartig aus. Keine Spur von Jetlag oder langen Dreharbeiten. Wirf dich in deinen Anzug, oder was du auch immer mitgebracht hast, und dann geht es los.« Axel scheuchte Dominik in Richtung Lift.

»Ich wollte mich für euch richtig schminken«, jammerte Poppi. »Meine Haare sehen aus, als wäre ich gerade aus dem Bett gekrochen.«

Klaus küsste sie auf die Wange. »Du bist für mich wunderschön, so wie du bist.«

Axel stimmte zu. »Da hörst du es.«

»Ich wollte mich auch herrichten.« Lilo zeigte an sich herab.

»Rein in dein Kleid. Und Lotta in den Hosenanzug«, kommandierte Axel. »Es wird geheiratet, Punkt, Schluss.«

Alle mussten lachen, weil die Situation einfach grotesk war. Nur Dominik blickte unglücklich um sich. Während die anderen schon in Richtung Lift und Treppe eilten, blieb er in der Halle. Veronika verteilte Zimmerschlüssel. »Sollen wir die Feier und das Essen auch vorziehen?«, rief sie Lilo hinterher.

»Wenn das geht!«, antwortete Axel an ihrer Stelle.

»Alles ist möglich«, murmelte Veronika und verschwand in die Küche.

Dominik stand immer noch da, als alle anderen schon verschwunden waren. Unruhig kaute er an seiner Lippe herum.

Die Glastür öffnete sich zischend. Lady Ross eilte herein.

»Veronika!«, rief sie. Als niemand kam, wandte sie sich an Dominik. »Haben Sie Veronika gesehen? Die Besitzerin des Hotels.«

»Sie ist dorthin gegangen.« Dominik deutete zum Gang am Ende der Halle.

»Keine Scheinwerfer, keine Tänzer«, klagte die Frau.

Er verzog fragend das Gesicht, während er auf seinem Handy tippte.

»Wegen des Schnees. Die Firma, die die Scheinwerfer liefern sollte, hat abgesagt. Das Tanzpaar auch. Es herrscht Lawinengefahr auf der Straße.«

»Tanzpaar?« Dominik blickte sie erstaunt an.

»Das Tanzpaar, das bei der Feier aus der Hochzeitstorte springen sollte. Ich habe alles so genau geplant und dann dieser entsetzliche Schnee.«

»Verzeihung, wovon reden Sie?«

»Lady Ross.« Die Dame streckte ihm die Hand hin und Dominik schüttelte sie leicht. »Dominik Kascha.« Sie musterte ihn. »Sie kommen mir bekannt vor. Ich merke mir Gesichter, wenn ich sie einmal gesehen habe.«

Er sparte sich, zu erklären, woher sie ihn kennen könnte.

In wenigen Worten erklärte ihm die Lady, was sie als Hochzeitsüberraschung geplant hatte. Dominik folgte ihr in den Speiseraum, wo sie ihm die Riesentorte zeigte. »Die echte Hochzeitstorte ist das Einzige, was noch geliefert wird. Sie muss in wenigen Minuten hier sein, deshalb bin ich gekommen, um sie in Empfang zu nehmen. Ich muss den Konditor in bar bezahlen.« Schon eilte sie zurück in die Halle.

»Ein eindrucksvoller Auftritt ist das Wichtigste«, murmelte Dominik vor sich hin. Während er die Treppe in die zweite Etage hochging, wo sein Zimmer lag, tippte er immer weiter auf seinem Handy. Oben angekommen stellte er fest, dass er sein Gepäck unten vergessen hatte.

PHIOLEN AUS GLAS

Wie eine grüne Raupe kämpfte sich der Linienbus die verschneite Bergstraße hinauf.

Mario saß in der ersten Reihe neben der Tür und blickte in das Schneetreiben. Er machte gerade einen Fehler, dachte er. Aber er hatte sich die Tage freigenommen und wollte sie nicht ungenutzt verstreichen lassen. Er rutschte zum Mittelgang und sprach den Fahrer an.

»Entschuldigung. Die Endstation ist Hochlissen, nicht wahr?«

»Steht vorne auf dem Bus«, lautete die mürrische Antwort.

»Ich will zum Hotel *Alpenschlössel*. Ist das gleich im Ort?«

»Nein. Der Hotelbus hat aber seinen Stopp gleich neben der Bushaltestelle. Er bringt Sie hinauf.«

»Zu Fuß geht das nicht?«

Der Fahrer kurbelte am Lenkrad und lenkte den Bus mit größter Vorsicht in die enge Kurve. »Wenn Sie bei diesem Wetter zwanzig Minuten gehen wollen, ist auch das möglich.«

»Danke.« Mario lehnte sich zurück. Innerlich beschimpfte er sich, das Ziel seiner Reise angegeben zu haben. Wenn er seinen Plan durchzog, dann könnte nach dem Täter gesucht werden. Der Fahrer könnte einen Hinweis auf ihn geben.

Oder auch nicht. Mario hatte eine altmodische Wollmütze tief ins Gesicht gezogen und einen Schal vor den Mund gebunden. Sein Anorak und die abgenutzte Skihose waren schwarz. Bisher hatte der Fahrer keinen Blick auf ihn geworfen, weil er viel zu sehr mit dem Fahren beschäftigt war.

»Hochli…« war am Ortschild zu lesen, das sie Minuten später passierten. Angewehter Schnee verdeckte den Rest des Namens. Der Ort bestand hauptsächlich aus Hotels, deren Namen auf den Dächern und Hauswänden prangte. Vor kleinen Pensionen waren Tafeln mit der Aufschrift »Zimmer frei« aufgestellt. Die Straßen waren menschenleer.

»Hier schläft noch alles bis zum Saisonbeginn in zehn Tagen«, erklärte der Buschauffeur. Mario war bedacht, ihm nur den Rücken zuzukehren, als er ausstieg.

Das Handy des Fahrers klingelte und er hob ab.

Mario stand vor dem Bus und versuchte, sich zu orientieren. In welche Richtung musste er gehen? Durch die offene Bustür rief ihm der Fahrer etwas zu.

»Die Bergstraße wird in spätestens zwei Stunden gesperrt. Lawinengefahr. Falls Sie heute noch ins Tal zurückkommen wollen, müssen Sie den nächsten Bus nehmen.«

»Alles klar.« Mario winkte, ohne sich umzudrehen und marschierte einfach los. Der Gehsteig war geräumt worden, aber durch den starken Schneefall war er schon wieder knöcheltief von der weißen Schicht bedeckt. In seinen alten Winterstiefeln fror Mario. Das Futter, das eigentlich die Füße wärmen sollte, war ausgetreten und zerschlissen.

Am Ende des Kirchenplatzes, auf dem er sich befand, sah er einen Wegweiser mit mehreren Pfeilen, die zu verschiedenen Hotels zeigten.

Alpenschlössel stand auf einem. Mario wusste jetzt, wo er hinmusste. Mit gebeugtem Kopf und den Gurten des Rucksacks in den Händen stapfte er aus dem Ort. Die Straße verschmälerte sich und er folgte ihrem Verlauf. Mario hatte nicht die beste Kondition und sein Übergewicht ließ ihn schnell außer Puste kommen. Aus seinem Mund dampften die Wolken seines stoßweisen Atems.

Die Strecke erschien ihm wesentlich länger als der Fahrer sie beschrieben hatte. Er schwitzte und die Kleidung fühlte sich an, als würde sie an ihm festfrieren.

Als vor ihm endlich das Hotel auftauchte, fühlte sich Mario erschöpft. Er hatte gehofft, in der Nähe des Hotels eine Pension zu finden, in der er absteigen konnte. Zu seinem Entsetzen stellte er fest, dass es weit und breit kein anderes Gebäude gab. Er musste in den Ort zurück, wenn er sich ein Zimmer nehmen wollte.

Auf dem Parkplatz vor dem Hotel parkten zwei Wagen: Ein SUV und ein Audi Kombi, der SUV mit Kitzbüheler, der Audi mit Grazer Kennzeichen.

Ob die Hochzeit stattfand? Würden die Gäste überhaupt kommen bei diesem Wetter?

Für das, was er vorhatte, war es nicht die richtige Zeit. Am besten war es, nach Hochlissen zurückzugehen und den Bus ins Tal zu nehmen.

Er hörte ein Auto die Straße heraufkommen. Der Schnee dämpfte alle Geräusche wie Watte. Mario stellte sich hinter den SUV, um nicht gesehen zu werden.

Ein rosafarbener, kleiner Lieferwagen bog auf den Parkplatz ein und hielt vor der Treppe, die zum Eingang hochführte.

Ein Mann und eine Frau, beide dick vermummt, stiegen aus. Die Glastür des Hoteleingangs schob sich zur Seite und aus der Halle eilte eine Frau mit kupferroten Haaren. Ihr weites Gewand hing von den Armen wie Fledermausflügel.

»Endlich! Mir fällt ein großer Stein vom Herzen. Ich fürchtete, Sie würden es nicht heraufschaffen.«

Damit sich die Türhälften nicht mehr schließen konnten, stellte sie sich unter den Sensor und machte mit den Händen Bewegungen wie ein Polizist, der den Verkehr regelte.

»Süße Wunder« stand in schwungvoller Schrift auf der Seite des Lieferwagens. Daneben waren Fotos von Torten, die als Kunstwerke bezeichnet werden konnten.

Die beiden Leute holten einen rechteckigen, hohen Behälter hinten aus dem Wagen. Mario sah durch das Plastik, mit dem die Wände bespannt waren, die Umrisse einer dreistöckigen Hochzeitstorte. Gemeinsam trugen die Lieferanten die Torte mit größter Vorsicht die Treppe hoch.

»In den kleinen Speiseraum. Dort steht schon ein Servierwagen bereit«, erklärte die Dame am Eingang.

Die Hochzeit fand also statt. Mario konnte sein Vorhaben umsetzen. Er hoffte, danach endlich die Ruhe zu finden, die er sich lange schon wünschte.

Die Eingangstür schloss sich hinter den Leuten. Mario atmete tief ein. Er folgte den Lieferanten, wartete aber vor dem Hotel, bis er sie durch das Glas nicht mehr sehen konnte.

Sollte er hier eintreten? Er sah durch das Glas in die Halle. Keiner da. Auch an der Rezeption stand niemand.

Unverfrorenheit war bisher nicht Marios größte Stärke gewesen. In diesem Augenblick aber hatte er mehr davon, als er sich selbst zugetraut hätte. Er trat ein und ließ sich von der Wärme der Halle umhüllen. Nachdem er sich erneut vergewissert hatte, dass niemand in der Nähe war, ging er zur Rezeption.

Ein Teil der Theke war aufgeklappt, damit man dahintertreten konnte. Die Tür zu einem Büro stand offen, es war aber dunkel darin.

Hinter der Theke erstreckte sich über die Wand ein Regal aus Holz mit vielen kleinen Fächern. Vor allen hing ein Schlüssel. Es waren die Zimmerschlüssel und in die Fächer konnten Post oder Nachrichten gelegt werden.

Halt. Drei Schlüssel fehlten. 101, 112 und 213. Dort wohnte also schon jemand. Mario nahm einen Schlüssel der obersten Reihe mit der Nummer 319. Damit der leere Haken nicht auffiel, hängt er einen anderen Schlüssel aus der untersten Reihe hin.

Natürlich nahm er nicht den Lift, sondern die Treppe.

Als Mario das dritte Stockwerk erreichte, war er außer Atem und schwitzte. Im Zimmer konnte er Wasser trinken und sich das Gesicht abwaschen. Vielleicht würde er sogar eine Dusche nehmen, aber er wollte unter keinen Umständen auf sich aufmerksam machen.

Zu Zimmer 319 führte die vorletzte Tür am Ende des Ganges. Sie war nicht verschlossen. Das Zimmer hatte nur ein Bett und war sicherlich das kleinste des ganzen Hotels. Mario wunderte das nicht, denn er hatte im Leben niemals Glück.

Einen anderen Schlüssel wollte er nicht holen. Das wäre zu riskant. So versperrte er die Tür hinter sich und nahm den Rucksack ab. Schnaufend schälte er sich aus seinen verschiedenen Schichten an Kleidungsstücken und warf alles auf das Einzelbett. Aus dem Rucksack holte er Riegel heraus, die alle einzeln in Alu verpackt waren. Außerdem hatte er zwei große Dosen mit Pulver mitgebracht. Im Badezimmer, wo er sich kaum umdrehen konnte, ohne mit den Ellbogen überall anzustoßen, fand er ein Zahnputzglas. Darin rührte er ein paar Löffel des Pulvers mit Wasser an.

Wie er das Zeug hasste. Mit geschlossenen Augen trank er den dünnen Brei. Einer der Riegel, der aussah wie gepresste Sägespäne, war die Nachspeise. Zum Abnehmen durfte er nur dieses schreckliche Zeug essen und trinken.

Behutsam entnahm er dem Rucksack einen Karton, ungefähr halb so groß wie eine Schuhschachtel. Er war mit Schnur umwickelt. Mario löste sie und hob den Deckel. Das Innere war mit Schaumgummi ausgelegt. Darin befanden sich drei Rollen, ebenfalls aus Schaumgummi, die mit Klebeband zusammengehalten wurden.

Sehr behutsam zog Mario das Klebeband von einer Rolle und öffnete sie über der Bettdecke. Was sie enthielt durfte unter keinen Umständen auf den Boden fallen. Es war eine Glasphiole, so groß wie sein Daumen. Sie enthielt eine klare, gelbliche Flüssigkeit.

Mario wickelte noch zwei weitere Phiolen aus und legte sie nebeneinander auf das Bett. Es war nicht einfach gewesen, sie zu beschaffen. Ihr Inhalt war mehr als gefährlich.

WER HÄTTE DAS GEDACHT

Der Standesbeamte war ein kleiner Mann mit einem Seitenscheitel, wie mit dem Lineal gezogen. Als die kleine Hochzeitsgesellschaft an sein Büro klopfte und die Tür öffnete, sprang er sofort hinter dem Schreibtisch auf und kam ihnen entgegengeeilt. Axel erschien er wie eine Entschuldigung auf zwei Beinen.

»Es tut mir wirklich so leid, aber es ist mein Vorgesetzter, der die Trauung im Hotel morgen untersagt hat. Ich wohne nicht in Niederlissen, sondern ein paar Ortschaften weiter und die Fahrt auf den Berg erscheint ihm zu risikoreich. Mir tut das so leid, wirklich. Also verzeihen Sie bitte.«

Lilo lächelte ihn beruhigend an. »Wir sind hier und bereit.«

»Gut, gut, gut!« Der Standesbeamte wieselte zurück an seinen Schreibtisch. Dort drehte er sich energisch um. »Allerdings!« Er hob den Zeigefinger wie der Lehrer in der Geschichte von Max und Moritz. »Allerdings ist es für Sie ein Glück, dass Sie hier sind. Ich rate Ihnen überhaupt, im Tal zu bleiben, da die Bergstraße heute Nachmittag gesperrt werden könnte. Sie sollten am besten gleich im Tal bleiben. Manchmal dauert die Sperre zwei bis drei Tage an.«

»Wir fahren zurück und feiern im Hotel«, sagte Lilo entschieden. »Wenn keiner wegkann, wird die Feier nur noch gemütlicher.«

Klaus seufzte leise, Poppi lächelte tapfer, damit er sich nicht noch mehr Sorgen machte.

»Wir müssen jetzt alles bitte nach Protokoll machen. Zuerst nur Braut und Bräutigam.« Der Standesbeamte scheuchte alle anderen zurück. Axel und Lilo blieben bei ihm. Er ließ sich ihre Ausweise zeigen und trug die Nummern als Bestätigung des Identitätsnachweises in das Trauungsregister ein.

»Sie wünschen sicher nur eine kurze Zeremonie.« Er zwinkerte mit beiden Augen, als hätte er ihren heimlichen Wunsch erraten, den sie nicht auszusprechen wagten.

Lilo winkte ab. »Wir möchten eine schöne Zeremonie, sie kann auch länger dauern. Es ist unsere erste Hochzeit und es soll auch die einzige in unserem Leben bleiben.«

»Ach ja. Ich dachte nur, wetterbedingt ...« Hilfesuchend blickte der Standesbeamte nun zu Axel, der aber Lilos Worte bestätigte. Die Zeremonie bedeutete ihnen beiden viel, Lilo aber wohl noch etwas mehr als ihm.

»Gut, gut, gut. Ich habe mich noch nicht vorgestellt, wofür ich mich entschuldige. Mein Name ist Anton Grill und ich darf nun auch Ihre Trauzeugen um Ausweis und Unterschrift bitten.« Der Beamte erhob sich hinter dem Schreibtisch, verharrte dann aber in einer unbequemen Haltung und sagte völlig unerwartet: »Sie werden es sich aber nicht anders überlegen?«

»Zu heiraten oder die Länge der Zeremonie?«, wollte Lilo wissen.

»Beides. Ich hatte letzte Woche ein Paar, das sich vor meinen Augen getrennt hat. Können Sie sich das vorstellen? Bei meiner Frage, die mit Ja beantwortet werden soll, hat der Bräutigam Nein gesagt, ist aufgestanden und gegangen.«

»Keine Sorge, wir meinen es ernst«, versicherte ihm Axel. Der Standesbeamte bat Poppi und Dominik in sein Büro und wies ihnen die beiden freien Stühle vor dem Schreibtisch zu. Wie viele andere musterte er Dominik mit einem Blick, als würde er ihn von irgendwo kennen. Als er Dominiks Pass sah und den Namen las, nickte er wissend. »Ich dachte es mir gleich, aber im Fernsehen sehen alle Leute anders aus als in Wirklichkeit.«

Keiner konnte ihn stoppen, als er aufzuzählen begann, welche angeblich prominenten Leute er schon getraut hatte. Keiner der vier hatte jemals von ihnen gehört, aber für ihn waren sie weltberühmt, in Tirol.

Schließlich waren alle Formalitäten erledigt und Herr Grill bat sie, mitzukommen. Der Raum für die Trauung lag auf der anderen Seite des Ganges. Poppi und Dominik gingen mit ihm vor. »Sie haben natürlich Ihren Einzug. Der gehört zur längeren Zeremonie dazu!« Er sagte das mit einem Tonfall, der suggerierte: »Ich habe Sie gewarnt, aber Sie wollten nicht auf mich hören.«

Lilo nahm Axels Hand.

»Du schwitzt«, stellte sie lächelnd fest.

»Ich bin nicht so gefühllos, wie du manchmal denkst«, entgegnete Axel. Sie sahen einander an und in diesem Moment hatten beide tief in der Brust das gleiche Gefühl: Sie taten das Richtige. Axel küsste Lilo flüchtig. Durch die offene Tür hörten sie den berühmten Hochzeitsmarsch. Sie nickten einander zu und gingen los. Axel war zu schnell und zog Lilo hinter sich nach. Sie stolperte, er fing sie auf, sie lachten und begannen von neuem. Diesmal im Takt, auch wenn beide kein großartiges Taktgefühl hatten.

Mit einem feierlichen Lächeln traten Axel und Lilo ein. Der Raum war für mindestens hundert Leute bestuhlt, aber es saßen nur Klaus, Veronika Wunderer und Lotta in der ersten Reihe. Poppi und Dominik hatten Plätze links und rechts des Brautpaares vor dem Standesbeamten. Dominik hielt sein Handy hoch, das er auf volle Lautstärke gestellt hatte und aus dem der Hochzeitsmarsch tönte.

Herr Grill deutete Dominik, die Musik abzustellen, aber Dominik tat, als würde er ihn gar nicht bemerken.

Lilo hatte sich geschworen, nicht zu weinen. Doch schon nach den ersten Schritten durch den Mittelgang begannen die Tränen über ihre Wangen zu rinnen. Lilos Rührung wurde noch verstärkt, als sie sah, dass Poppi ebenfalls weinte. Selbst Dominik wischte sich verstohlen über das Gesicht.

Lotta sprang auf und applaudierte.

»Später, junge Dame«, rügte sie Herr Grill. Gehorsam setzte sich Lotta wieder hin.

Axel und Lilo nahmen Platz, hielten sich aber weiter an den Händen fest.

»Liebes Brautpaar, liebe Hochzeitsgäste, es ist mir eine Freude, Sie hier im Standesamt von Niederlissen zu begrüßen.« Er blickte in seine Unterlagen. »Frau Lieselotte Schroll und Herr Axel Klingmeier sind heute hier zu mir gekommen, weil sie den Bund der Ehe schließen wollen.«

Der Standesbeamte wirkte irritiert. Er blickte erneut in die Papiere vor sich. »Lieselotte Schroll und Axel Klingmeier. Jetzt erkenne ich Sie erst.« Mit noch größeren Augen, als er vorhin Dominik musterte, sah er die beiden an. Danach blickte er zu Dominik und Poppi. »Sie ... Sie waren diese vier Kinder ... die Knickerbocker-Bande, richtig?«

»Sie haben echte Kriminalfälle gelöst«, rief Lotta stolz.

»Ich bin fünf Jahre älter als Sie. Ich habe damals von Ihnen gehört und war richtig neidisch.« Herr Grill schien den Anlass vergessen zu haben und plauderte einfach weiter. »Habe ich nicht vor zwei Jahren etwas über Sie gelesen? Da ging es um einen Internetbetrug, richtig?«

»Stimmt auch!«, meldete sich Lotta.

Auf einmal begann Lilo zu lachen. Es klang ein wenig überdreht, aber sie steckte Poppi sofort an. Dominik konnte auch nicht anders, als einzustimmen. Axel sah alle verwundert an. »Was habt ihr?«

Herr Grill wirkte leicht irritiert. »Das würde mich auch interessieren. Herzliches Gelächter lösen manche Pointen in meinen Ansprachen aus, aber dazu sind wir noch nicht gekommen.«

Lilo nahm das Papiertaschentuch, das Poppi ihr reichte und wischte sich die Tränen vom Gesicht. »Wer hätte sich das vor 25 Jahren gedacht, als wir unseren ersten Fall hier in Tirol gelöst haben?«

»Das Rätsel um das Schneemonster«, sagte Dominik, den nun auch nostalgische Gefühle überkamen.

Lotta wusste darüber genau Bescheid. Ihr Vater hatte ihr alles viele Male erzählen müssen: Es war ein rätselhaftes Schneemonster gewesen, da sich in den Bergen rund um Kitzbühel herumtrieb, sich am Ende aber als etwas völlig anderes herausstellte. Damals, bei einem Zeichenwettbewerb für lustige Lederhosen, hatten Axel, Lilo, Poppi und Dominik einander kennengelernt.

»Es trifft sich gut, dass ich meine Rede über die vielen Wege der Liebe für Sie ausgewählt habe«, sagte Herr Grill. »Ich werde Sie gerne halten, aber vorher ein paar wichtige Fragen. Wenn Sie sich dafür bitte erheben.«

Alle wurden wieder ernst. Axel und Lilo standen gemeinsam mit Herrn Grill auf.

»Die Ringe, bitte«, verlangte der Standesbeamte.

Axel klopfte die Taschen seines Jacketts ab. »Die haben wir vergessen.«

»Ich nicht.« Lotta kam zu ihnen gelaufen und streckte die kleine Schachtel des Juweliers hin, die die Ringe enthielt. Axel bedankte sich erleichtert und Lilo und er nahmen Lotta in die Mitte.

»Frau Lieselotte Schroll, wollen Sie Herrn Axel Klingmeier zu Ihrem Ehemann nehmen, dann antworten Sie bitte mit Ja.«

Lilo sah Axel tief in die Augen und sagte mit sehr fester Stimme: »Ja, das will ich sehr gerne.«

»Ein einfaches Ja hätte genügt«, tadelte sie Herr Grill. Dann wandte er sich Axel zu und stellte ihm die gleiche Frage über Lilo.

»Ja, ich will das auch aus ganzem Herzen«, erklärte Axel. Für Lilo war dieser Satz die größte Liebeserklärung überhaupt. Axel war kein Mann von vielen Worten und es fiel ihm schwer, über seine Gefühle zu reden.

»Auch bei Ihnen wäre ich nur mit Ja zufrieden gewesen«, konnte sich Anton Grill nicht verkneifen. »Als Zeichen Ihrer Verbundenheit tauschen Sie nun bitte die Ringe aus.«

Lotta öffnete den Deckel der dunkelroten Schachtel und Axel nahm den kleineren Ring heraus, um ihn Lilo an den Finger zu stecken. Lilo tat das Gleiche für ihn, hatte aber Mühe, da Axels Finger seit der Anprobe der Ringe Anfang des Jahres etwas dicker geworden waren. Schließlich hatte sie es geschafft.

Taktvoll trat Lotta nach hinten. Lilo und Axel umarmten sich und beide fühlten, dass sie diese Verbundenheit ihr ganzes Leben lang behalten wollten. Sie küssten einander behutsam, fast schüchtern.

»Das geht besser«, kam es von Dominik, worauf Lilo Axel ein zweites Mal und richtig innig und fest küsste.

Dominik startete auf seinem Handy einen Clip mit lautem Jubel und Applaus von vielen Leuten.

»Ich muss Sie bitten, an diesem Ort so etwas zu unterlassen«, ermahnte ihn der Standesbeamte.

»Verzeihung.« Dominik schaltete das Handy wieder ab.

»Leute wie Sie haben sicherlich Reis oder Konfetti mitgebracht, um sie später über das Paar zu werfen. Ich muss Ihnen aber leider mitteilen, dass das bei uns verboten ist.«

Dominik war enttäuscht. »Auch vor dem Standesamt, wenn die beiden herauskommen?«

»Und wenn es Konfetti sind, die sich in der Feuchtigkeit sofort auflösen?«, fragte Poppi.

Herrn Grill war anzusehen, dass ihn diese Frage überforderte.

Während er seine Rede hielt, wünschte sich Lilo, sie hätten doch die »kurze Zeremonie« gewählt. Sie ließ sich aber nichts anmerken.

Dominik konnte es sich nicht verkneifen, beim Auszug der beiden einen Hochzeitsmarsch auf dem Handy zu spielen. Klaus fotografierte den Moment, als Axel und Lilo, begleitet von ihren Trauzeugen, aus dem Holztor ins Freie traten. Lotta und Veronika, die von Poppi mit umweltfreundlichem Konfetti ausgestattet worden waren, warfen sie von beiden Seiten in die Luft.

In die Schneeflocken mischten sich die bunten Plättchen und Lilo wünschte sich, diesen Moment festhalten zu können. Sie stellte sich vor, ihn tief in ihr Herz zu pflanzen, wo er immer bleiben sollte. Auch wenn sie eine nüchterne Mathematikerin geworden war, spürte sie tief drinnen starke Gefühle.

Keiner von ihnen konnte ahnen, dass sie den letzten fröhlichen Moment an diesem Tag erlebten, bevor der Tod so unerwartet und grausam zuschlagen sollte.

LETZTE VORBEREITUNGEN

Die Rückfahrt zum Hotel dauerte eine halbe Ewigkeit. Veronika lenkte behutsam, als hätte sie zerbrechliche Fracht im Bus. Sie spürte, wie rutschig die Fahrbahn durch den frischen Schnee war. Einige Male drehten die Reifen durch, sie schaffte es aber immer, weiterzufahren.

Als die Tafel am Straßenrand ankündigte, dass Hochlissen nur noch einen Kilometer entfernt war, atmeten alle im Bus auf. Der letzte Kilometer kam ihnen aber wie weitere 5000 Meter vor.

Endlich hatten sie das Hotel erreicht. Während der Fahrt war niemandem nach Scherzen zumute gewesen. Es war weder gesungen noch gesprochen worden. Da die Anspannung vorüber war, begannen nun alle vor Erleichterung loszureden und zu lachen.

Lady Ross kam ihnen aus dem Hotel entgegengeeilt. Sie trug ein mitternachtsblaues Kleid, das mehr zu einem Galaempfang passte als in das Berghotel, aber Veronika hatte von ihr nichts anderes erwartet.

»Kindchen, ich bin am Boden zerstört, bei der Trauung gefehlt zu haben. Aber ich denke, ich habe hier alles unter Kontrolle gebracht. Das Mädchen in der Küche arbeitet, als wäre sie ein Oktopus. Sie meint, das Essen kann in einer Stunde aufgetragen werden. Für die Unterhaltung danach werde ich sorgen und die Torte ist auch eingetroffen. Ihrem Fest«, sie wandte sich an Lilo und Axel, »steht nichts im Wege.«

»Umziehen werden wir uns jetzt aber schon«, erklärte Lilo. »Wozu haben wir die feinen Sachen besorgt.«

»Ich war schon so frei.« Lady Ross deutete an sich herab.

»Sehr schick«, stellte Dominik fest.

Während die anderen alle zum Lift gingen, blieb er bei Lady Ross zurück.

»Wie funktioniert der Mechanismus der Hochzeitstorte?«, fragte er sie mit verschwörerisch gesenkter Stimme.

»Das weiß Frau Wunderer am besten.« Die Lady winkte die Hotelbesitzerin zu sich. Sie war erstaunt über Dominiks Interesse, aber Lady Ross ließ keine Fragen zu. Veronika zeigte Dominik in der Riesentorte die Auslöser für Feuerwerk und Aufklappen. Danach verabschiedete sie sich in die Küche.

»Wie stellen Sie sich die Überraschung vor?« Dominik deutete zur Hochzeitstafel. »Wenn alle dort sitzen, kann doch kein Tänzer in die Torte kriechen, ohne gesehen zu werden.«

»Daran habe ich selbstverständlich gedacht.« Lady Ross weihte Dominik in den Plan ein, der vorsah, die Hochzeitsgäste kurz aus dem Saal zu führen, um ihnen nebenan die echte Torte zu präsentieren. Sie sollte dann auf dem Servierwagen in den Speiseraum geschoben werden, wo die Vorführung begann. Ohne Scheinwerfer, aber mit Musik, die Ignaz starten würde. Dominik schlug den Song »Paradies« vor. Er hatte ihn auf seinem Handy, das an die Musikanlage einfach angeschlossen werden konnte. Sobald Ignaz eintraf, würde er es mit ihm ausprobieren. Vielleicht konnte er dann auch den vorbereiteten Song für Lilo und Axel singen.

»Puh«, die Lady fächelte sich mit der Hand Luft zu, »die Aufregung jagt mir Wallungen durch den Körper. Ich muss etwas zu meiner Entspannung tun.«

Sie verschwand hinaus auf die Terrasse. Dominik ging hinauf in sein Zimmer, um dort zu telefonieren. Als er den Speiseraum verließ, kam ihm Veronika entgegen. »Haben Sie die Lady gesehen?«

Dominik deutete in Richtung Terrasse.

»Danke.« Veronika rief ihren Namen und eilte zur Terrassentür. »Uns ist gerade die letzte Flasche Champagner zerbrochen. Die neue Lieferung sollte morgen früh kommen.«

»Ich verständige sofort Ignaz, an Champagner mangelt es nie im Schloss Lucasberg.« Lady Ross dämpfte ihre Zigarette aus und kam zurück in den Saal. Dominik verabschiedete sich nach oben.

SCHWARZE HOCHZEIT

Auf dem Weg zum Speisesaal hörte Lilo, wie Veronika Wunderer telefonierte. Es ging um die Zufahrtsstraße. Als sie auflegte, teilte sie Lilo die Neuigkeit mit.

»Bevor die drohende Lawine abgesprengt werden konnte, ist sie abgegangen und hat die Fahrbahn verschüttet. Die Aufräumarbeiten werden die ganze Nacht dauern, aber morgen ist die Straße sicher wieder frei.«

Lilo beschloss, den anderen davon nichts zu sagen. Sie wollte die Stimmung des Festes nicht trüben.

Jeder einzelne Gang wurde an der festlichen Tafel gelobt. Lady Ross applaudierte für Veronika und die anderen stimmten ein. Marie wurde am Ende des Essens von Veronika aus der Küche geholt und bekam große Anerkennung, die sie sehr verlegen machte.

Ignaz hatte Lautsprecher aus dem Schloss gebracht und am Ende des Saales neben der Riesenhochzeitstorte aufgestellt. Die Torte selbst war von Lady Ross mit einem Tischtuch verdeckt worden, da sie eine Überraschung für Lilo und Axel sein sollte.

»Eine Hochzeit ohne Brauttanz ist keine echte Hochzeit«, erklärte die Lady.

»Ich sorge für Musik«, kündigte Dominik an.

»Ist das alles aufregend!« Die Lady verwendete die Serviette, um sich Kühlung zuzufächeln. »Hu, mir wird immer heißer.«

»Alles in Ordnung, Lady Ross?«, erkundigte sich Veronika besorgt.

»Ja ja, Kindchen, aber ich glaube, ich bin aufgeregter als unsere frisch Vermählten. Allerdings«, sie legte eine dramatische Pause ein, »habe ich noch meine Präsentation vor mir und das macht mich nervös.«

Lilo beobachtete die Amerikanerin und fragte sich immer wieder, ob etwas Wahres an den Gerüchten und Anschuldigungen sein konnte, die sie gelesen hatte. Sie traute der redseligen Frau mit ihrer etwas übertriebenen Art eine so eiskalte Tat nicht zu. Allerdings konnte man sich in Menschen sehr täuschen, wie sie selbst schon öfter festgestellt hatte.

Nach dem Essen lud Lady Ross wie angekündigt alle in den Nebenraum ein. Dominik blieb zurück.

»Ich folge euch in Sekunden«, sagte er, als er Lilos fragenden Blick auffing. Lilo vermutete, dass er auf die Toilette musste.

Ignaz hatte das Licht im Nebenraum gedimmt und auf der essbaren Hochzeitstorte eine Sprühkerze entzündet. Lilo und Axel standen davor, den Schein der Funken in den glücklichen Gesichtern. Lotta knipste mit Axels Handy und Axel flehte im Stillen, sie würde ihre Köpfe auf dem Foto nicht abschneiden.

»Die Torte sieht wunderbar aus«, sagte Lilo zur Lady. »Vielen, vielen Dank.«

»Nichts zu danken, Herzchen. Ich hoffe, sie schmeckt auch so gut. Der oberste Stock ist Erdbeertorte mit Vanillecreme, der mittlere Stock Punschtorte und der unterste Trüffeltorte mit Ananas.«

Lotta schluckte, weil ihr das Wasser im Mund zusammenlief. »Ich will alle drei. Kann ich ein Stück von oben nach unten geschnitten haben?«

Lilo wunderte sich, wo Dominik blieb. Er hatte das kleine Feuerwerk und die Präsentation der Hochzeitstorte versäumt. Wieso musste er ausgerechnet jetzt so lange auf der Toilette bleiben?

Lady Ross deutete auf den Servierwagen und die Beistelltischchen an der Wand. »Die Torte wird bald angeschnitten, aber sieht jemand hier ein Messer?«

»Ich hole eines aus der Küche!«, rief Veronika.

»Nein, meine Liebe, nicht nötig, das Messer kommt«, verkündete die Lady geheimnisvoll. »Lassen Sie uns die Torte nach nebenan bringen.«

Veronika schob den Servierwagen und hinter ihr folgte die kleine Prozession der Gäste.

Mittlerweile hatte Ignaz im Speiseraum das Licht schwächer gedreht. Die große Torte war noch immer abgedeckt.

»Ladies and Gentlemen, ein Hoch auf das glückliche Paar, ein Feuerwerk der Liebe und ein Tanz in ein himmlisches Leben«, rief Lady Ross, als hätte sie hunderte Gäste rund um sich. Sie gab Ignaz ein Zeichen, der auf Dominiks Handy herumdrückte. Eine Pause trat ein, die immer länger wurde. Verlegen blickte Ignaz zu Dominik, der ihm schnell zu Hilfe kam.

»Ein Leben voller Freude wünschen wir euch«, sagte er zu Lilo und Axel. »Es lebe die Liebe. Ich muss euch heute auch etwas sagen, das ich euch schon lange mitteilen wollte.«

Seine Freunde sahen ihn neugierig an.

»Zuerst die Überraschung«, rief Dominik und schaltete die Musik ein. Der Song »Paradies« dröhnte aus den kleinen Lautsprechern. Es war eine Disconummer, die auch Hymne an die Lebenslust genannt wurde.

Axel legte seinen Arm um Lilos Schultern. Beide blickten voller Spannung zur riesigen Torte.

Die Musik lief weiter.

Geduldig warteten alle, was geschehen würde.

Lady Ross stieß Dominik mit dem Ellbogen in die Seite. »Es muss losgehen.«

»Das weiß er«, hörte Lilo Dominik zischen. »Vielleicht klemmt der Mechanismus.«

Sekunden verstrichen, der erste Refrain des Songs war erreicht. »Paaaaradies«, schallte es durch den Saal. Die Torte stand unverändert da. Dominik wurde unruhig und machte einen Schritt darauf zu, blieb dann aber wieder stehen. Schließlich ging er zur Rückseite und öffnete eine Klappe. Die anderen sahen, wie er gebückt in der Torte verschwand.

Endlich ging das Feuerwerk los. Aus mehreren Düsen an den runden Tortenkanten sprühten Funken. Die künstlichen Kirschen und Sahnekleckse begannen zu blitzen, leuchtende Kugeln schossen aus einem Rohr an der Spitze der Torte.

»Aus!«

Axel ließ Lilos Hand los.

»Aus, Hilfe!«, hörten sie Dominik schreien.

Lilo riss das Kabel aus der Anlage, an der Dominiks Handy angeschlossen war. Die Musik verstummte. Die Torte spuckte die letzte Feuerfontäne.

Die oberen beiden Teile klappten nach hinten. Der Oberkörper eines Mannes kippte schlaff nach vorne und blieb regungslos über dem Rand der Torte hängen. Sein Gesicht war nur sehr kurz zu sehen gewesen, aber Veronika hatte ihn sofort als den Mann erkannt, der die Hütte mit Sauna am Waldsee bewohnte. Das lange blonde Haar war im Nacken zusammengebunden. Diesmal war der Mann bekleidet und trug einen dunklen Anzug mit weißem Hemd.

Hinter ihm, halb kauernd, stand Dominik in der Torte. Mit vor Schrecken geweiteten Augen starrte er zu seinen Freunden. »Ein Arzt! Holt einen Arzt!«

Von einer Sekunde auf die andere war aus dem chaotischen, freudigen Tag ein Albtraum geworden. Poppi und Klaus liefen zur Torte. Klaus kniete sich hin, betrachtete den bewusstlosen Mann kurz und bückte sich dann so tief, dass er von unten in sein Gesicht sehen konnte. Poppi betastete mit den Fingern den Hals des Mannes.

Klaus und Poppi wechselten einen entsetzten Blick.

»Axel, hilf mir … hilf mir, den Mann rauszuheben«, rief Klaus. Axel war sofort zur Stelle. Er schob Dominik aus der Torte und nahm die Beine des Mannes, Klaus schob die Hände unter seine Achseln.

»Jamie«, flüsterte Dominik immer wieder.

Lilo sah zu ihm. Was sagte er da? Kannte er den Mann?

Vorsichtig legten Axel und Klaus den Mann vor der Torte auf den Boden. Klaus begann mit Wiederbelebungsversuchen, Herzmassage und Mund-zu-Mund-Beatmung.

Dominik stand daneben, die Faust auf den Mund gepresst. »Jamie, sag was«, verlangte er auf Englisch. «Jamie! Was ist mit dir? Aufwachen.«

Für Lilo war nun klar, dass Dominik den Mann kennen musste. Sie wollte ihn fragen, aber in diesem Moment griff Poppi Dominik an den Arm und zog ihn sanft fort. »Komm mit, lass Klaus ... er hilft ... er hilft ...« Sie klang in ihren eigenen Ohren jämmerlich, aber etwas anderes fiel ihr nicht ein. Hilflos drehte sich Dominik in seinem stolpernden Gang um und streckte die Hand nach hinten aus. »Jamie ... du musst aufwachen.«

Lady Ross, die an der Tür stand, japste nach Luft. »Oh mein Gott. Oh mein grundgütiger Gott.«

Veronika machte ein paar Schritte in den Saal, genauso fassungslos wie alle anderen.

Lilos sonst so scharfer Verstand setzte in diesem Moment völlig aus. Sie schüttelte stumm den Kopf und sagte mechanisch immer wieder: »Nein. Nein, das gibt es nicht.«

Es war ihre Hochzeit. Es konnte kein Toter aus der Hochzeitstorte fallen. Wenn sie nur nicht daran glaubte, dann würde der schreckliche Anblick des leblosen Mannes, der dort auf dem Boden lag, verschwinden. Vielleicht handelte es sich um einen Scherz von Dominik. Wenn sie die Augen schloss und wieder öffnete, würde alles normal sein.

Sie tat es. Als sie wieder zur Torte blickte, erhob sich Klaus gerade. Er stand unter Schock, wie alle anderen auch. Axel sah ihn fragend an. Klaus schüttelte kurz den Kopf. »Wir können nichts mehr tun«, sagte er leise. Er kniete sich noch einmal neben den Mann und schloss ihm die Augen.

YOU WILL DIE

Innerhalb von Sekunden war aus dem schönsten Tag ihres Lebens der schrecklichste geworden. Lilo fühlte eine Leere, als gäbe es keine Zeit mehr.

Lotta starrte den leblosen Mann an, den Mund offen, unfähig, sich zu bewegen.

Veronika kam langsam auf sie zu, nahm sie an den Schultern und drehte sie weg.

»Ist der Mann …?« Lottas Stimme kippte. »Ist er tot?«

»Komm, wir gehen hinaus«, sagte Veronika leise. »Komm, Lotta.«

Vor dem Speisesaal stand Poppi mit Dominik. Er wollte zurück, aber Klaus trat ihm entgegen und verstellte ihm den Weg.

»Henry. Ich muss zu Henry.« Dominik drehte sich um und machte ein paar steifbeinige Schritte in Richtung Lift.

»Wo ist Henry?«, fragte Poppi leise.

Dominik deutete mit den Finger nach oben. »Mein Zimmer.«

Lilo und Axel hatten den Saal verlassen. Lotta riss sich von Veronika los und warf sich in die Arme ihrer Eltern. Sie wurde gedrückt und gestreichelt. Die kleine Familie in ihrem feinen Gewand bildete eine Gruppe, die der Welt den Rücken zukehrte.

»Henry darf nicht herkommen …« Dominik drückte den Liftknopf immer wieder. Die Tür öffnete sich und er stieg ein, Poppi an seiner Seite. Der Lift fuhr ab nach oben.

»Wer ist Henry?«, flüsterte Lilo. Axel zuckte mit den Schultern.

Veronika trat zu ihnen. »Das Waldhaus am See haben ein Vater und sein Sohn gemietet. Der Sohn heißt Henry. Der Vater ...« Sie presste die Hand auf den Mund, um nicht laut zu schluchzen.

»Der Vater ist ...?« Lilo schloss die Augen.

»Ich rufe einen Notarzt ... den Rettungshubschrauber.« Veronika wählte eine Nummer und hielt das Handy ans Ohr. Danach schüttelte sie es und wählte erneut. Sie unternahm einen dritten Versuch. »Keine Verbindung. Kein Funk.«

Axel nahm sein Handy und Veronika sagte ihm die Nummer an. Er drückte auf ›Anrufen‹ und wartete. »Tot. Die Handys sind tot.«

Klaus kam näher. Er hob immer wieder die Schultern und setzte an, etwas zu sagen. Schließlich sagte er tonlos: »Es hilft kein Arzt mehr. Es gibt keine Hilfe mehr für den Mann.«

Lady Ross hatte die Hände vor den Mund geschlagen. »Du guter Gott, du gütiger Gott«, wiederholte sie immer wieder.

Hinter einem Ledersofa in der Halle tauchte das Gesicht eines Jungen mit blonden Locken auf. Er starrte mit großen Augen zu den Leuten vor dem Speisesaal. Lilo bemerkte ihn als Erste. Der Junge stand auf, kam aber nicht hinter dem Sofa hervor. Er trug einen festlichen Anzug mit weißem Hemd.

Klaus und Axel folgten Lilos Blick. Veronika ging langsam auf den Jungen zu.

»Henry?«

Der Junge antwortete nicht, sondern stand einfach nur da.

»Henry?«, wiederholte Veronika. »Du bist doch Henry?« Sie erinnerte sich, dass Vater und Sohn Englisch miteinander gesprochen hatten und redete ihn daher auf Englisch an.

Mit einem Aufschrei sprang der Junge über die Sofalehne und rannte in Richtung Speisesaal. Lotta, die sich noch immer an Axel presste, sah erschrocken auf. Axel wollte dem Jungen den Zutritt in den Speisesaal verstellen, ohne Lotta loszulassen. Henry schlug einen Haken und raste an ihm vorbei. Er stieß die Tür auf und prallte zurück, als wäre er gegen eine unsichtbare Wand gestoßen.

»Dad! Dad! Dad! Daddy!« Er schrie immer lauter.

Lilo kam gelaufen, zog ihn zurück und schloss die Tür.

»Daddy«, schluchzte der Junge immer wieder.

»Komm, wir gehen weg von hier.« Lilo redete mit beruhigender Stimme auf ihn ein. Der Junge bewegte sich nicht, starrte auf die geschlossene Tür und begann dann am ganzen Körper zu zittern.

»Daddy. Dad!«

»Tun Sie doch etwas«, fuhr Lady Ross Veronika an.

»Es gibt keinen Funk für das Handy. Die Telefonleitung des Festnetztelefons hängt am selben Mast.« Veronika hob immer wieder hilflos die Arme. »Keine Verbindung. Niemand. Ich kann keinen anrufen.«

»Ich gehe nachsehen«, sagte Ignaz, der hinter der Lady stand.

»Wohin nachsehen?«, wollte Lady Ross wissen. »Sie können jetzt nicht gehen. Sie müssen hierbleiben.«

»Nachsehen. Draußen. Der Handymast. Ich weiß, wo er sich befindet.«

»Nein. Sie bleiben hier.«

Ignaz ließ die großen Hände sinken und gehorchte seiner Chefin.

Lilo ging um den Jungen herum. Sie schob sich zwischen ihn und die Tür, die er noch immer anstarrte, und öffnete die Arme. Mit einem lauten Aufschluchzen warf sich Henry hinein. Lilo drückte ihn sanft und strich ihm über den Rücken. Es war ihr unmöglich, etwas zu sagen, da ihr jedes Wort unpassend erschien. In ihrem Kopf rotierten die Gedanken. Sie rätselte, wer der Junge war, den sie da hielt, und was Dominik mit seinem Vater zu tun hatte.

Was war mit dem Mann in der Torte geschehen? Er musste dort drinnen gestorben sein, vielleicht erstickt. Es konnte ein Herzstillstand gewesen sein, obwohl Lilo den Mann nicht älter als auf Anfang dreißig schätzte.

Ihr kam der Gedanke, dass es Mord gewesen sein könnte. Aber Mord war unmöglich, denn wer sollte diesen Mann ermorden wollen, wieso hier in den Bergen und dazu noch in ihrer Hochzeitstorte?

Veronika versuchte erneut, mit dem Handy zu telefonieren, aber es gab weiterhin keine Verbindung zur Außenwelt. Sie ging zur Rezeption, um zu sehen, ob vielleicht das Internet funktionierte. Wenn das der Fall war, konnte sie Skype zum Telefonieren verwenden.

Auf der Theke lag ein Päckchen. Es war das gleiche Packpapier und die gleiche Schnur wie beim ersten Paket, das sie gefunden hatte. Veronika ahnte Schlimmes. Sie wollte an dem Paket vorbeigehen, aber es zog sie wie magisch an. Schon aus einigen Schritten Entfernung konnte sie sehen, dass ein Zettel unter der Schnur steckte. Auf ihm stand eine kurze Nachricht in großen Druckbuchstaben. Getippt auf einem Computer und ausgedruckt.

YOU WILL DIE!

Du wirst sterben.

JAMIE

Dominiks Finger zitterten so heftig, dass er es nicht schaffte, sein Zimmer im zweiten Stock aufzuschließen. Poppi nahm ihm den Schlüssel ab und öffnete für ihn.

Das Wohnzimmer war hell erleuchtet. Der Fernseher lief. Durch eine Verbindungstür sah Poppi in ein Schlafzimmer, in dem Kleidungsstücke auf das Bett geworfen worden waren. Sie erkannte Jeans eines Erwachsenen und eine Kinderjeans.

»Henry?« Dominik schluckte, räusperte sich und rief erneut, da der erste Versuch sehr kläglich ausgefallen war. »Henry!« Er ging ins Schlafzimmer und warf einen Blick ins Bad und in die Toilette. »Er ist nicht da.«

»Wen suchen wir überhaupt?«, wollte Poppi wissen.

Dominik ließ sich in den Armsessel der kleinen Sitzgruppe am Fenster sinken. Er verbarg das Gesicht in den Händen und Poppi konnte hören, wie er ständig etwas murmelte. Als sie näher trat, verstand sie die Worte.

»Nein, nein, nein. Nein, das kann nicht sein. Nicht Jamie. Nein …«

Poppi kniete sich vor ihn und berührte ihn sanft am Arm. »Dominik, wer ist der Mann? Und wer ist Henry?«

Ihr Freund aus Kindertagen sah auf, die Augen rot, das Gesicht nass von Tränen.

»Jamie … ich wollte ihn euch heute vorstellen. Henry ist sein Sohn. Unser Sohn.«

»Dein Sohn?« Verwirrt schüttelte Poppi den Kopf. »Du hast nie etwas von einem Sohn erzählt.«

»Er ist Jamies Sohn. Aber für mich ist er auch wie ein Sohn.« Die Traurigkeit in Dominiks Blick tat Poppi unendlich weh. Sie hatte ihn nie zuvor so zerstört und verzweifelt erlebt. Wenn er auch sonst mit seinen Schauspielkünsten darüber hinwegtäuschen konnte, wie es ihm wirklich ging, so brachen in diesem Moment alle Gefühle aus ihm heraus. Dominiks ganzer Körper wurde von seinem Schluchzen geschüttelt.

Völlig unerwartet sprang er auf. »Ich muss Henry finden. Er darf Jamie nicht sehen. Ich muss ihn beschützen. Ich muss bei ihm sein. Er hat nur noch mich.«

Es dämmerte Poppi, was Dominik gerade gesagt hatte. Sie konnte es nur nicht richtig glauben, da er bisher immer von Freundinnen gesprochen hatte. Es war Poppi völlig egal, ob er sich mehr für Frauen oder Männer interessierte, nur verstand sie nicht, wieso Dominik erst jetzt damit herausrückte.

Sie hörte, wie er die Zimmertür aufriss und auf den Gang hinausstürmte. »Henry!« Er lief in Richtung Treppe. Poppi folgte ihm so schnell es der runde Babybauch zuließ.

STINKSALAMANDER

Die Tür zu Zimmer 319 war einen Spalt breit geöffnet. Mario stand da und blickte in das Halbdunkel des Ganges, in dem nur zwei Notlampen brannten.

Aus dem Stiegenhaus, das zeitgleich mit dem Licht der anderen Stockwerke an- und ausging, fiel ein Lichtstreifen auf den Teppichboden.

»Henry! Henry!«, hörte Mario einen Mann rufen.

Die Hochzeitsgesellschaft war zerstört, alle Gäste standen unter Schock. Mit der Rechten wischte sich Mario über das verschwitzte Gesicht. Auf den Wangen und am Hals hatte er jetzt rote Flecken, das wusste er.

Er hasste sie. Sie kamen, wenn er aufgeregt war und je mehr er sie wegwünschte, desto stärker leuchteten sie.

»Stinksalamander« hatten sie ihn in der Schule gerufen. Dabei hatte er nicht gestunken, sondern einfach nur übermäßig stark geschwitzt. Bei jeder Prüfung an der Tafel waren die nassen Flecken unter seinen Armen aufgetaucht. Egal ob Hemd oder T-Shirt, der Stoff hatte an seinem Rücken geklebt, als wäre er samt Kleidung unter der Dusche gestanden.

Mario überlegte. Er hatte noch nicht beendet, wofür er hergekommen war. Sollte er sich noch einmal nach unten wagen?

TODESURSACHEN

Axel war mit Dominik und Henry in den zweiten Stock hinaufgegangen. Er hatte Lotta bei sich.

In der Lobby saßen Lilo, Poppi, Klaus und Veronika zusammen.

Lady Ross hatte sich mit den Worten entschuldigt, dass sie dringend ihre Spezialmedikamente benötigte. Ignaz hatte sie zurück zum Schloss Lucasberg gefahren. Die Lady versprach, von ihrem Telefon im Schloss aus zu versuchen, die Polizei zu verständigen. Aber es gab nur eine Leitung in Hochlissen und Veronika schienen diese Versuche nutzlos. Das behielt sie aber für sich.

Lilo hatte die Hände hinter dem Kopf verschränkt und sich auf dem Sofa zurückgelehnt. Sie blickte hoch zu den dunklen Holzbalken der Decke und versuchte, klare Gedanken zu fassen. Noch immer sprangen die Fragen und Vermutungen in ihrem Kopf herum wie Pingpongbälle. In ihrem Beruf als Hochschulprofessorin für mathematische Chemie und Physik war ihr klares, analytisches Denken nie schwergefallen, nun aber sah sie sich mit dem wahrscheinlich größten Rätsel ihres Lebens konfrontiert.

Ihre Hochzeit und das Jawort am Standesamt kamen ihr Lichtjahre entfernt vor.

Klaus blickte zum Speisesaal. »Wir können den Toten doch nicht einfach so auf dem Boden liegen lassen.«

»Doch, das müssen wir sogar«, sagte Lilo. »Die Polizei will nicht, dass wir Spuren vernichten. Den Mann aus der

Torte zu heben war schon ein Eingriff in den Tatort und ein Zerstören wichtiger Hinweise.«

»Der Mann heißt Jamie.« Poppi konnte endlich loswerden, was sie von Dominik erfahren hatte und es war eine große Erleichterung für sie. »Jamie ist der Vater des kleinen Henry und Dominiks Freund.«

Veronika warf ein, dass ihr Vater die Hütte am See ohne ihr Wissen vermietet hatte. »Sie wird im Internet auf der Seite von Airbnb angeboten. Mein Vater verdient sich damit Geld dazu.«

Für Lilo wurde die Angelegenheit immer unerklärlicher. »Dominik nimmt die Einladung zur Hochzeit an. Er will hierher in das Hotel kommen, schickt aber einen Freund und dessen Sohn voraus und bringt sie in einer Hütte unter, die ein Stück entfernt liegt. Als Hochzeitsüberraschung versteckt er den Freund dann in der Torte, wo dieser stirbt.«

Veronika wusste mehr. »Lady Ross hat davon gesprochen, dass Herr Kascha ihr helfen wollte. Das professionelle Tanzpaar, das aus der Torte hätte springen sollen, war erst für morgen gebucht. Wegen dem Schnee hätte es ohnehin nicht kommen können. Herr Kascha erwähnte etwas von einem Freund, der sich in der Nähe aufhalte und der die Aufgabe übernehmen könnte, da er Tänzer wäre. Außerdem soll er gesagt haben, ein solcher Auftritt käme ihm recht …« Veronika entschuldigte sich und stand auf, weil sie in ihrem Büro etwas nachsehen wollte.

Poppi spielte verlegen mit dem Stoff ihres Kleides. »So wie ich das verstanden habe, ist Jamie nicht nur ›ein Freund‹, sondern ›Dominiks Freund‹. Dominik bezeichnet Henry als ›seinen Sohn‹.«

»Dominik ist schwul?« Lilo fuhr in die Höhe. »Das wollte er uns heute sagen?«

»Scheint so.«

»Ziemlich theatralisch, den Freund aus der Hochzeitstorte springen zu lassen.«

»Jetzt sei nicht so streng. Ich glaube, es ist Dominik nicht leichtgefallen, uns das zu sagen.«

»Aber wieso? Wir leben nicht im Mittelalter, es ist doch reichlich egal«, entgegnete Lilo.

»Du kennst Dominik.« Poppi wischte mit der Hand über den Tisch, obwohl es dort nichts zu wischen gab. »Schwäche gibt es für ihn nicht. Er will immer perfekt sein und als der Beste dastehen.«

»Das ist er doch so und so, egal, wen er liebt«, brauste Lilo auf.

»Hauptsache, er liebt«, ergänzte Klaus, der auch etwas sagen wollte.

»Richtig!« Lilo warf sich wieder nach hinten, verschränkte die Hände und blickte zur Decke. »Wie können wir Dominik nur helfen?«

Veronika kam zurück. »So schlimm war es noch nie. Es sind so ziemlich alle Verbindungen unterbrochen: Festnetz, Handy, Internet, alles.«

Klaus legte seinen Arm um Poppi, die neben ihm saß. Er streichelte sie liebevoll, weil er wusste, was in ihrem Kopf vorging.

»Die Straßen werden auch morgen noch gesperrt sein«, sagte sie leise. Poppi fürchtete, es könnten die Wehen bei ihr eintreten. Im Augenblick bestand nicht die geringste Chance, ein Krankenhaus zu erreichen. Schützend legte Poppi die Hände auf ihren prallen Bauch.

Lilo hatte den Kopf zur Seite gedreht und sah den Flocken vor dem Fenster beim Fallen zu. Sie wandte sich an Klaus. »Wieso ist Dominiks Freund gestorben? Hast du einen Verdacht?«

»Wir sind Tierärzte«, sagte Poppi. »Keine Humanmediziner.«

»Trotzdem könnt ihr doch vielleicht einen Verdacht haben, eine Idee, einen Gedanken?«

Klaus trommelte mit den Fingern auf die Kante der Sofalehne. »Herzinfarkt, vielleicht. Schlaganfall glaube ich weniger.«

Poppi gab Klaus recht. »Jamie hatte keinen Puls mehr. Er muss schon länger tot in der Torte gelegen sein.«

»Nein, das sehe ich anders. Die Körpertemperatur erschien mir normal, die Haut hat sich warm angefühlt. Also ist der Tod erst vor kurzem eingetreten. Aber ich bin kein Gerichtsmediziner und kann hier keine genauen Aussagen machen.«

Lilo fiel etwas ein. »Könnte er erstickt sein?«,

»Das glaube ich nicht.« Poppi und Klaus waren sich da einig.

»Habt ihr sein Gesicht gesehen? Da war keine Spur von Todeskampf zu sehen. Er hat völlig friedlich gewirkt«, sagte Poppi.

»Was auf einen plötzlichen Herztod hindeutet«, setzte Klaus fort.

Lilo begann, ihre Nasenspitze zu kneten. »Der Mann ist doch so alt wie wir. Oder sogar jünger.«

»Wie ich das verstanden habe, ein Tänzer«, warf Veronika ein.

»Also gut trainiert und gesund. Wieso stirbt er dann so plötzlich?«

Klaus hatte dafür einige Erklärungen. »Plötzlicher Tod kann durch das Platzen eines Blutgefäßes im Gehirn verursacht werden. Oder durch eine Herzmuskelentzündung. Leute, die zum Beispiel eine Grippe oder eine ernsthafte Verkühlung einfach übergehen, bekommen manchmal Myokarditis. Sie bemerken höchstens Müdigkeit und eine gewisse Schlappheit. Im Ernstfall kann diese Entzündung des Herzmuskels aber zum Tod führen.«

»Einfach nur schrecklich«, murmelte Lilo. Sie empfand für Dominik tiefstes Mitgefühl.

Veronika räusperte sich. »Ich muss auch etwas berichten, aber ich wollte Ihre Gedanken nicht unterbrechen.«

Lilo hob fragend die Augenbrauen.

»Ich habe eine neue Drohung erhalten.« Veronika stand auf und holte die Schachtel. Sie hatte sie nicht geöffnet.

Klaus las die kurze Nachricht laut vor.

YOU WILL DIE!

»Wann haben Sie das Paket bekommen?« Lilo deutete der Hotelbesitzerin, es auf dem kleinen Tisch vor ihnen abzustellen.

»Es war auf einmal da, als ich nach dem ...«, sie suchte nach Worten, fand aber keine, »... als der Mann aus der Torte gefallen ist und ich in mein Büro wollte. Es hat doch nichts mit dem Todesfall zu tun?«

Lilo knetete ihre Nasenspitze. Sie deutete auf den Zettel. »Ein seltsamer Zufall, wenn jemand droht und dann wirklich ein Mensch stirbt.«

»Aber das Paket und die Drohung können doch nicht für den Mann bestimmt gewesen sein?«

Lilo schloss die Augen halb und blinzelte durch die Wimpern. »Ein Paket kam an Sie. Eines hatte Lady Ross, haben Sie erzählt. Das dritte Paket ist wieder hier gelandet.« Sie sah auf. »Nein, ich kann mir nicht vorstellen, dass es etwas mit dem Toten in der Torte zu tun hat. Er hatte keine Gelegenheit, es zu sehen, also wäre die Drohung wirkungslos.«

»Meinen Sie, die Lady bringt diese Pakete?« Veronika sah Lilo besorgt an, aber Lilo ließ sich mit der Antwort lange Zeit.

»Es gibt keine Beweise und dass sie selbst so eine Voodoo-Puppe im Schloss in der Hand hatte, kann beides bedeuten: Sie hat ebenfalls eine bekommen oder aber sie hat eine verpackt, um sie Ihnen zu bringen.«

Veronika fiel etwas ein. »Wenn es die Puppe mit dem durchgeschnittenen Hals ist, dann kommt sie von der Lady. Aber ich verstehe nicht, warum sie mir diese Puppen schicken sollte.«

»Dann sehen wir doch in das Paket. Spuren hin oder her, wir sitzen hier fest.« Poppi klang so entschieden, wie Lilo sie sonst nicht kannte.

Auch Lilo waren alle Fingerabdrücke und Spuren egal. Sie wollte nur wissen, was das Paket enthielt. Veronika holte eine Schere. Sie schnitten die Verschnürung durch und rissen das Papier herunter. Mit spitzen Fingern hob Lilo den Deckel. Veronika wich zurück, als könnte etwas aus der Schachtel springen. Lilo zog das Seidenpapier auseinander und alle erhoben sich leicht, um in die Schachtel blicken zu können.

»Danke, Poppi!« Dominik streckte die Zunge heraus und Poppi träufelte ihm vier Tropfen darauf.

»Alle zehn Minuten kannst du wieder vier Tropfen nehmen.« Poppi reichte ihm das kleine braune Fläschchen der Rescue-Tropfen. Sie hatte immer welche eingesteckt.

Axel kam aus dem Schlafzimmer der Familiensuite, die Dominik bewohnte. Er lehnte die Tür an.

»Henry und Lotta sind beide eingeschlafen. Die Tropfen haben geholfen.«

»Und sie sind völlig ungefährlich«, flüsterte Poppi.

Lilo betrat das Zimmer. Axel legte den Finger auf die Lippen und deutete in Richtung Schlafzimmer, damit sie die Kinder nicht weckten.

»Dominik, komm mit hinunter«, sagte Lilo leise. Dominik sah zum Schlafzimmer und zögerte. »Wir bleiben hier«, versprach Poppi.

»Wenn dich Henry braucht, hole ich dich sofort«, sagte Axel.

»Danke.« Dominik erhob sich. Er war noch immer aschfahl im Gesicht, unter seinen Augen lagen dunkle Schatten. Vor einer Stunde noch war Dominik voller Energie gewesen, aufrecht und strahlend. Davon war nichts mehr übrig.

In der Lobby wollte Lilo Dominik in eine Ecke führen, von der aus er nicht zum Speisesaal sehen konnte. Am Fuße der Treppe blieb er aber stehen und wollte nicht weiter.

»Liegt er …?« Dominik deutete in die Richtung des Raumes, in dem das unfassbare Unglück geschehen war. »Liegt Jamie noch immer …?«

»Wir müssen dort drinnen alles vorläufig lassen, wie es ist. Die Polizei wird hoffentlich bald kommen können.«

»Ich will zu ihm.«

Lilo nahm ihn am Arm. »Nein, Dominik, tu das nicht.«

»Ich muss.« Dominik befreite sich mit einem Ruck von ihrem Griff und trat mit schnellen Schritten an die Tür des Speisesaales. Er zögert kurz, öffnete sie und ging hinein. Lilo kam ihm nach. Sie sah an Dominik vorbei zu der Leiche, musste aber schnell die Augen schließen, weil sie den Anblick nicht ertrug.

Dominik ließ sich zu Boden sinken. Er schluchzte leise und kroch auf allen Vieren zu dem Toten.

Das Licht im Speisesaal war pietätvoll gedimmt worden, nur der Luster in der Mitte des Raumes brannte auf halber Stärke.

Lilo konnte nicht anders. Sie öffnete die Augen leicht und spähte zu dem Toten: Er lag auf dem Rücken, die Arme neben dem Körper, die Beine gestreckt, die Wangen waren eingefallen, die Haut grau, die Augen geschlossen.

Langsam streckte Dominik eine Hand aus. Er berührte mit den Fingerspitzen Jamies Mund und führte sie dann an die eigenen. Er küsste sie und legte sie wieder auf Jamies Lippen. Weinend beugte er sich vor und küsste ihn auf die Stirn. Er strich ihm über das blonde Haar. Ein paar Strähnen hatten sich gelöst und lagen auf dem Boden. Dominik griff nach Jamies linker Hand und hielt sie in seinen Händen, als wollte er sie wärmen.

»Bitte wach auf … Jamie. Bitte.« Immer wieder flüsterte Dominik diesen Wunsch, diese Beschwörung, die aber nie in Erfüllung gehen konnte. Er weinte immer heftiger.

Was sollte Lilo tun? Sie trat neben ihn, hockte sich nieder und legte ihm die Hand auf die Schulter.

»Dominik, wir müssen hier alles so lassen, wie es ist. Sonst verwischen wir womöglich wichtige Spuren.«

Dominik hob sein tränenüberströmtes Gesicht und sah sie mit geröteten Augen an. »Meinst du, Jamie wurde …«, er zögerte und sprach dann sehr leise weiter, »… er wurde ermordet?«

Was sollte Lilo darauf antworten? Sie hatte keine Ahnung. »Wir hoffen es nicht. Es gibt doch keinen Grund, oder?«

»Nein, sicher nicht. Er war der liebste Mensch, den ich jemals kennengelernt habe.«

»Wir vermuten eher ein gesundheitliches Problem.« Dominik schüttelte den Kopf. Lilo zog ihn sanft in die Höhe. »Komm, wir setzen uns draußen hin.« Sie fühlte sich unbehaglich neben der Leiche und hatte das Gefühl, Dominiks Nerven würden den Anblick nicht mehr lange aushalten.

Sehr zögerlich erhob sich Dominik. Er konnte den Blick nicht von dem toten Jamie nehmen, während ihn Lilo an den Schultern aus dem Saal führte. Als sie in der Halle standen, schloss sie leise die Tür.

»Komm. Wir setzen uns.« Widerstandslos ließ sich Dominik von ihr zu dem Tisch in der Ecke begleiten. Lilo positionierte ihn so, dass er mit dem Rücken zum Speisesaal saß.

»Jamie war kerngesund«, begann Dominik leise zu erzählen. »Jamie war fitter als ich. Seit wir uns kennen, war er keinen einzigen Tag krank. Er hatte nicht einmal Schnupfen. Medikamente nimmt er keine, anders als ich trinkt er keinen Tropfen Alkohol. Und er nimmt garantiert keine Drogen. Er hat nur zwei Laster: Orangenmarmelade aus London. Und er nimmt vor jeder Premiere drei Züge von einer Zigarette.«

»Orangenmarmelade? Und drei Züge?«, wiederholte Lilo erstaunt. Dominik nickte. »Orangenmarmelade mit ganzen Orangenscheiben drinnen, auf Toast. Und das mit der Nervositätszigarette war ihm unendlich peinlich, er konnte es sich aber nicht abgewöhnen. Allerdings hätte er sich niemals Zigaretten gekauft, er hat sie sich immer von jemandem erbettelt.«

Veronika kam zögerlich näher. »Kann ich Ihnen etwas zu trinken bringen, Herr Kascha?«

»Wasser, bitte.« Als sich Veronika umdrehte, sagte er noch schnell: »Und einen doppelten Whiskey.« Sie nickte verständnisvoll.

»Mir bitte ein Bier«, rief ihr Lilo hinterher.

Schweigend saßen Lilo und Dominik einander gegenüber und sahen sich an.

»Ich dachte, die Hochzeit ist die beste Gelegenheit«, begann Dominik leise. Er blickte zu Boden und spielte verlegen mit der genähten Kante des Lehnsessels. »Ich wollte es euch nicht über E-Mail oder Skype sagen. Außerdem bin ich mir erst seit einem Jahr wirklich sicher. Seit Jamie in mein Leben getreten ist. Mit Henry.«

»Dominik, meinst du wirklich, irgendeiner von uns hätte irgendetwas daran gefunden, dass du schwul bist?«

Lilo konnte Dominiks Geheimnistuerei noch immer nicht verstehen.

»Kannst du dich an Franz erinnern? Er ist mit uns zur Schule gegangen. Franz Erham?«

Veronika kam und brachte die Getränke.

»Klar. Netter Kerl. Was ist mit ihm?«

»Er hat auf einer Party zu viel getrunken und dann versucht, einen Jungen zu küssen. Danach ist er verspottet worden, wann immer er wo aufgetaucht ist. Warmen Ofen haben ihn manche genannt. Schwuchtel und ähnliche nette Dinge.«

»Das habe ich gar nicht mitbekommen«, gestand Lilo.

»Ich schon. Ich habe mich damals auch schon zu Jungen hingezogen gefühlt. Aber ich wollte nie das Gleiche erleben wie Franz.«

»Dominik, das waren grausame Schulstreiche. Du weißt, wie Kinder und Teenager sein können. Hat alles mit Unsicherheit zu tun. Ich erlebe das gerade mit Lotta fast jeden Tag. Sie hat ein Herz aus Gold, aber in ihrer Frühpubertät tut und sagt sie Sachen, um uns herauszufordern. Sie meint es nicht böse, aber sie will sich beweisen. Sie will uns zeigen, dass wir nicht so unfehlbar sind, wie wir ihr manchmal vormachen wollen.«

»Lilo, ich spiele in meinen TV-Serien den coolen Womanizer. Auf meinem Instagram-Account folgen mir fast nur Frauen. Es geht auch um meinen Beruf.«

»Das wird sich auch nicht ändern, wenn du dazu stehst, was du fühlst.«

Als Dominik mit einem zweifelnden Gesichtsausdruck aufsah, blickte ihm Lilo fest in die Augen. »Nichts wird sich ändern. Du wirst sehen.«

»Du hast wahrscheinlich recht, aber ich wusste, wenn ich meinen Eltern davon erzähle, ist es für sie eine neue Enttäuschung.«

»Vergiss deine Eltern endlich, Dominik. Es geht um dein Leben, dein Glück und deine Partnerwahl.«

Beim Wort Partner brach Dominik wieder in Tränen aus. Er zog unfein durch die Nase auf und Veronika brachte sofort Papierservietten von der Bar. Dominik nahm einen ganzen Stapel und schnäuzte sich. Er konnte nicht aufhören zu weinen. Mit erstickter Stimme redete er weiter.

»Wir haben uns bei Dreharbeiten kennengelernt. Ein paar Szenen haben in einem Theater gespielt und dort hat er auf der Bühne getanzt.« Zwischen den Wörtern geriet Dominik immer wieder ins Stocken und schluchzte leise. »Jamie ist ein großartiger Tänzer und hat in Toronto eine eigene Tanzgruppe. Sie hatten eine Europa-Tournee geplant, bevor Corona ausgebrochen ist.«

Lilo hörte stumm zu. Sie wollte Dominik unter keinen Umständen mit unnötigen Zwischenfragen aus dem Redefluss bringen. Es war gut, wenn er seinen Gefühlen freien Lauf ließ und sein Herz ausschüttete.

»Kennst du das, wenn du einen Menschen siehst und der Blick durch Mark und Bein geht?«, wollte Dominik von ihr wissen.

»Kenne ich gut. So ist es mir bei Axel gegangen, als wir uns vor drei Jahren wiedergesehen haben.«

»Ich hätte nie den Mut gehabt, Jamie anzusprechen. Aber in der Drehpause ist er an mir vorbeigegangen, als ich gerade eine WhatsApp-Nachricht geschrieben habe. An Poppi, lustigerweise. Er hat mich gebeten, das Handy kurz nehmen zu dürfen. Ich war überrascht. Jamie hat mein Adressbuch geöffnet und seinen Namen und seine Handynummer eingetippt. Zurückgegeben hat er es mir mit den Worten: Es liegt an dir. Ich freue mich auf ein Treffen.«

Lilo konnte erahnen, dass Jamie ein außergewöhnlicher Mann gewesen sein musste, was Dominiks Kummer verdreifachte.

Sie hatten sich bereits am nächsten Abend gesehen. Es war ein Freitag und das Wochenende hatte Dominik drehfrei.

»Ihn einfach nur abschleppen wollte ich nicht«, erzählte er weiter. »Aber die Nacht mit ihm verbringen schon. Nach unserem Dinner habe ich ihn in meine Wohnung eingeladen. Es war der außergewöhnlichste Abend meines Lebens.«

Insgeheim lächelte Lilo, weil nur Dominik so einfache Dinge so ungeheuer kompliziert ausdrücken konnte.

»Jamie hat mich geküsst. Es war der erste Kuss.« Dominik kamen sofort die Tränen, als er daran dachte. »Er hat mir erklärt, dass zu Hause Henry auf ihn wartete. Zuerst dachte ich, er hätte schon einen Partner. Er hat mich noch am selben Wochenende eingeladen, um ihn kennenzulernen. Wenn ich mich mit Henry nicht verstünde, hätte alles andere keinen Sinn, hat er mir klargemacht.«

Das Treffen war zum vollen Erfolg geworden und Dominik hatte die Nacht bei Jamie verbracht.

»Henry ist sein leiblicher Sohn. Er war mit der Mutter kurz zusammen, weil er auch nicht ganz sicher war, zu welchem Geschlecht er sich mehr hingezogen fühlt.«

Als Jamies Kurzzeitfreundin entdeckte, dass sie schwanger war, stellte sie ihn vor die Alternative, die Abtreibung zu bezahlen oder das Kind sofort nach der Geburt zur Adoption freizugeben. Es gab viele kinderlose Paare, die auf solche Gelegenheiten warteten. Jamie hatte erklärt, dass keines von beidem für ihn infrage kam. Er wollte das Kind selbst aufziehen.

Das hatte er auch mit großer Verantwortung getan. Die Mutter hatte Henry kein einziges Mal gesehen und Henry fragte auch nicht nach ihr. Allerdings war er ein unruhiges Kind, bei dem ADHS diagnostiziert worden war. Er schlief keine Nacht durch und konnte manchmal sehr in sich gekehrt sein.

»Seit Jamie und ich zusammen sind, hat sich das alles verändert«, berichtete Dominik, dem der Stolz anzusehen war. »Sie sind beide zu mir gezogen, weil meine Wohnung viel größer ist. Henry schläft mittlerweile wie ein Murmeltier und in der Schule gibt es keine Klagen mehr. Es tut ihm gut, zwei Väter zu haben. Daddy Jamie und Daddy Dominik nennt er uns.« Im nächsten Moment fiel Dominik wieder ein, was geschehen war. Er wurde von einem neuerlichen Weinkrampf heftig geschüttelt. »... nannte er uns. Aber ich bin immer bei ihm. Immer.«

Lilo nahm ihren ältesten Freund an den Schultern und drückte ihn, so gut das im Lehnsessel möglich war.

»Er ist tot«, wimmerte Dominik. »Wieso er? Wieso? Er war gesund. Völlig gesund. Er hat sich so gefreut, für euch tanzen zu können und euch kennenzulernen.«

Was sollte Lilo antworten? Es gab keine Erklärung und keinen Trost.

In einem Zug kippte Dominik den Whiskey hinunter. Der Alkohol wärmte ihn innerlich. In ein paar Minuten würde er die schlimmsten Spitzen des Kummers stumpfer machen.

99 E-MAILS

Veronika hatte sich diskret vom Gespräch der beiden alten Freunde entfernt und in ihr Büro zurückgezogen. Vor ihr stand die offene Schachtel mit der Voodoo-Puppe.

Waren sie beide Opfer, Lady Ross und Veronika? Die Schachtel enthielt eine Stoffpuppe, wie Veronika sie beim ersten Mal erhalten und auch im Schloss gesehen hatte. Die neue Puppe aber hatte einen dünnen Strick um den Hals, der mit viel Kraft festgezogen worden war und den Hals auf Bleistiftdicke abschnürte. Ein Seilende führte von der Puppe weg, als hätte sie jemand erhängt.

Angewidert schob sie den Karton zur Seite und legte den Deckel wieder darauf. Sie musste Lady Ross auf die Puppen ansprechen, wenn sie die Nachbarin wiedersah. Wie es ihr wohl ging? Der Schock hatte ihre Atemnot verschlimmert und Ignaz hatte sie am Arm stützen müssen, als sie das Hotel verließen.

Veronika überprüfte erneut, ob das Handy wieder Empfang hatte. Oben auf der Anzeige sah sie drei Kugeln von fünf. Der Empfang war wieder da, schwächer als sonst, aber Hauptsache, er funktionierte.

Sie hielt das Gerät vor sich, um die Gesichtserkennung zu aktivieren. Der Bildschirm öffnete sich und Veronika wollte den Notruf der Polizei wählen.

Über dem Symbol der E-Mail-App stand: 99.

Sie hatte 99 neue Nachrichten, was sehr ungewöhnlich war. Mit einer schnellen Fingerbewegung öffnete sie den Posteingang.

Wie sie auf den ersten Blick sah, kamen alle E-Mails vom selben Absender und hatten den gleichen Betreff.

DWDB@google.com

Betreff: Das ist der Anfang

Veronika Wunderer, im Leben tut man nichts ungestraft. Deine Strafe hat begonnen.

Das aber ist erst der Anfang.

Mit freundlichen Grüßen
Du wirst dafür bezahlen.

Veronika sprang auf und stürzte aus dem Büro.

»Frau Schroll!«, rief sie und schwenkte das Handy.

»Wieder Empfang?«, fragte Lilo hoffnungsvoll.

Darauf hatte Veronika völlig vergessen. »Ja. Nein. Aber diese E-Mails müssen Sie sehen.«

»Wir müssen die Polizei rufen«, erinnerte sie Lilo und kam ihr entgegengelaufen. Als sie das Handy aus Veronikas Hand nahm und wählen wollte, verschwand das Zeichen für die Verbindung wieder. Sie schalteten das Gerät ein und aus und gingen vor das Hotel.

Kein Empfang.

Auch im Büro blieb das Festnetztelefon tot und Internetverbindung bestand ebenfalls keine.

Erst als Lilo sich in Veronikas Arbeitsstuhl setzte und das Handy genauer betrachtete, entdeckte sie die E-Mail. Sie überflog den Inhalt. Plötzlich spürte sie, wie ihr ein eiskalter Schauer den Rücken hinablief.

BEWEISFOTOS

Mario starrte auf sein Handy.

Hatte es gerade Empfang gehabt oder nicht? Er hatte die E-Mail abschicken wollen, aber sie war einfach nicht durchgegangen. Wütend hatte er ständig mit dem Finger darauf geklopft, aber natürlich war die E-Mail ohne Verbindung ins Internet im Postausgang geblieben. Aus Langeweile und um seine Anspannung abzureagieren, hatte Mario das Sendesymbol gedrückt und gedrückt und gedrückt.

Als er den Postausgang öffnete, musste er grinsen. Er stellte sich vor, wie Veronika sich fühlen würde, wenn sie ihr E-Mail-Programm startete.

Seine Mail war mindestens dreißig Mal abgeschickt worden. Mario zählte nach und kam sogar auf 99. Die gesamte Inbox war also mit seiner E-Mail verstopft. Die Drohung wirkte auf diese Weise noch viel besser.

»Du bezahlst«, dachte er voller Genugtuung. »Du bezahlst für alles, was du damals gesagt hast. Blöde Kuh.«

Er kam sich auf einmal kindisch vor und zweifelte an seinem Plan. Er hatte ihn schon einmal durchgezogen, in kleinerem Ausmaß als hier, aber mit großer Befriedigung. Veronika und die andere Zicke aus der Klasse waren die Widerlichsten von allen gewesen.

Nora war ihr Name, sie hatte ständig mit ihren reichen Eltern angegeben und es immer geschafft, Mädchen um sich zu scharen, die sie anhimmelten und alles taten, was sie von ihnen verlangte.

Diese Nora hatte den Pausenzeitvertreib erfunden, an ihm vorbeizugehen und die Nase zu rümpfen, als würde er stinken. Nicht nur sie hatte das getan, sondern jedes andere Mädchen ihrer Clique.

Mario würde den Abend seines Abschlussballs nie vergessen. Nach wochenlangem Zweifeln hatte er sich hingewagt. Der Anzug hing schlecht an ihm und er hatte gerade genug Mut gehabt, um in der Ecke zu stehen und den anderen beim Tanzen zuzusehen. Er selbst fühlte sich unbeweglich und linkisch.

Nora hatte ihr Date, den begehrtesten Jungen der Schule, auf ihn angesetzt. Auf dem Weg zur Toilette war Mario plötzlich von mehreren Händen gepackt und in eine Kabine gezerrt worden. Der Junge hatte Marios Kopf in die Toilette gesteckt und die Spülung gedrückt. Als er mit triefenden Haaren, nassem Hemd und peinlichen Flecken auf der Hose aus der Toilette gekommen war, hatten ihn ein paar andere schon erwartet. Mario war in den Discobereich geschleppt worden und sie hatten ihn gezwungen, zu tanzen.

Alle waren um ihn herumgestanden und hatten gelacht. Nora spottete, dass er nach Toilettenputzmittel stinken würde und braune Flecken auf dem Hemd hatte. Sie rief ihm zu, er solle sich nicht immer die Boxershorts über den Kopf ausziehen.

Veronika hatte mitgemacht. Sie war neben Nora gestanden und lachte immer dann laut auf, wenn Nora wieder eine ihrer gemeinen Bemerkungen losgelassen hatte.

Aber heute lachte Nora nicht mehr. Genau wie Veronika hatte er sie auf einer Datingseite aufgespürt und sich mit ihr angefreundet. So erfuhr er alles über ihr Leben und wo sie zu finden war.

In Veronikas Fall war die Sache anders gelaufen, aber seine Zufriedenheit hätte nicht größer sein können. Er hatte einen kurzen Eindruck ihres Leidens bekommen und gesehen, wie ihre feinen Pläne zerstört worden waren. Wenn Berichte über den Toten in der Hochzeitstorte in Zeitungen, dem Fernsehen und vor allem im Internet auftauchten, dann war ihr Traum vom *Hochzeitsschlössel* für immer zerstört. Wer wollte schon an einem Ort heiraten, an dem jemand gestorben war?

Was er noch benötigte, das war ein Foto, das die Katastrophe zeigte. Noch einmal nach unten zu schleichen wagte er aber nicht. Es war sehr riskant gewesen, das Zimmer zu verlassen und sich heimlich und versteckt zur Feier ins Erdgeschoss zu gesellen. Er hatte den Ort der Tragödie in dem Augenblick erreicht, als der Tote vorne aus der aufgeklappten Torte kippte.

Er hatte nicht gewagt, sein Handy herauszunehmen und zu fotografieren. Seine Überraschung über den Vorfall war zu groß gewesen. Außerdem waren alle in Aufregung geraten und er hatte gefürchtet, gesehen zu werden, wenn sie sich umdrehten.

Es blieb ihm nichts anderes übrig. Er musste hinunter in den Saal, wo der Tote lag. Wenn er noch in der Hochzeitstorte hing, würde Mario das Foto des Jahrhunderts bekommen.

Wo waren die Gäste nun? Bestimmt nicht im Saal, es sei denn, es war eine Totenwache aufgestellt worden. Aber so etwas gab es bei Begräbnissen, nicht bei Hochzeiten.

Mario entschied sich dafür, die Lage im Hotel zu erkunden. Wenn er wusste, wo sich die Leute aufhielten, konnte er planen, wie er am schnellsten an das Foto herankam.

Zuerst warf er einen Blick aus dem Fenster. Schneeflocken überall. Sie tanzten im Licht, das aus anderen Fenstern fiel und im Schein der Lampen, die an Stehern um einer halbrunden Plattform angebracht worden waren. Es konnte eine Terrasse sein.

Mario kam der Gedanke, durch die Fenster vielleicht ein Foto der Leiche schießen zu können. Dann musste er nicht in die Halle und in die Nähe der Rezeption. Unter keinen Umständen durfte er Veronika begegnen, da sie ihn wiedererkennen könnte. Ein fettes Monster wie ihn merkten sich die Leute, dachte er voller Wut.

Er liebte die Arbeit in der Intensivstation des Krankenhauses, wo die meisten Patienten im Koma lagen. Höchstens die Angehörigen starrten ihn an, wenn sie die Kranken besuchen kamen. Seit Corona gab es keinen Zutritt mehr, und die Patienten waren alle viel zu krank, um über sein Aussehen nachzudenken.

Dabei war Mario ein fürsorglicher, liebevoller und leidenschaftlicher Krankenpfleger, dem das Wohl seiner Schützlinge ein hohes Anliegen war. Die Oberschwester wusste das und er war bereits zwei Dienstgrade aufgestiegen.

Egal. Das alles zählte jetzt nicht. Er war nicht wie seine Mutter, die als Hebamme hunderte Kinder zur Welt gebracht hatte und es genoss, wenn sie von Müttern oder später erwachsenen Kindern besucht und geehrt wurde. Eine ganze Wand im Wohnzimmer ihrer kleinen Wohnung war voll mit gerahmten Fotos von Menschen gewesen, denen seine Mutter zum ersten Atemzug verholfen hatte.

Nein, er war nicht wie sie. Sie wäre froh gewesen, wenn er mehr von ihr gehabt hätte. Aber das war nicht der Fall.

Als Kind hatte er Angst vor der Dunkelheit gehabt. Eines Nachts, als er nicht einschlafen konnte, wollte er in die Küche schleichen. Doch dort brannte noch Licht. Er sah, wie seine Mutter und Großmutter am Tisch standen, zwei Gläser und eine Weinflasche vor ihnen.

»Die ganzen schlechten Seiten hat er von seinem Erzeuger«, hörte er seine Mutter sagen. »Der war auch ein fetter Nichtsnutz.«

»Hat sich nie um den Jungen geschert«, antwortete die Großmutter. Ihre Stimme klang seltsam schrill. »Ohne den Gerichtsbeschluss hättest du keinen Cent von ihm gesehen.«

»Das ist jetzt sowieso egal«, sagte seine Mutter. »Dass der Mistkerl betrunken Motorrad fährt, ist wieder typisch für ihn. Und dass es ihn erwischt, kein Wunder. Wenn es für Mario nichts zu erben gibt, haben wir nicht einmal mehr die Alimente für ihn.«

Nach dem Tod seines Vaters fehlte Mario das Geld, um seinen Traum vom Medizinstudium zu erfüllen. So wurde er Krankenpfleger. Bis heute hegte er einen Groll deswegen.

Er nahm seine graue Winterjacke, die er im Ausverkauf vor zwei Jahren erstanden hatte, und verließ damit das Zimmer. Im dritten Stock ging kein Licht an, obwohl er die Bewegungsmelder an der Wand sehen konnte. Das Stockwerk war noch geschlossen und es wurde Energie gespart.

Es gab für die Gäste den Lift und eine schöne Treppe, für das Personal und für Notfälle bei Brand einen zweiten Stiegenabgang. Wie vermutet entdeckte er ihn am Ende des Ganges. Er lag hinter einer Schutztür aus Metall. Mit seinem Handy als Taschenlampe leuchtete Mario sich den Weg nach unten.

Seine Glückssträhne hielt an. Die Treppe endete an einem Hinterausgang. Er öffnete die Tür und trat in das Schneegestöber hinaus. Damit er bestimmt zurückkonnte, holte er einen Blumentopf, der in einer Fensternische stand. Es gab mehrere dieser Töpfe im Hotel. Sie waren mit Gips gefüllt, in dem Stäbchen mit Blumen aus Holz und Papier steckten. Scheußliche und billige Dekorationen, aber gut als Türstopper zu gebrauchen.

Die Luft war kalt, der Schnee knirschte unter seinen Sohlen. Er dämpfte jedes Geräusch, was Mario nur gelegen kam. Es war einfach, die Terrasse zu finden, da er nur zur Rückseite des Hotels gehen musste. Als er um die Ecke bog, blieb er stehen und stutzte.

Die Lampen auf den Säulen der Terrassenumzäunung waren bis auf eine ausgegangen. Es war kein Zufall und Zeitschalter war auch keiner im Spiel, denn bei der letzten Leuchte sah er jemanden stehen und hantieren.

Das Licht erlosch ebenfalls. Die Terrasse lag im Dunkeln. Nur aus dem Fenster im ersten Stock fiel ein schwacher Lichtschein, der ein helles Rechteck auf die Stelle warf, wo ein paar Stufen von der Terrasse nach unten zur Straße führten.

Mario spürte, wie er die Luft anhielt. Er blieb hinter der Hauskante versteckt und spähte von dort zur Terrasse.

Er konnte das leise Klirren einer Tür mit Glasfüllung hören. Mario kannte das Geräusch. So hörten sich Terrassentüren an, vor allem, wenn es schon etwas ältere Modelle waren.

Was er nun beobachtete, verursachte bei ihm einen neuen Schweißausbruch. Er hob das Handy, um zu fotografieren. Mehrere Male drückte er ab, machte sich jedoch wenig Hoffnung, auf den Fotos etwas erkennen zu können. Es war dafür zu dunkel.

Was ging hier vor sich? Es war ein Fall für die Polizei, aber ohne Handyempfang konnte sie nicht gerufen werden.

Klaus war immer da, wenn er benötigt wurde. Egal, ob es um Tiere ging oder um Menschen. Er hatte Poppi bei der Suche nach den Notfalltropfen geholfen. Sie war völlig aufgelöst und durcheinander gewesen. Im Zimmer mit Axel und den Kindern war sie schließlich ruhiger geworden.

Sollte Klaus versuchen, mit dem Auto zurück nach Hochlissen zu fahren? Es gab dort keine Polizeistation, aber andere Hotels und vielleicht hatte irgendeines von ihnen eine Verbindung zur Außenwelt. Er hatte Schneeketten im Wagen. Wenn er die anlegte, war die verschneite Straße kein Problem.

Weil er nicht nur herumsitzen wollte, zog er sich an und ging hinunter. Lilo saß mit Dominik hinten in der Halle. Dominik war ein Häuflein Elend, zusammengesunken in einem Lehnsessel. Lilo schenkte ihm gerade ein Glas Mineralwasser ein. Veronika stand vor den beiden und redete etwas. Dabei schwenkte sie ihr Handy.

Funktionierte es wieder?

»Verzeihen Sie ... haben Sie wieder eine Verbindung?«, fragte er.

Veronika drehte sich um. »Nein, nein, leider nicht. Es war nur kurz Kontakt und dabei sind diese E-Mails hereingekommen.« Sie hielt das Handy hoch. Klaus kam zu ihr und las eine der Nachrichten.

»Wer schreibt denn so etwas?« Als Tierarzt hatte er schon mit Drohungen von Tierbesitzern zu tun gehabt, die Schlimmes ankündigten, falls er es nicht schaffte, ihre Vierbeiner wieder gesund zu bekommen. Am schrecklichsten war der Besitzer eines sehr wertvollen Koi-Karpfens gewesen. Zum Glück war die Operation des Fisches gut verlaufen.

»Betreff: Das ist der Anfang«, las er halblaut noch einmal. »... im Leben tut man nichts ungestraft. Deine Strafe hat begonnen. Mit freundlichen Grüßen, *du wirst dafür bezahlen.*«

Dominik hatte den Inhalt der E-Mails bisher nicht gesehen. Er fuhr in die Höhe.

»Was ist das hier? Eine Vendetta?«

»Eine was?«, fragte Veronika erschrocken.

»Eine Racheaktion der Mafia«, erklärte Lilo mit gesenkter Stimme. Sie drückte Dominik wieder in seinen Sitz. Er war aber viel zu aufgebracht und schoss gleich wieder hoch.

»Jamie wurde umgebracht«, rief er. »Es war Mord. Hier ist irgendwo in der Nähe ein Mörder, vielleicht sogar im Haus.«

Lilo, Klaus und Veronika wechselten einen entsetzten Blick. Soweit hatten sie bisher nicht gedacht, aber Dominik konnte Recht haben.

»Ich habe ein Narkosegewehr hinten im Wagen«, fiel Klaus ein. »Das hole ich zur Sicherheit.« Er sah Veronika prüfend an. »Hier wird doch auch gejagt, nehme ich an. Haben Sie Gewehre im Haus?«

Veronika schüttelte den Kopf. »Ich nicht. Mein Vater vielleicht.«

»Holen Sie, was Sie bekommen können. Wir müssen uns bewaffnen und achtsam sein.«

»Das kann es nicht geben«, murmelte Veronika. »Das kann nicht sein. Ein Killer ... nein ... wieso? Wieso hier? Nein, das kann nicht sein.«

»Ich versuche, es mit dem Auto bis Hochlissen zu schaffen. Vielleicht kann ich von dort aus telefonieren.« Klaus ging in Richtung Ausgang. Er zeigte auf Lilo. »Komm mit, ich gebe dir das Narkosegewehr.«

Die beiden verließen gemeinsam das Hotel. Veronika lief nach oben zur Wohnung ihrer Eltern.

EIN LETZTER BLICK

Dominik kauerte da und starrte vor sich hin. Er beschloss, nach oben zu Henry zu gehen. Als er aufstand, drehte sich die Halle um ihn. Er hatte nicht viel getrunken, aber die Mischung aus Alkohol und Schock machte sich bemerkbar.

Mit der Hand auf eine der Rückenlehnen gestützt, versuchte er, sich zu beruhigen. Langsam öffnete er die Augen und stellte fest, dass Möbel und Wände wieder stillstanden.

Leise schluchzend ging er durch die Halle in Richtung Lift. Immer wieder musste er sich an einem Möbelstück oder der Wand festhalten, um seinen Stand zu stabilisieren.

Am liebsten hätte er sich auf den Boden gelegt und eingerollt. Schlafen, nur noch zu schlafen, und wenn er aufwachte, wieder alles in Ordnung vorzufinden, das war sein größter Wunsch.

Ein Wunsch, der niemals in Erfüllung gehen konnte.

Es war besser für ihn, den Lift zu nehmen als die Treppen. Dominik fühlte sich betrunken, konnte aber klar denken. Nur sein Gleichgewichtssinn schien gestört zu sein.

Er drückte den Knopf neben der Lifttür.

Als Dominik den Kopf drehte, kamen die Bilder des Unglücks zurück. Der Moment, als sie die echte Hochzeitstorte aus dem Nebenraum geschoben hatten und in den Speisesaal zurückgekehrt waren. Die laute Musik, die Torte, aus der kein Feuerwerk kam.

Wie von allein gingen seine Füße los. Er musste Jamie sehen und einen letzten Blick auf ihn werfen. Er konnte ihn nicht einfach so auf dem Boden liegen lassen. Dominik wollte ihn zudecken, selbst wenn er eine Tischdecke dafür nehmen musste. Die Polizei und ihre Spuren waren ihm egal. Hinter der geschlossenen Tür lag der Mann, den Dominik aus tiefstem Herzen liebte und der völlig unerwartet aus dem Leben gerissen worden war.

Konnte sich ein Mensch von einem solchen Schock überhaupt je wieder erholen? In seinem Kopf begann eine Kaskade von Katastrophen abzulaufen, die immer größer wurden.

Er würde nicht mehr vor der Kamera stehen können. Jedenfalls nicht in absehbarer Zeit. Damit gefährdete er die gesamte Produktion seiner Serie. Niemand würde ihn jemals wieder engagieren. Er hatte einiges an Geld gespart, aber trotzdem würde es nicht für immer reichen. Dominik sah seinen Bankrott kommen. Wie sollte er dann für Henry sorgen? Der Junge würde ihm weggenommen werden und in ein Heim kommen.

Dominik hatte die Hand an der Türklinke des Speisesaals. Er zögerte einen Augenblick, dann drückte er sie nieder und stieß die Tür auf.

Im Raum dahinter war es dunkel. Und kalt. War es nur sein Eindruck, weil die Ereignisse hier so entsetzlich gewesen waren, oder war die Temperatur seit dem Essen so stark gefallen?

Neben der Tür tastete Dominik mit der Hand und fühlte gleich mehrere Lichtschalter untereinander. Als er sie alle drückte, gingen die Hängelampen über den Tischen der Reihe nach an. Zuletzt eine Deckenlampe aus Kristall in der Mitte des Raumes.

Die riesige Hochzeitstorte stand da wie eine Ruine. In der weißen und rosa Bemalung waren die Schmauchspuren des Feuerwerks zu sehen.

Dominik spürte das Kratzen im Hals, gegen das er keine Chance hatte. Er wagte nicht, den Blick zu senken. Er wusste, dass der nächste Weinkrampf kommen würde, wenn er Jamie auf dem Boden liegen sah. Er wusste, wie Tote aussahen. Aber nur von den Dreharbeiten der Krimis, in denen er mitgespielt hatte. Die Maskenbildner hatten Statisten kunstvoll blass geschminkt und erklärt, dass sie ihr Wissen aus Leichenschauhäusern hatten.

An das alles musste er in diesem Augenblick denken. Es war makaber, aber Dominik konnte nicht anders. Er zwang sich, den Blick zu senken, zu der Stelle, wo Klaus die Wiederbelebungsversuche durchgeführt hatte.

Ein Schrei gellte durch das Hotel. Ihm folgten lautes Klappern und Poltern.

FORT

Der Anblick war grotesk. Lilo, Veronika und Klaus waren in den Speisesaal gestürzt gekommen, alle mit Gewehren in der Hand. Sie fanden Dominik auf dem Boden liegend, Hände und Gesicht in der Hochzeitstorte. Prustend richtete er sich auf und wischte sich Sahne und Teig von Augen und Nase. Sein dunkler Anzug war bekleckert und wenn der Anlass nicht so tragisch gewesen wäre, hätte man lachen können.

»Alles okay?«, fragte Lilo und kam ihm zu Hilfe. Klaus und sie zogen Dominik auf die Beine. Er war genau auf den Servierwagen gestürzt und hatte Torte und Teller zu Boden gerissen. Was einmal eine Hochzeitstorte gewesen war, lag nun zerquetscht und zerstört auf den Dielenbrettern.

Klaus sah sich suchend um. Was hatte Dominik zu diesem Schrei veranlasst?

Veronika schrie als nächste. Und danach kam Lilo, die nach Luft schnappte. Statt Dominik zu stützten, klammerte sie sich an ihm fest, um selbst nicht das Gleichgewicht zu verlieren.

Jamies Leiche war fort.

ABIGOR

Oberschwester Ingeborg hatte den Nachtdienst übernommen, für den eigentlich Mario eingeteilt worden war. Sie war darüber alles andere als glücklich, aber da zwei Pflegerinnen krankgemeldet waren, blieb ihr nichts anderes übrig.

Freitag war eigentlich ihr Yoga-Abend. Sie ging seit zehn Jahren zu einer kleinen Gruppe von Frauen, die nach eineinhalb Stunden Übungen meistens noch zusammensaßen und plauderten. Es waren interessante Persönlichkeiten aus verschiedenen Berufen und Ingeborg nannte ihr Yoga »Übungen für Körper und Geist«.

In diesem Jahr hatte sie es sogar in Corona-Zeiten geschafft, die Stunde am Freitag jede Woche einzuhalten. Als die Intensivstation mit Patienten belegt war, die alle künstliche Beatmung brauchten, und die Belastung für Ärztinnen, Ärzte und Pflegepersonal am höchsten war, hatte ihr der Ausgleich der Yogastunde geholfen, Kraft und Nerven zu bewahren.

Es war 19 Uhr und Oberschwester Ingeborg brach zu ihrer Runde auf, um einen Kontrollblick auf die zwei Patientinnen und die vier Patienten zu werfen, die sie derzeit auf der Station hatten.

Das Krankenblatt eines Patienten war unter dem Namen »Unbekannt 13. 11.« angelegt. Es handelte sich um einen Mann, dessen Körper Spuren einer Viruserkrankung zeigte, vermutlich aus der Kindheit, wie der Vorstand der Station erklärt hatte. Die Lähmung des Gesichtsnervs auf der linken Seite ließ Mundwinkel und Augenlid hängen, eine Schulter war kürzer als die andere. Der Mann war 175 Zentimeter groß und 70 Kilogramm schwer.

Es galt als Wunder, dass der Mann den Sturz mit dem Motorrad von der Bergstraße überlebt hatte. Seine Rettung waren Sturzhelm, Motorradanzug und vor allem die Bremskraft der langen Äste der Tannen gewesen. Aufgrund der zahlreichen Brüche, der Schmerzen und der Gehirnerschütterung, die der Patient trotz des Sturzhelms erlitten hatte, war er in einen künstlichen Tiefschlaf versetzt worden.

Wer er war, wie sein Name lautete, war unbekannt. Er hatte keinen Ausweis und keinen Führerschein bei sich getragen, auch keine Kreditkarte oder irgendein anderes Dokument, das einen Hinweis auf seine Identität geben hätte können. Das Kennzeichen seines Motorrades erwies sich als Fälschung und war nirgendwo registriert.

Das Bett des rätselhaften Patienten war die letzte Station auf der Runde der Oberschwester. Sie blieb neben dem Mann stehen und betrachtete das Gesicht, das durch den Schutz des Helms unverletzt geblieben war. Im schlafenden Zustand war auch die Lähmung nicht so stark zu erkennen.

Wer magst du wohl sein, dachte Ingeborg. Ihr Mitgefühl war bei der Familie des Mannes, die sicherlich in großer Sorge war. Niemand konnte verständigt werden, weil es keinen Namen und keine Kontaktdaten gab. Aber hatte ein Mensch, der mit einem gefälschten Kennzeichen unterwegs war, überhaupt eine Familie?

Unter der Bettdecke zeichneten sich die Umrisse der Gipsverbände beider Arme ab. Ein Bein hatte einen Streckverband, die Nackenwirbelsäule war geschient.

Heute Morgen hatte der Arzt entschieden, die Aufwachphase einzuleiten. Der Zustand des Gehirns erlaubte es und gegen die Schmerzen der Brüche wurden dem Patienten starke Medikamente in Infusionen verabreicht. Der Zustand des Patienten war kritisch, der künstliche Tiefschlaf brachte aber keine Verbesserung. Es war förderlicher für eine Genesung, wenn er wieder bei Bewusstsein war.

Die Messgeräte, an die der Mann angeschlossen war und die den Puls, die Atmung und den Blutdruck anzeigten, gaben regelmäßige Piepstöne von sich. Die Oberschwester dimmte das Licht im Raum. Sie rechnete mit einem Aufwachen des Patienten am Samstagvormittag.

»Zahlung erfolgt?«, hörte sie eine sehr heisere Stimme leise sagen. Sie hatte dem Patienten den Rücken zugekehrt, während sie an den Lichtknöpfen hantierte und drehte sich nun schnell zu ihm um. Er hatte die Augen geöffnet.

Ingeborg war sofort wieder an seiner Seite und beugte sich näher an sein Gesicht. Sie wollte genau hören, was er sagte.

»Zahlung erfolgt? Freigabe Gegengift«, flüsterte der Mann.

Weil sie ihn nicht gut verstanden hatte, beugte sich Oberschwester Ingeborg noch näher an seinen Mund.

»Was haben Sie gesagt?«

»Wenn Zahlung erfolgt, Gegengift freigeben«, wiederholte der Mann.

»Wie heißen Sie?«, wollte die Oberschwester von ihm wissen.

»Abigor.«

»Ist das Ihr Nachname?«

»Zahlung, sonst Tod.«

»Was meinen Sie?«

»Neues Leben, wenn Zahlung.«

»Sie befinden sich im Krankenhaus in Innsbruck. Sie hatten einen schweren Unfall mit Ihrem Motorrad und liegen auf der Intensivstation.«

Die Augen des Mannes gingen noch weiter auf. Er starrte sie an und versuchte, den rechten Arm zu heben. Gips und Schiene machten es unmöglich. Der Mann stöhnte.

»Bleiben Sie ruhig liegen. Sie haben zahlreiche Knochenbrüche erlitten.«

»Nachricht an Macbeth72.« Er nannte einige pharmazeutische Stoffe, die die Oberschwester kannte. »Mischen und dreimal am Tag einen Milliliter oral einnehmen. Zahlung nicht nötig.«

Fantasierte der Mann? Die Oberschwester kontrollierte seine Körpertemperatur, die nur leicht erhöht war.

»Abigor60divison. Nachricht an Macbeth72.«

Ingeborg drückte den Knopf, der den diensthabenden Arzt rief. Bis er kam, nahm sie ihr Handy heraus und tippte in eine Notiz, was der Mann gesagt hatte.

Macbeth72.

Abigor60division.

Sie schrieb die Medikamente auf, die er genannt hatte und hoffte, keines vergessen zu haben. Dreimal am Tag einen Milliliter trinken.

Es ergab alles überhaupt keinen Sinn, aber nun konnte sie nichts vergessen. Herauszufinden, was diese Angaben bedeuteten, verschob sie auf später.

DIE LETZTE TAT

Raoul war geschwebt. Er war nicht sicher, ob im Wasser oder in der Luft. Die Schwerkraft galt nicht mehr für seinen Körper, er hatte sie überwunden und glitt durch eine warme, türkisblaue Substanz.

Er empfand ein Wohlbehagen wie nie zuvor in seinem Leben. Sein Zorn, seine Sehnsucht nach Macht und Rache, sein Schmerz über die Einsamkeit und Abgeschnittenheit von allen anderen existierten nicht mehr.

Stattdessen bewegte er sich in einem grenzenlosen Raum ohne Zeit.

Es war eine Befreiung, wie er sie niemals für möglich gehalten hätte.

Immer weiter und weiter und weiter ging sein Schweben, das Licht wurde heller.

Dann dieses Piepsen. Er kannte es. Er wusste, was es bedeutete.

Piep. Piep. Piep. Piep.

Herzschlag. Ein Monitor überwachte das Schlagen seines Herzens.

Raoul hatte sein Leben lang funktioniert wie eine Maschine. Er erzeugte Gifte, er verkaufte sie, er lieferte sie und er stellte Bedingungen, damit seine Kunden überleben konnten. So war er reich geworden.

Erst wenn die zusätzliche Zahlung auf dem Nummernkonto im Steuerparadies eingegangen war, gab er preis, wie seine Kunden die Wirkung des Giftes von sich selbst abwenden konnten, das sie eigentlich für den Einsatz gegen andere erworben hatten.

Bei der letzten Lieferung hatte es sich um ein sehr besonderes Gift gehandelt, um etwas Ungewöhnliches, das ihn an ein berühmtes Drama von Shakespeare erinnerte: Macbeth. Genau wie der Deckname der Person, die bei ihm bestellt hatte.

Das Gegengift war in diesem Fall besonders wichtig, da sonst die Wirkung des bestellten Giftes immer wieder eintreten würde, bis es den endgültigen Tod bedeuten würde.

Die Frau, die sich über ihn gebeugt hatte, roch nach Seife und Desinfektionsmittel. Er fand den Geruch ekelig.

Als sie ihn aufklärte, dass er sich in einem Krankenhaus befand, war eine vage Erinnerung zurückgekehrt. Er konnte noch einmal fühlen, wie sein Motorrad über die Fahrbahn glitt und er ins Leere hinausschlitterte.

Knochenbrüche. Krankenhaus. Schmerzen. Bewegungsunfähig.

Er sah dem eigenen Tod so sehr ins Auge wie nie zuvor. Seine Lebensuhr könnte in Kürze ablaufen. Raoul war nicht religiös und hatte noch nie an ein Leben im Jenseits geglaubt.

In diesem Augenblick überkam ihn Reue. Er verspürte den Drang, gutzumachen, was er angerichtet hatte. Auch wenn das nicht mehr möglich war, so wollte er nicht aus dem Leben scheiden und einen anderen Menschen in den Tod mitreißen.

Geld hatte für ihn keine Bedeutung mehr. Die Zahlung war egal. Sein Kunde musste die Nachricht bekommen, wie man das Gegengift zubereiten konnte.

Der Kontakt war in Raouls Handy.

Die Frau musste ihn verstehen und den Kunden retten. Er war dazu nicht mehr in der Lage. Sie aber konnte es tun und er hatte ihr dazu alle Informationen gegeben, die sie benötigte.

Raoul sah das Türkisblau zurückkehren. Wie hohe Wellen rollte es von allen Seiten auf ihn zu. Unter ihm stieg es an und trug seinen Körper hoch, als hätte er kein Gewicht mehr. Die Schmerzen in seinen Armen und Beinen und das Bohren in seinem Rücken verstummten wie schrille Geräusche, die jemand abgestellt hatte.

Über ihm flammte ein Tunnel aus goldgelbem Licht auf, in den ihn die türkisfarbene Substanz langsam trug.

Die Qualen seines Lebens fielen von ihm ab. Raoul löste sich im Licht auf.

Der letzte Ton, den er für den Bruchteil einer Sekunde hörte, war ein durchgehendes Pfeifen des Herzmonitors.

Herzstillstand.

ENTDECKUNGEN

Dominik lief in der Lobby herum wie ein Panther im Käfig. Klaus blieb an seiner Seite und erfüllte den Auftrag, den er von Lilo und Poppi erhalten hatte. Er musste Dominik vom Speisesaal fernhalten.

»Ist er vielleicht noch am Leben?«, fragte Dominik immer wieder.

Klaus wand sich wie der sprichwörtliche Wurm am Haken. Nach allem, was Poppi und er festgestellt hatten, war Jamie tot. Als Klaus ihn untersuchte, hatte er weder Puls noch Atmung feststellen können. Für Klaus bestand keine Chance, dass Jamie plötzlich einfach auferstanden und fortgegangen war.

Das lange Schweigen deutete Dominik als Nein.

»Er kann doch nicht gestohlen worden sein. Wer stiehlt eine Leiche?«

Im Speisesaal stand Lilo neben der hochschwangeren Poppi, die mit der Hand ihren runden Bauch stützte. Das Baby spürte ihre Aufregung und strampelte heftiger als sonst. Sie fühlte nicht nur innen, sondern auch außen, wie es mit dem kleinen Fuß trat.

»Wenn jemand die Leiche geholt hat, dann kann er nur …«, Lilo deutete auf die Terrassentüren, »… von dort gekommen sein.«

Lilo machte einen Bogen um die zerstörte Torte, ging zu den Türen und schob alle Gardinen zur Seite. Nachdem sie eine Tür nach der anderen durchprobiert hatte, drehte sich Lilo zu Poppi. Ihre Freundin saß schräg auf einem Stuhl.

»Alle Türen sind versperrt.«

Poppi sah sich um. »Durch die Saaltür kann aber niemand ein- und ausgegangen sein. Das hätte man doch bemerkt. Es war immer jemand in der Halle.«

Veronika, die an der Tür wartete und das Gespräch der beiden Frauen verfolgte, meldete sich schüchtern.

»Wir haben noch nicht in die Wäschekammer gesehen.« Sie deutete auf die Holztür in der Wand, die gegenüber der Terrasse lag. Lilo schritt durch den Saal und mit dem Ellbogen drückte sie die Klinke hinunter. Falls sich Fingerabdrücke darauf befanden, wurden sie auf diese Weise nicht zerstört.

Ebenfalls mit dem Ellbogen betätigte sie den Lichtschalter. Die Neonröhren an der Decke gingen flackernd an.

»Können Sie mir sagen, ob etwas hier anders ist?«, bat sie Veronika. Die Hotelbesitzerin warf zuerst einen Blick von draußen in das fensterlose Zimmer und ging dann hinein. Lilo folgte ihr. Sie gingen die Regale ab, blickten in die untersten und obersten Fächer und öffneten den einzigen Schrank.

Außer Servietten und gefalteten Tischdecken war nichts zu sehen.

»Hier ist vor zwei Nächten eingebrochen worden«, berichtete Veronika, als sie die Wäschekammer wieder verließen. »Ich bin sehr sicher, dass Ignaz hier war.«

Poppi meldete sich von hinten. »Wieso durchstöbert jemand ein Zimmer, in dem Tischwäsche aufbewahrt wird?«

»Das habe ich von ihm wissen wollen, aber es war nichts aus ihm herauszubekommen.« Veronika schilderte so detailreich wie möglich, was sich damals in der Nacht abgespielt hatte und wie das Gespräch bei Lady Ross verlaufen war. »Er leugnet alles.«

Lilo massierte ihre Nasenspitze mit der Handfläche. »Wenn es Ignaz gewesen ist, war er nicht grundlos hier. Man bricht nur wo ein, wenn man der Meinung ist, dass es etwas zu finden gibt, das Wert besitzt.«

Poppi schnitt eine Grimasse. »Tischdecken und Servietten einer Leihfirma?«

»Moment.« Lilo kehrte in die Kammer zurück und begann, jeden einzelnen Stapel Tischtücher aus dem Regal zu nehmen und auf den Boden zu legen. Sie ging von oben nach unten vor und als sie nichts fand, räumte sie alles wieder zurück.

Zum Abschluss nahm sie sich das unterste Fach vor, das sich nur fünfzig Zentimeter über dem Boden befand. Sie kroch auf allen Vieren herum und verrenkte den Kopf, um möglichst tief blicken zu können.

»Hier ist etwas«, meldete sie.

Ächzend erhob sich Poppi und kam zu ihr.

»Ich kann mich nicht mehr so tief bücken«, erklärte sie mit verlegenem Gesicht. »Was hast du gefunden?«

Veronika sah zur Tür herein. »Was ist da?«

»Ein einfacher Tresor, der in die Mauer eingesetzt ist.« Lilo erhob sich. »Er ist ungefähr so groß.« Sie zeigte mit den Händen einen halben Meter Breite und dreißig Zentimeter Höhe. »Man braucht einen Schlüssel, um ihn zu öffnen. Ich vermute, es ist einer dieser langen Schlüssel mit flachem, zweiseitigem Bart.«

»Ein Tresor? Hier?« Veronika ging auf den Boden, um ihn mit eigenen Augen zu sehen. »Von diesem Tresor habe ich noch nie etwas gehört.«

»Ihre Eltern müssen ihn hier einbauen lassen haben«, meinte Lilo.

»Mein Vater. Meine Mutter kümmert sich um so etwas nicht.« Veronika stand auf und klopfte ihr Kleid ab.

»Es gibt also einen Grund, wieso hier jemand eingebrochen ist«, folgerte Lilo.

»Aber wir suchen Jamie«, erinnerte sie Poppi. »Oder seine Leiche«, fügte sie leise hinzu.

»Er kann nur über die Terrasse weggebracht worden sein.« Lilo ging zu den Glastüren. »Wie kann man sie öffnen?«, wollte sie von Veronika wissen.

»Von innen über die Drehknöpfe, von außen mit einem Schlüssel«, erklärte Veronika.

Poppi deutete auf den Boden. »Hier ist jemand gegangen. Mit nassen Schuhen. Aber die Spuren sind aufgewischt worden.«

Lilo beugte sich vor und erkannte, was Poppi aufgefallen war. Auf einer schmalen Bahn, die von der Terrassentür in den Raum führte, war der Boden matt, während der Rest glänzte. Das aufgetrocknete Wasser hatte Wischspuren hinterlassen, in denen ein wenig Schmutz zu sehen war.

Kalter Wind fegte durch die offene Tür.

»Im Saal war es kühler als in der Halle«, fiel Poppi ein. »Die Tür muss offen gewesen sein.«

Lilo war ins Freie getreten. Im Schneegestöber sah sie sich auf der Terrasse um. Sie war von einer frischen Schicht Schnee bedeckt.

»Es sieht aus, als hätte hier jemand den Schnee weggeschaufelt«, stellte Veronika fest.

»Oder weggekehrt«, vermutete Lilo. Unter der frischen Schneeschicht war die zerstörte alte Schneeschicht erkennbar.

»Hier hat jemand gewühlt«, meinte Poppi.

Das Stück von der Terrassentür zur Treppe, die auf die Straße führte, war gründlich gewischt worden. Fußspuren waren keine mehr zu erkennen. Auch auf der Straße hatte jemand einen Besen hin- und herschwingen lassen und auf diese Weise hinter sich alle Abdrücke entfernt.

Die drei Frauen standen in der Kälte und die Flocken blieben auf ihren Haaren liegen. Sie froren nicht, denn sie waren zu sehr damit beschäftigt, zu verstehen, was hier geschehen sein konnte.

»Ich nehme nicht an, dass Jamie von den Toten wiederauferstanden ist«, sagte Lilo leise. »Also muss jemand die Leiche gestohlen und fortgetragen haben. Allerdings war diese Person sehr bedacht darauf, keine Spuren oder Hinweise zu hinterlassen.«

Veronika prüfte die Schlösser der Terrassentüren an der Außenseite. Keines zeigte Spuren oder ließ vermuten, dass jemand versucht hatte, es aufzubrechen.

»Die Tür muss aufgesperrt worden sein.«

Die beiden Tische und die vier Metallstühle, die vom Sommer auf der Terrasse geblieben waren, hatten alle hohe Kappen aus Schnee. Lilo, noch immer in Gedanken versunken, nahm mit den Händen Schnee von einem Tisch und drückte ihn zu einem Ball, den sie in die Nacht hinauswarf.

Aus Gewohnheit kippte Veronika die Stühle vor und stieß sie ein paar Mal auf, damit der Schnee abfiel. Die Tische wischte sie mit den Unterarmen frei.

»Da ist was.« Poppi deutete auf den Boden. Von einem der Stühle war mit dem Schnee etwas silber Glänzendes gefallen. Lilo bückte sich und hob es auf.

»Das ist das Zigarettenetui von Lady Ross«, erkannte Veronika mit einem Blick. »Sie muss es hier vergessen haben, als sie geraucht hat.«

Lilo drückte den Daumennagel in die Vertiefung an der Seite und das Etui sprang auf. Es enthielt vier dünne, selbstgedrehte Zigaretten, hatte aber Platz für sechs oder sieben.

»Ich gebe es ihr zurück, wenn ich sie das nächste Mal sehe.« Veronika streckte die Hand aus, um Lilo das Etui abzunehmen.

»Hat sie es hier vergessen oder verloren?«, überlegte Lilo laut.

»Vergessen. Sie ist immer auf die Terrasse gegangen, um eine Zigarette zu rauchen. Das war ein Ritual an den Abenden.«

»Hatte sie einen Schlüssel zur Terrasse?«

»Nein. Wenn sie hier ist, schließe ich die Terrassentür immer schon auf, bevor sie sich zum Essen setzt. Das ist zur Gewohnheit geworden. Heute habe ich aufgemacht, als sie zur Trauung gefahren sind. Danach ...« Veronika überlegte angestrengt und die Falte auf ihrer Stirn wurde immer tiefer. »Seltsam. Ich habe hier nicht abgesperrt, aber jetzt war die Tür zu. Versperrt.«

»Also hat noch jemand Schlüssel«, folgerte Lilo.

»Mein Vater natürlich«, sagte Veronika schnell.

»Kann er hier gewesen sein?« Lilo kam ein wilder Verdacht. »Kann er die Leiche fortgetragen haben? Vielleicht will er Ärger vermeiden. In der Aufregung hat er nicht bemerkt, dass die Tür unversperrt war und hat sie abgeschlossen.«

»Das wäre verrückt.« Veronika konnte sich das nicht vorstellen. »Wir alle haben den Toten gesehen. Eine Leiche kann er nicht einfach verschwinden lassen. Wir würden auch sicher nicht alle behaupten, es hätte sie nie gegeben. Nein, das wäre wirklich einfach verrückt.«

HÜHNERSUPPE

»Gut, dass du da bist.« Veronika fand Marie in der Küche, wo sie in einem großen Topf rührte. »Was kochst du da? Es duftet herrlich.«

»Hühnersuppe. Ich dachte, Hühnersuppe ist das, was alle hier brauchen.« Marie lächelte schüchtern, nicht sicher, ob sie das Richtige tat.

»Du bist ein Engel«, lobte Veronika überschwänglich. »Das ist wirklich das, was alle benötigen.«

Das Hochzeitsessen lag bereits Stunden zurück und nach dem Schock stellte sich bei den meisten der Hunger ein.

»Es dauert noch eine halbe Stunde.« Marie ging zu einem Schneidbrett, wo Gemüse lag. »Ich gebe kleingehackte Karotten und Zuckermais in die Suppe, dazu Nudeln und das Fleisch eines zweiten Huhnes, das ich gebraten habe.«

Veronika sah das zierliche Mädchen verwundert an. »Du hast doch mitbekommen, was oben geschehen ist?«

Marie nickte stumm.

»Hast du dich hier in der Küche versteckt?«

Wieder ein stummes Nicken.

»Ich fürchte, wir müssen bis morgen früh mit viel Ungewissheit leben. Aber dann sollte die Verbindung der Handys wieder funktionieren und die Straße frei sein. Die Polizei kann dann auch kommen.«

Unter keinen Umständen wollte Veronika Marie damit schrecken, dass vielleicht jemand in der Nähe war, der Veronika nach dem Leben trachtete. Sie hatte mit Klaus einen

Plan überlegt, wie sie die Nacht am sichersten überstehen konnten: Alle Personen, die im Hotel anwesend waren, schliefen im ersten Stockwerk. Dazu musste Dominik mit Henry in ein kleineres Zimmer hinunterwechseln. Veronika würde das Zimmer daneben beziehen. Alle Zimmer besaßen Rollläden, die heruntergelassen ein Einsteigen von draußen unmöglich machten. Klaus würde auf der Treppe wachen, ein Gewehr bei sich. Nach drei Stunden wollte ihn Axel ablösen. Klaus wollte später wieder übernehmen.

»Du bekommst für diese Nacht ein Gästezimmer«, erklärte Veronika Marie. »Im ersten Stock.«

Die junge Frau blickte alarmiert. »Wieso das denn?«

»Es erscheint uns am besten, wenn alle zusammenbleiben.« Veronika versuchte, so locker und unerschrocken wie möglich zu klingen, es gelang ihr allerdings nicht.

Ihre Eltern waren gewarnt. Veronika hatte ihnen sogar von Mario auf der Datingseite erzählt und von seinem Verschwinden.

Herr und Frau Wunderer blieben in ihrer Wohnung. Angst hatten sie keine. Ihre Wohnung besaß eine Alarmanlage, die sie in der Nacht einschalten würden.

»Wir haben nie solche Drohungen bekommen«, konnte sich die Mutter nicht verkneifen. »Aber wir haben auch nicht so viel Zeit im Internet mit fremden Männern verbracht.«

Veronika wollte etwas erwidern, ließ es dann aber bleiben. Bevor sie die Wohnung verließ, wandte sie sich noch an ihren Vater. »Weißt du etwas von einem Tresor in der Wäschekammer?«

Sie bemerkte sein Zögern, das Antwort genug war.

»Hast du den Schlüssel?«, fragte sie gleich weiter.

Ihre Mutter musterte Herrn Wunderer von der Seite. »Ein Tresor in der Wäschekammer? Davon hast du mir nie etwas erzählt.«

»Der ist von früher«, sagte Herr Wunderer ausweichend. »Ich weiß gar nicht, ob es den Schlüssel noch irgendwo gibt.«

»Aha.« Veronika hatte nur genickt und war gegangen. Lilo hatte bei dem Tresor etwas festgestellt: Er war beim letzten Ausmalen überstrichen worden. Rund um das Schlüsselloch war die Farbe aber abgestoßen und es gab deutliche Kratzer und Fahrer, wo der Schlüssel beim Einstecken abgerutscht war.

Vor ein paar Monaten war zuletzt ausgemalt worden.

Ihr Vater log also.

TOD IN DER TORTE

Was sollte er Henry nur sagen? Dominik ging vor dem Zimmer im zweiten Stock auf und ab. Die Kinder waren aufgewacht und Axel kümmerte sich um die zwei. Leise konnte Dominik ihn hinter der Tür sprechen hören.

War es bei Dominik noch immer die Nachwirkung des Schocks oder spielte etwas anderes mit, dass er sich so ruhig fühlte? Die Welt erschien ihm wie in Watte gepackt, alle Geräusche und Stimmen gedämpft, seine Ängste und die Verzweiflung über den Tod seines Partners wie hinter einer verschlossenen Tür.

Dominik konnte doch nicht zu Henry sagen, dass sein toter Vater verschwunden war und sie keine Ahnung hatten, wieso und wohin.

Klaus kam die Treppe herauf.

»Wenn du willst, dann bleibe ich bei den Kindern. Du kannst mit Lilo, Poppi und Axel unten sitzen und reden. Ich weiß, dass ihr das tun wollt.«

Bisher hatten die vier Freunde von früher noch keine Gelegenheit gehabt, alle zusammenzusitzen und zu reden, wie sie das sonst immer getan hatten. Ihre Meinungen und Sichtweisen waren immer sehr unterschiedlich gewesen. Das hatte sie damals, als sie so viele Abenteuer erlebt hatten, immer auf wichtige Spuren gebracht.

Dominik legte Klaus die Hand auf die Schulter. »Das wäre sehr freundlich von dir. Aber wenn Henry wieder zu weinen beginnt, dann hole mich bitte sofort.«

»Mache ich.« Klaus klopfte und betrat das Zimmer. Dominik stand so, dass Henry ihn nicht sehen konnte. Axel und Klaus verhandelten kurz und zu Dominiks Erleichterung waren Lotta und Henry einverstanden, dass Axel zu den anderen ging.

Lotta sprach gut Englisch und die Art, wie sie mit Henry redete, klang vertraut und geschwisterlich. Axel trat heraus und schloss die Tür.

»Ist Henry halbwegs okay?«, wollte Dominik sofort wissen. Nebeneinander gingen sie in Richtung Treppe.

»Er steht unter Schock und hat wohl alles im Augenblick verdrängt. Das ist gut so.« Axel streckte sich durch und schüttelte Arme und Beine im Gehen.

Veronika kam ihnen auf der Treppe entgegen. Sie trug ein Tablett mit Suppentassen. »Ich bringe den Kindern Hühnersuppe, wenn Ihnen das Recht ist.«

»Ich bin nicht sicher, ob Lotta Hühnersuppe isst. Sie ist eine Teilzeit-Vegetarierin«, meinte Axel.

»Dann hole ich für sie etwas anderes.« Veronika garantierte ihm, dass es kein Problem wäre.

In der Hotelhalle warteten Poppi und Lilo in der Ecke, die zu ihrem Stammplatz geworden war.

Axel setzte sich neben seine Frau, Dominik nahm auf dem Sofa gegenüber bei Poppi Platz. Eine Zeit lang saßen die vier einfach nur da und sahen einander an. Die Ereignisse und Emotionen des Tages hatten alle erschöpft.

Lilo griff nach Axels Hand und drückte sie. Er legte ihr den Arm um die Schulter und zog sie sanft an sich.

»Diesen Tag habt ihr euch anders vorgestellt«, sagte Dominik. »Ich mir auch ...«, fügte er leise hinzu. »Tut mir so leid.«

»Was soll denn das heißen? Was soll dir leidtun? Du redest, als wäre etwas deine Schuld. Dominik, Schluss.« Lilo schüttelte missbilligend den Kopf. »Was geschehen ist, da fehlen mir die Worte. Wenn ich zu dir sage, dass ich mit dir mitfühle, ist es nicht die Wahrheit, weil ich mir gar nicht richtig vorstellen kann, was in dir alles abgeht.«

Dominik atmete tief durch, grinste schief und schluckte, weil ihm wieder Tränen in die Augen stiegen.

Poppi legte ihre Hand auf den Ärmel seines Jacketts. »Wir helfen dir, wir tun alles für dich, wir sind immer für dich da.«

»Danke.« Dominik schaffte ein kurzes Lächeln. »Ich will im Moment nur wissen, was mit Jamie geschehen ist. Wieso ist er …?« Die Tränen nahmen wieder ihren Lauf.

Lilo tippte die Fingerspitzen aneinander und blickte zur Decke. »Mein Hirn ist derzeit weit entfernt von super«, gestand sie. »Es wird von Minute zu Minute langsamer und langsamer, aber es gibt ein paar Gedanken, die mir gekommen sind. Dominik, ich muss dir einige Fragen stellen. Geht das jetzt? Bist du dazu in der Lage?«

»Das muss sein. Also frag bitte.« Er setzte sich auf, als wollte er sich auf Schlimmes vorbereiten.

»Wie ist das überhaupt abgelaufen? Wie ist Jamie in diese Hochzeitstorte gekommen? War das so geplant?«

»Nein. Überhaupt nicht. Jamie und Henry waren mit mir in Wien, weil ich ihnen die Stadt zeigen wollte, aus der ich komme. Es tut mir leid, dass ich euch etwas von London vorgeflunkert habe, aber ich wollte noch nichts erklären müssen.«

Axel winkte ab. »Alles keine Sache. Vergiss das und hör auf, dich zu entschuldigen.«

»Ich hatte am Donnerstag noch in Wien zu tun, weil ein Verlag ein Buch mit mir plant. Eine Biografie über meinen Weg in die USA und meine Netflix-Serien. Für Jamie und Henry hatte ich dieses Blockhaus auf Airbnb gefunden und gemietet. Die beiden sollten schon vorausfahren und ein bisschen Spaß hier haben. Ich bin dann am Freitag nachgekommen.« Dominik seufzte tief und brauchte einen Moment, bis er weiterreden konnte. »Diese Lady Ross war sehr erregt, weil das Tanzpaar, das aus der Torte springen sollte, erst für Samstag bestellt war. Damit wäre ihre Überraschung nicht möglich gewesen.«

Lilo verstand. »Da bist du auf die Idee gekommen, Jamie könnte einspringen.«

Dominik nickte. »Ich habe ihm eine Nachricht geschickt und angerufen und er war sofort bereit. Er hat nie ganz verstanden, wieso ich ihn und Henry zuerst noch versteckt halten wollte.«

Während die anderen sich auf dem Standesamt befanden, waren Jamie und Henry in das Hotel gekommen und in Dominiks Suite gegangen. Dort hatten sie sich umgezogen und gewartet. Bei der Rückkehr hatte Veronika die Funktionen der Hochzeitstorte erklärt und Dominik hatte alle Informationen gefilmt und das Video an Jamie geschickt.

Als sie die echte Torte aus dem Nebenraum holten, hatte Dominik per WhatsApp das Zeichen gegeben, herunterzukommen und in die Torte zu klettern. Henry hätte oben warten sollen, war aber mit seinem Vater mitgegangen und hatte sich hinter dem Sofa in der Halle versteckt.

»Als Jamie nicht aus der Torte gekommen ist, habe ich hinten die Klappe geöffnet. Ich habe ihn angestoßen und gefragt, ob vielleicht der Mechanismus klemmt, aber es kam keine Reaktion mehr von ihm.« Dominik musste erneut eine Pause einlegen.

Lilo wartete, bis er sich beruhigt hatte. Leise sagte sie zu Axel: »Das Unglück muss in der Torte geschehen sein. Wir müssten Henry fragen, ob sein Vater beim Herunterkommen in Ordnung gewesen ist. Ob er sich wohlgefühlt oder schon Anzeichen gezeigt hat, dass etwas nicht stimmt.«

Mit zurückgelegtem Kopf, die Hände im Nacken verschränkt, versuchte Lilo, Ordnung in ihre Gedanken zu bekommen.

Die Droh-Mails waren an Veronika gegangen und zweifellos auch für sie bestimmt gewesen.

Bei den Voodoo-Puppen war sich Lilo nicht so sicher. Sie konnten von der Lady kommen (allerdings hatte Lilo dafür absolut keine Erklärung) oder aber sie waren von dem unbekannten Drohbriefschreiber an Veronika und eventuell irrtümlich an Lady Ross geschickt worden. Oder es gab noch jemand anderen, der dahintersteckte. Viele Fragezeichen und keine klaren Antworten.

Die Schachteln waren nicht mit der Post gekommen, sondern abgestellt worden.

Es gab eine einzige Person, die sowohl im Hotel als auch im Schloss Lucasberg Zutritt hatte: Ignaz.

Wenn er die Drohungen geschickt hatte, dann blieb nur eine Frage: »Warum?«

Am Ende dieses Gedankenganges blieb für Lilo ein Problem: Sie hatte noch immer nicht die kleinste Erklärung für Jamies Tod oder das Verschwinden seiner Leiche.

War es wirklich ein Herzversagen gewesen? Oder vielleicht Dämpfe von Farben in der Torte?

Von solchen Farbdämpfen wurde einem übel, wieso aber sollte jemand daran sterben? Noch dazu so plötzlich. War Jamie darauf allergisch gewesen? Allergische Reaktionen konnten schlimme Auswirkungen haben. Eine ehemalige Kollegin von Lilo an der Universität war an der allergischen Reaktion nach einem Bienenstich gestorben.

Es war niemals geplant gewesen, dass Veronika in irgendeiner Form mit der Torte in Berührung kam, geschweige denn hineinstieg. Falls etwas darin versteckt war, das tödliche Auswirkungen hatte, so war es nie für sie bestimmt gewesen.

Allerdings schadete ihr der Skandal bestimmt sehr. Das Hotel, egal ob für Hochzeiten oder in der Winterzeit, konnte in Verruf kommen. Tote in Hochzeitstorten hielten zahlende Gäste sicherlich ab.

War Jamie das Opfer eines Anschlags geworden, mit dem Veronikas Ruf zerstört werden sollte? Wäre – wenn das Wetter mitgespielt hätte – am Samstag das Tanzpaar ums Leben gekommen?

Falls Jamie nicht eines natürlichen Todes gestorben war, so musste was auch immer ihn umgebracht hatte in der Torte verborgen gewesen sein.

»Erde an Lilo«, hörte sie Axel sagen. Lilo riss sich aus den Gedanken, richtete sich auf und nickte in die Runde.

»Ich sehe mir diese Torte noch einmal an.«

NEUE SPUREN

Poppi und Lilo untersuchten jeden Quadratzentimeter der riesigen Hochzeitstorte. Sie schnupperten an den Farben, die noch frisch, aber vollständig getrocknet waren. Sie stachen mit Gabeln in die Sahnekleckse und Kirschen, die aus Kunststoff und aufgespritzt waren.

Lilo fiel ein Krimi ein, in dem sich das Opfer an einer dünnen Nadel gestochen hatte, die aus einer Holzplatte ragte. Aber weder im Inneren der Torte noch außen an der Klappe konnten sie irgendetwas entdecken, das spitz und verdächtig erschienen wäre.

Axel war bei Dominik geblieben, der stumm vor sich hin starrte. Axels Fragen beantwortete er mit einzelnen Worten. Das Angebot eines weiteren Whiskeys von Veronika lehnte er ab.

»Frische Luft tut vielleicht gut«, murmelte er.

»Ich hole dir eine Jacke von mir. Wenn du zu Henry ins Zimmer gehst, gibt es bestimmt viele Fragen.« Axel wartete nicht, ob Dominik dieses Angebot annahm, sondern lief einfach nach oben. Als er zurückkehrte, stand Dominik bereits im Freien. Dankbar schlüpfte er in Axels dick gepolsterte Jacke.

»Soll ich dich begleiten?«, fragte Axel.

»Danke. Danke, sehr lieb von dir.« Völlig unvermutet umarmte Dominik seinen alten Freund und drückte ihn so fest, dass Axel die Luft wegblieb. Danach drehte sich Dominik um und stapfte davon.

»Ich komme besser mit«, rief ihm Axel nach.

»Nein, danke. Wirklich. Ich will kurz allein sein.« Dominik schritt durch das Licht der Lampen entlang des Weges und wurde dann von der Dunkelheit der Nacht verschluckt.

Es schneite, als hätte der Himmel seit Jahren allen Schnee zurückgehalten und wollte ihn nun auf einmal zur Erde werfen. Axel musste an ihren ersten Fall denken. Es war ein Schneegestöber wie damals in Kitzbühel, auf dem Hahnenkamm, als das Schneemonster aufgetaucht war.

Vor so vielen Jahren war es ein Schneemonster gewesen, das sie gejagt hatten und für das sie eine sehr natürliche Erklärung gefunden hatten. Heute standen sie vor einem viel größeren Rätsel. Ein Mensch war gestorben, der seinem besten Freund von damals so viel bedeutet hatte.

Seit heute war Axel ein verheirateter Mann. Er musste lächeln, als ihm die erste Begegnung mit Lilo einfiel. Sie hatte für den Zeichenwettbewerb der Lederhosenfirma eine Knickerbockerhose entworfen, die mit Bergen bemalt war. Dominiks Knickerbocker, mit der er gewonnen hatte, besaß statt des Latzes am Hosenstall einen Vorhang, wie die Bühne eines Theaters. Ein Bein von Poppis Lederhose war gestreift wie ein Zebra, das andere gefleckt wie der Hals einer Giraffe.

Axel selbst hatte diesen Zeichenwettbewerb niemals ernst genommen. In der Schulstunde, als seine Lehrerin ihnen von dem Wettbewerb erzählte, hatte er zum Spaß eine Knickerbocker mit blitzeblauem Himmel und Wolken gezeichnet, mit pinkfarbenen Flügeln an den Seiten. Niemals hätte er sich träumen lassen, dass dieses Modell genäht wurde und er es bei der Preisverleihung würde anziehen und auf einer Bühne vorführen müssen.

Bei diesem Wettbewerb hatten sie sich kennengelernt. Lilo hatte damals die Idee gehabt, dem Marketingchef der Lederhosenfirma einen Streich zu spielen. Die Gewinner hatten einen Wunsch frei und vor dem johlenden Publikum im Saal wünschten sie sich, den kleinen, dicken Marketingchef tirolerisch schuhplatteln zu sehen.

Die Band hatte die passende Musik geliefert und der schnaufende Mann hatte tanzen müssen. Er war es gewesen, der sie zum ersten Mal »Knickerbocker-Bande« genannt hatte. Eine »elende Knickerbocker-Bande«, wenn man genau war.

So waren sie die Knickerbocker-Bande geworden. Auch heute noch, obwohl sie das Leben auseinander und in verschiedene Berufe geführt hatte, waren sie immer noch auf eine Art miteinander verbunden, wie es sie nur sehr selten zwischen Freunden gab.

Der heutige Tag würde unvergesslich bleiben. Aber nicht wegen ihrer Hochzeit, sondern aufgrund der tragischen Wendung, die er genommen hatte.

Dominiks Rufen riss ihn aus den Gedanken.

»Axel! Axel, sieh dir das an.«

Er konnte Dominik nirgendwo entdecken.

»Dominik, wo bist du?«

»Hier.«

Was auch immer das bedeutete. Seine Stimme klang leise und entfernt. Axel trat in die eisige Nacht hinaus und ging die Stufen hinunter zum Parkplatz.

»Dominik?«, rief er so laut er konnte.

»Hier!«

Axel drehte sich suchend einmal herum. Hoch ragte hinter ihm das Hotel auf. Die Fenster der Lobby waren erleuchtet, im ersten Stockwerk brannte ein Licht, im zweiten keines und im dritten war ebenfalls Licht in einem Zimmer.

Hatte Veronika nicht erwähnt, dass das dritte Stockwerk gesperrt war? Sie musste vergessen haben, in einem Zimmer das Licht abzudrehen.

Am Fenster tauchte eine Gestalt auf. Im Gegenlicht war die Silhouette eines rundlichen Menschen zu erkennen. Er blickte in die Nacht hinaus und schloss dann die Vorhänge.

Wer wohnte dort oben?

Axel war versucht, zurückzulaufen und sofort zu fragen, als Dominik erneut nach ihm rief. Schnaufend tauchte er neben Axel auf. Der Hauch kam in kleinen Wolken aus seinem Mund.

»Eine Fußspur ... eine frische Fußspur. Recht frisch jedenfalls«, keuchte Dominik. »Große Schuhabdrücke. Sie müssen von diesem Diener der Lady sein. Er ist die Zufahrtsstraße hinaufgegangen, zum Schloss.«

Axel sah ihn entgeistert an. »Eine frische Fußspur?«

»Recht frisch. Es liegt neuer Schnee darauf, aber die Abdrücke sind deutlich erkennbar.«

Weil er sie ihm unbedingt zeigen wollte, zog Dominik Axel am Jackenärmel mit. Er führte ihn zu der Stelle, wo die Zufahrtsstraße von der kleinen Straße abzweigte, die hinter das Hotel und Richtung Wald führte.

Wenn die Spur tatsächlich von Ignaz stammte – die Größe der Abdrücke ließ wenig Zweifel – so war er vom Hotel gekommen und hinauf zum Schloss gegangen.

»Wieso ist er zurückgekommen?«, wunderte sich Dominik.

In Axels Kopf überschlugen sich die Gedanken. Die Leiche konnte nicht fortgegangen sein. Jemand musste sie fortgetragen haben. Dazu war viel Körperkraft nötig, die Ignaz zweifellos besaß.

Zur Sicherheit verfolgte Axel mit Dominik die Spur, die sie in Richtung Terrasse führte. Ein Stück davor endete die Spur, weil jemand alle Abdrücke auf der Straße verwischt hatte. An die Hotelmauer gelehnt stand ein Reisigbesen, der wahrscheinlich dafür verwendet worden war.

»Wir müssen in das Schloss«, sagte Dominik. »Sie haben Jamie ins Schloss gebracht.«

Das Rätsel wurde immer größer. Wieso entführte Ignaz eine Leiche?

IM SCHLOSS

Der Raum war kühl und kahl. Nackte Steinwände, keine Fenster. An der Wand stand ein Holztisch mit einem Stuhl davor. Auf dem Boden lagen mehrere Decken. Ignaz schob einen elektrischen Radiator herein, der an einem Verlängerungskabel hing.

Prüfend schloss Ignaz die Tür. Der Spalt an der Unterseite war breit genug, um sie trotz des Kabels schließen zu können.

Mit der Hand testete Ignaz die Temperatur des Heizkörpers. Er erwärmte sich schneller, als Ignaz gedacht hatte. Es würde aber eine Weile dauern, bis er den kleinen Raum geheizt hatte. Die dicken Steinwände hatten die Kälte der Jahreszeit gespeichert.

Von draußen holte Ignaz den leblosen Körper. Er hatte ihn bis zum Schloss über der Schulter getragen und davon Rückenschmerzen. Nun packte er den Mann unter den Achseln und schleifte ihn in den Raum. Auf den Decken legte er ihn ab. Zum Glück handelte es sich um einen feingliedrigen Mann Anfang 30, der nicht so viel aß und trank wie die meisten seiner Generation.

Auf dem Tisch lagen weitere Decken, mit denen Ignaz den Körper bedeckte. Er überlegte, ob er eine über das kalte, weiße Gesicht ziehen sollte, entschied sich dann aber dagegen.

Nachdem er den Raum verlassen hatte, schloss er die Tür hinter sich und drehte den altmodischen Schlüssel. Es knackte und knirschte im Schloss. Während Ignaz die Wendeltreppe hochstieg, ließ er den Schlüssel in seine Hosentasche gleiten.

Lady Ross erwartete ihn schon in der Bibliothek. Sie hielt ein kleines Glas mit Sherry in der Hand und nippte nervös daran.

»Er ist im Keller«, sagte Ignaz knapp.

Ohne sich zu ihm umzudrehen, fragte sie: »Werden die Straßen morgen wieder frei sein?«

»Der Schneefall lässt auch morgen nicht nach und meinen Informationen nach gibt es keine Chance, dass eine Fahrt ins Tal möglich wäre«, erwiderte er ruhig.

Sie wandte sich ihm zu und leerte das Glas in einem Zug. Viel war ohnehin nicht mehr darin. Ihre Hand zitterte, als sie sich aus einer geschliffenen Glasflasche nachgoss.

»Was kostet es mich, Ihr Schweigen zu kaufen?«

Für Ignaz kam diese Frage sehr überraschend. »Ich weiß nicht ganz, worüber ich schweigen soll«, erwiderte er.

»Über meine Anweisungen im Falle meines Todes, zum Beispiel. Es könnte danach gefragt werden. Außerdem über das, was Sie gerade getan haben.«

»Wenn ich mich damit vor der Polizei belaste und vor Gericht stehe, dann muss ich die Wahrheit sagen.«

Die Lady holte aus einer Lade Zigarettenpapier und Tabak. Sie begann, sich eine Zigarette zu rollen.

Ignaz sah ihr eine Weile lang schweigend zu.

»Wir sollten unauffällig von hier verschwinden. Wir können nach dem, was geschehen ist, nicht hier bleiben.« Lady Ross war mit dem Drehen der Zigarette fertig und zündete sie mit Hilfe eines Feuerzeugs an, das die Form eines Buches hatte. Gierig sog sie den Rauch ein und ließ ihn durch die Nase wieder ausströmen.

»Bevor das geschieht, habe ich hier auf dem Berg noch etwas zu erledigen«.

»Wie soll ich das verstehen?«, wollte sie wissen.

Er sah sie wortlos an, keine Regung im Gesicht.

Sie fragte ihn nicht noch einmal, weil ihre Gedanken schon wieder woanders waren.

»Gehen Sie nicht schlafen. Ich brauche Sie heute Nacht.«

»Wie Sie wünschen.« Er machte eine kleine Verneigung und verließ die Bibliothek. Die Lady rauchte die ganze Zigarette und dämpfte den letzten Rest in einem Messingaschenbecher aus. Sie eilte los. Ihre Schuhe klapperten über den Holzboden der Räume, dann über die Steinfliesen des Ganges. Die Lady schloss den Raum auf, der früher einmal »Wunderkammer« genannt worden war. Noch immer enthielt er eine Sammlung eigenartiger Muscheln, präparierte Tiere in Gläsern, getrocknete und ausgestopfte Schlangen und andere kuriose Objekte.

Lady Ross verwendete diesen Raum als Büro. Mit einem tiefen Seufzer setzte sie sich an den alten Schreibtisch, dessen Seiten mit echter Krokodilhaut überzogen waren. Das Holz stammte aus Südamerika und sollte zu den härtesten der Welt gehören.

Die Lady drückte drei Knöpfe unter der Tischplatte. Die Knöpfe mussten in einer bestimmten Reihenfolge gedrückt werden, um einen Mechanismus auszulösen. Es klickte und die Laden wurden entsperrt. Sie zog die unterste auf und starrte auf die Stoffpuppe mit dem durchgeschnittenen Hals. Angewidert schloss sie die Lade wieder.

Aus einer anderen Lade holte sie ihren Laptop, stellte ihn hin und klappte ihn auf. Es gab noch immer keine Internetverbindung. Die Handys funktionierten hier oben auf dem Berg ebenfalls nicht.

Nachdenklich sah sie ihre E-Mails durch. Sie besaß mehrere E-Mail-Adressen. Eine offizielle als Mona Ross, andere unter Decknamen. Sie lenkte den Mauszeiger auf den Account von Macbeth72. Es waren dort einige E-Mails eines Absenders namens Abigor gespeichert. Sie öffnete die vorletzte, die gekommen war, bevor er ihr den Übergabeort bekanntgegeben hatte.

Betreff: Einsatz

Kein sofortiger Einsatz nach Erhalt der Ware. Sie bekommen eine Nachricht und erst danach kann die Ware für Ihre Zwecke gefahrlos eingesetzt werden.
Abigor

Sie hatte die Ware vom Berggipfel abgeholt, von dem spiegelnden Würfel, der bei speziellen Anlässen als Restaurant verwendet wurde. Sie hatte auch den Code erhalten, um die Metallkassette zu öffnen, in der sich die bestellte Ware befand.

Nur die angekündigte Nachricht war nach drei Tagen nicht eingetroffen. Sie hatte sich entschieden, die Ware doch einzusetzen. Die Folgen hatte sie nun erlebt und sie blickte der nahen Zukunft mit großer Angst entgegen.

Lady Ross klappte den Laptop zu. Das Vorhaben war nicht schlecht geplant gewesen, die Durchführung aber schlampig. Wie hatte sie jemandem vertrauen können, der sich hinter dem Namen Abigor versteckte?

Laut Wikipedia war Abigor eine mythologische Figur, auch genannt der Höllen-Herzog, der über sechzig Legionen herrschte. Er galt als Kriegsdämon.

BUTTERSÄURE

Er hatte einen Fehler gemacht. Mario spürte den Schweiß im Gesicht und auf dem Rücken. Er hätte die Vorhänge schließen müssen, bevor er das Licht aufdrehte. Wer auch immer dort unten auf der Straße gestanden hatte, musste ihn gesehen haben.

Nun saß er in der Falle. Es war Nacht und für ihn gab es keine Möglichkeit, das Hotel zu verlassen. Im Freien würde er erfrieren, bis Hochlissen kam er auch nicht, wenn die Straße nicht geräumt war.

Die einzige Möglichkeit, die ihm blieb, war, ein neues Versteck im Hotel zu finden. Er raffte seine Sachen vom Bett zusammen. Die drei Glasphiolen wickelte er mit größter Vorsicht wieder in den Schaumstoff und legte sie in den Karton zurück. Er hatte sie nicht eingesetzt.

Eigentlich hatte Mario eine, vielleicht sogar zwei in den Saal werfen wollen, in dem die Hochzeitsgesellschaft stattfand. Im Stillen hatte er sich für sein Zögern beschimpft, denn Mario fürchtete die Wirkung der gelblichen Flüssigkeit selbst. Er hatte eine gute Gelegenheit, ungesehen in den Speisesaal zu gelangen, verstreichen lassen. Stattdessen hatte er im Treppenhaus gelauert und gewartet und gewartet.

Nach dem Essen waren die Gäste von dieser Amerikanerin in einen Nebenraum geführt worden. Mario hatte sich aus seinem Versteck hinter dem Sofa gewagt und war zum Speisesaal geschlichen. Er hatte ihn betreten und sich umgesehen, wo er die Phiole hinwerfen und zerbrechen lassen sollte.

Da hatte er Geflüster hinter sich gehört. Er konnte gerade noch hinter der Tür, die nach innen aufging, in Deckung gehen. Zwei Männer waren zurückgekehrt und zur Riesentorte gegangen. Als sie dahinter agierten, hatte Mario mit hämmerndem Herzen den Saal verlassen.

Im Nebenraum hatte es Jubel und überraschtes Rufen gegeben. Der Schein eines Zimmerfeuerwerks war durch die offene Tür gefallen. Mario hatte sich selbst beschimpft. Er durfte nicht versagen. Er war ins Treppenhaus zurückgekehrt, hatte dort aber auf der ersten Stiege gewartet.

Sollte er die Phiole in die Halle werfen? Sein Zögern war am Ende sogar hilfreich gewesen. Er bekam mit, dass es einen Zwischenfall im Speisesaal gab. Er hörte, dass jemand gestorben war.

Mit der Phiole in der Hand war er nach oben in sein Versteck zurückgekehrt. Seine Rache wäre nicht halb so gut gewesen wie das, was sich ohne sein Zutun bei der Hochzeit ereignet hatte. Ein Toter! Die erste Hochzeit von Veronika Wunderer in ihrem Hotel war zur Katastrophe geworden.

Nun aber musste er für sich ein anderes Versteck im Hotel finden, wo er bestimmt nicht gefunden werden konnte.

Nachdem er die Bettdecke glattgestrichen hatte, sah er sich um. Hatte er andere Spuren im Zimmer hinterlassen? Das Zahnputzglas im Badezimmer fiel ihm ein. Er hatte daraus Wasser getrunken und bestimmt gab es Fingerabdrücke von ihm darauf. Mit dem Handtuch wischte er das Glas sauber und stellte es auf die Ablage über dem Waschbecken zurück.

Er schulterte den Rucksack, trat an die Tür und lauschte, ob vielleicht schon jemand die Treppe hochkam. Als er nichts hörte, öffnete er die Tür einen Spalt breit und sah auf den Gang hinaus.

Dunkel und still. Auch von unten drangen keine Stimmen oder Geräusche zu ihm herauf.

Zuerst würde man natürlich in diesem Zimmer nach ihm suchen. Wenn er hier nicht zu finden war, was würden die Leute als nächstes tun? Er nahm an, sie würden sich ein Zimmer nach dem anderen in diesem Stockwerk vornehmen.

Mario musste also ein Stockwerk tiefer, oder noch besser, in den Keller des Hotels verschwinden. Mit großen Schritten eilte er zum Ende des Ganges und nahm die Hintertreppe.

Im Treppenhaus schlich er auf Zehenspitzen Stufe für Stufe hinunter. Sein eigener Atem klang in seinen Ohren wie das Schnaufen einer Dampflokomotive. Wie er das hasste.

Schließlich hatte er das Kellergeschoss erreicht. Es roch dort nach Gummi. Ein paar Sekunden lang stand er in der Dunkelheit und wartete.

Nichts. Er war allein. Das Einzige, das er hören konnte, war ein Brummen, das wahrscheinlich von der Heizungsanlage stammte. Mario leuchtete mit seinem Handy um sich.

Der Geruch kam von dicken Gummimatten auf dem Boden eines Ganges. Er führte in einen Raum, wo Skier und Skischuhe aufbewahrt wurden. Auf einer Bank an der Wand ließ sich Mario niedersinken. Hier vermutete ihn niemand, da war er sicher. Der Ort war unbequem, aber zur Not würde er eben auf der Bank oder auf der Gummimatte schlafen und morgen das Hotel verlassen.

Er kämpfte mit seinem Gewissen, ob er irgendjemandem sagen sollte, was er auf der Terrasse beobachtet hatte. In seinem Kopf schwirrten einige abstruse Erklärungen herum und ihm war klar, dass es sich um ein Verbrechen handeln konnte, wahrscheinlich um Mord. Aber er wollte unter keinen Umständen hineingezogen werden, denn was er im Hotel tat, war alles andere als legal.

Die Polizei würde schon ermitteln, was es zu ermitteln gab. Wichtig war jetzt nur, dass er seine eigenen Spuren verwischte und niemand jemals herausfand, dass er an diesem entsetzlichen Tag hier gewesen war.

Mit einer Hand strich er über den Rucksack. In der Schachtel befanden sich Phiolen, gefüllt mit Buttersäure. Diese Chemikalie roch ekelerregend nach Erbrochenem, reizte die Augen und machte das Atmen in einem Raum fast unmöglich. Es half kein Lüften und nicht die beste Reinigung. Nach einem Buttersäureanschlag musste die gesamte Einrichtung und der Bodenbelag ausgetauscht werden. Manchmal reichte auch das nicht aus. Der Verputz musste von den Wänden geschlagen und der Raum komplett renoviert werden. Der Schaden war riesig. Mario hatte von Tierschützern gelesen, die Buttersäure in Restaurants warfen, die lebende Hummer anboten oder Gänsestopfleber auf der Karte hatten.

Sein Plan war gewesen, die Hochzeit mit Buttersäure zu zerstören und das Hotel für einige Zeit unbenutzbar zu machen. Davon erhoffte er sich Genugtuung für Veronikas Verhalten in der Schule. Sie hatte ihn nie verteidigt und ihm nie geholfen. Mario hatte zuerst gedacht, sie wäre anders. Ein halbes Schuljahr waren sie nebeneinander in der Klasse gesessen und er hatte sie immer abschreiben lassen, ihr eingesagt und ihr Schokoriegel geschenkt. Sie war fast so etwas wie eine Freundin gewesen.

Aber sie war wie die anderen. Sogar noch schlimmer. Zuerst hatte sie ihn benutzt und sich später daran geweidet, wie er fertiggemacht wurde.

Insgeheim war er froh, die Buttersäure nicht eingesetzt zu haben. Er hatte immer Sorge gehabt, der Geruch könnte an ihm haften bleiben.

Ein Mord auf der ersten Hochzeit eines Hotels, das sich als *Hochzeitsschlössel* präsentieren wollte. Das war viel wirkungsvoller, um Ruf und Zukunft von Veronika empfindlich zu schädigen oder sogar zu zerstören.

Doch wer hatte den Mann wirklich umgebracht?

SAMSTAG
21. NOVEMBER

DIE SCHÜTZENKÖNIGIN

Sieben Minuten nach Mitternacht.

Marie kam mit einer großen Schüssel Bratkartoffeln in die Halle und stellte sie auf der Theke der Rezeption ab. Aus der Tasche ihres Sweaters zog sie eine Flasche Ketchup. Mit einem schüchternen Lächeln erklärte sie die Wahl der Speise. »Mein Vater hat immer zu mir gesagt: Wenn du Rat und Kraft brauchst, Bratkartoffel mit Ketchup ist die Lösung.«

»Danke, du bist wirklich ein Engel«, sagte Veronika, die zum Umfallen müde war.

»Sie sehen gefährlich aus«, stellte Marie fest.

Veronika hielt ein Jagdgewehr schussbereit im Arm. Sie deutete zum Hoteleingang. »Ich habe die Wache übernommen. Marie, ich will dich nicht allzu sehr beunruhigen, aber wir müssen davon ausgehen, dass ein Mörder hier irgendwo herumläuft. Herr Klingmeier hat im dritten Stock jemanden am Fenster stehen gesehen. Dabei ist das Stockwerk geschlossen und kein Zimmer belegt. Wir haben alles abgesucht und niemanden finden können, aber wir vermuten, dass diese Person noch in der Nähe ist.« Veronika deutete mit dem Lauf des Gewehrs zur Glastür. »Hier kommt auf jeden Fall niemand herein. Das hintere Treppenhaus haben wir abgesperrt, den hinteren Eingang ebenfalls. Der Lift fährt nicht. Der einzige Zugang nach oben ist über die Treppe, aber an mir kommt niemand vorbei.«

»Können Sie wirklich mit dem Gewehr umgehen?« Marie war beeindruckt.

»Mein Vater war beim Schützenverein. Er wollte eigentlich einen Sohn, hat aber eine Tochter bekommen. Ich musste mit ihm hinten im Wald beim See Zielschießen üben. Mit 13 Jahren war ich die jüngste Schützenkönigin, die es jemals gegeben hat.«

»Sie sind also wirklich gefährlich«, scherzte Marie, hob aber dann gleich entschuldigend die Hände.

»Ärgern oder reizen sollte man mich besser nicht.« Veronika strich über den Lauf des Gewehrs. »Wenn es darauf ankommt, dann kann ich mich, Menschen, die mir etwas bedeuten, und mein Hab und Gut verteidigen. Darauf kannst du dich verlassen.«

»Ich bewundere, wie stark Sie sind.« Bescheiden schwieg Veronika. Marie fröstelte. »Wäre es in Ordnung, wenn ich mich ein wenig hinlege?«

»Das befehle ich dir sogar. Du warst heute 18 Stunden lang durchgehend im Einsatz. Ruh dich aus.«

Marie nahm Bratkartoffeln und Ketchup von der Theke. »Die anderen Leute der Hochzeit sind oben im ersten Stock, nicht wahr? Ich bringe die Kartoffeln zu ihnen.«

»Zuerst aber bekomme ich ein paar.« Veronika nahm sich eine Handvoll. »Den Rest dann ins Zimmer 101.«

»Gute Nacht«, wünschte Marie und ging nach oben. Veronika knabberte an einer Kartoffel.

Es war die beste Bratkartoffel, die sie jemals gegessen hatte. Vielleicht kam ihr das aber auch nur so vor, weil sie hungrig war. In dieser Nacht hätte sie wahrscheinlich auch gebratene Heuschrecken gegessen und sie lecker gefunden.

Veronika wollte gar nicht daran denken, wie der Samstag verlaufen sollte, wenn sie weiter von der Umwelt abgeschnitten blieben.

Herr Klingmeier hatte mit Herrn Kascha das gesamte Hotel abgesucht und jedes Zimmer inspiziert. Sie hatten in die Badezimmer geblickt, in Duschen und Badewannen, in alle Schränke und unter alle Betten. Wen auch immer Herr Klingmeier im dritten Stock gesehen haben mag, er war verschwunden.

Das Zimmer, in dem Licht gebrannt hatte, war unbenutzt, soweit Veronika feststellen hatte können. Die Bettdecke kam ihr nicht ganz glatt vor, aber das musste nicht bedeuten, dass jemand hier gewesen war.

Unheimlich war das Verschwinden der Leiche und die Spur, die zu Schloss Lucasberg hinaufführte. Axel hatte sich durch den Schnee bis zum Tor des Schlosses gekämpft, angeläutet und geklopft. Es hatte ihm aber niemand geöffnet. Was könnte der Grund dafür sein?

Das Hochzeitspaar und seine Freunde hatten sich in das Familienzimmer Nummer 101 zurückgezogen. Herr Reder saß mit den beiden Kindern in Nummer 109 und sah sich mit ihnen einen Film an, um sie auf diese Weise abzulenken und zu verhindern, dass sie zu viele Fragen stellten, auf die es keine Antworten gab.

Die letzte Bratkartoffel war gegessen. Veronika stand auf, trat an die Glasscheibe heran und warf einen Blick vor das Hotel. Außer viel Schnee war nichts Ungewöhnliches zu erkennen.

Als sie sich umdrehte, fuhr ihr der Schreck durch den ganzen Körper. Sie hatte nicht bemerkt, dass jemand hinter sie getreten war.

»Ich bin es nur.« Ihr Vater sah sie ernst an. »Wenn du dieses Hotel so führen würdest, wie es deine Mutter und ich erfolgreich über so viele Jahre getan haben, hättest du jetzt nicht diese Schwierigkeiten. Wir sind ruiniert, wenn es die Runde macht, was hier geschehen ist.«

»Kannst du auch jetzt nur an mir herummeckern?« Veronika ging an ihm vorbei zu ihrem Büro.

»Dir sind die Folgen und das Ausmaß von dem, was hier geschehen ist, noch nicht klar.« Ihr Vater lief ihr nach und wollte nach ihr greifen.

»Ach, lass mich in Frieden.« Veronika schlug die Bürotür hinter sich zu. Müde ließ sie sich auf den Stuhl vor dem Schreibtisch sinken. Sie durfte unter keinen Umständen einschlafen, da sie versprochen hatte, in der Halle die Stellung zu halten.

Sie fasste den Entschluss, hier im Hotel nur noch so lange zu bleiben, bis sie eine andere Arbeit gefunden hatte. Es war ihr egal, wie minder sie ausfallen würde. Hauptsache, sie konnte ein neues Leben beginnen und alles hinter sich lassen.

Du darfst deinen Posten nicht verlassen, erinnerte sie sich und trat aus dem Büro. Sie hörte, wie ihr Vater die Treppe nach oben keuchte und vor sich hin schimpfte, weil sie den Lift abgestellt hatte.

Veronika wollte die Gelegenheit nützen, um ihm ihren Entschluss mitzuteilen.

Sie hatte wirklich genug. Statt ihr in dieser schweren Zeit beizustehen und sie zu unterstützen, machten ihr ihre Eltern nur Vorwürfe.

Immer drei Stufen auf einmal nehmend jagte sie ihrem Vater hinterher. Sie erreichte ihn, als er gerade zur Wohnung der Eltern abbog. Links und rechts hatte er wieder die weißen Kunststofftragetaschen auf den Schultern.

»Wo hast du die her?«, herrschte sie ihn an.

»Das ist allein meine Sache.« In seinem Watschelgang eilte Herr Wunderer weiter. Veronikas Nerven lagen in dieser Nacht so blank, dass sie sich von ihm nichts mehr gefallen ließ. Sie folgte ihm und riss eine Tasche an sich. Als sie hineinsah, stockte ihr der Atem. Sie blickte halb verwundert, halb entsetzt zu ihrem Vater.

Herr Wunderer umklammerte die zweite Tasche mit beiden Armen, damit Veronika sie ihm nicht abnehmen konnte.

»Hast du das in der Wäschekammer gehabt? In dem Tresor?« Veronika schnappte nach Luft, so aufgeregt war sie.

Ihr Vater biss die Zähne zusammen.

»War das in dem Tresor in der Wäschekammer?«, fuhr ihn Veronika an. »Sag es mir. Es hat jemand versucht, dort einzubrechen. Ignaz wahrscheinlich. Er muss davon wissen. Aber was ist das? Woher hast du das?«

Die Wohnungstür ging auf und Frau Wunderer trat heraus. Sie trug einen altmodischen, geblümten Schlafrock, unter dem ihr Nachthemd heraushing. Ihr Haar war auf Lockenwickler gedreht, über die sie ein dünnes Netz gezogen hatte.

»Wieso schreist du deinen Vater an?« Frau Wunderer kam zu ihrem Mann, der sich wegdrehte, damit sie die Taschen nicht sehen konnte.

»Weißt du davon?« Veronika griff in die Tasche, die sie ihm abgenommen hatte, und zog etwas heraus. Sie konnte am Blick ihrer Mutter erkennen, dass sie so überrascht war wie Veronika selbst.

LILO DENKT

»Ich halte das nicht aus.« Dominik lief von einem Ende des geräumigen Zimmers zum anderen. »Es muss einen Weg in dieses Schloss geben. Diese Lady weiß, wieso Jamie gestorben ist. Sie will etwas verbergen.«

Lilo kämpfte mit sich selbst. Sollte sie erwähnen, was sie über Lady Ross herausgefunden hatte? Schließlich entschied sie sich dafür.

»Dominik, kann es irgendeinen Zusammenhang zwischen Jamie und der Lady geben?«

Dominik blieb stehen und sah Lilo entgeistert an. »Zusammenhang? Nein. Wie kommst du auf einen Zusammenhang?«

»Lady Ross wurde verdächtigt, ihren Mann ermordet und die Tat auf jemand anderen geschoben zu haben. Es liegt lange zurück, aber wenn jemand zweimal an einem Ort ist, wo ein Mensch stirbt, dann steigt die Wahrscheinlichkeit, dass die Fälle etwas miteinander zu tun haben.«

Axel kniff Lilo in den Arm. »Du redest noch karierter, als Dominik das normalerweise schafft.«

Poppi lachte kurz und beobachtete, wie auch Dominiks verzweifeltes Gesicht sich für einen Augenblick aufhellte. Der Moment war aber schnell vorbei. Er wandte sich an Poppi. »Hast du noch mehr von diesen Notfallstropfen?« Sie nickte und reichte ihm ein halbvolles Fläschchen. Dominik schraubte es auf, legte den Kopf in den Nacken und leerte sich den Inhalt in den Mund.

»Nur vier Tropfen«, sagte Poppi schwach, als er fertig war.

»Das sind vier Tropfen.« Dominik reichte ihr das Fläschchen zurück. Dann drehte er sich wieder zu Lilo. »Wieso soll diese Lady meinen Jamie ...« Er schaffte es nicht, das nächste Wort über die Lippen zu bekommen.

Lilo hatte dazu einige Gedanken. Sie vermutete eine Verwechslung. Eigentlich hätte jemand anderer sterben sollen, aber Jamie war in die Quere gekommen. Ihr fiel noch etwas ein. Sie kniff die Augen zusammen, um besser überlegen zu können. Wenn Lady Ross tatsächlich eine der anwesenden Person ermorden wollte, wieso dann vor so vielen Augenzeugen?

Jamie musste auf eine Weise getötet worden sein, die für jemand anderen bestimmt gewesen war. Damit aber die Mordwaffe oder die Mordart nicht entdeckt wurde, hatte Lady Ross die Leiche verschwinden lassen.

Vielleicht aber war nicht sie die Mörderin, sondern Ignaz. Es konnte genauso gut sein, dass er den Toten deshalb weggebracht hatte.

Auf wen konnte es Ignaz abgesehen haben und wieso ausgerechnet bei der Hochzeit von Lilo und Axel? Wer mordete, der tat es doch, wenn möglichst wenige Augenzeugen in der Nähe waren.

Augenzeugen! Ein Einfall führte Lilo zum nächsten. Möglicherweise hatte Jamie etwas beobachtet, das er nicht hätte sehen sollen. Deshalb war er umgebracht worden.

Es blieb die Frage, wie es geschehen war. Dominik hatte Jamie Minuten vor dem Unglück gesehen. Scheinbar gesund. Jamie hatte keine Versuche unternommen, ihm von einer Beobachtung zu berichten. Vielleicht aber war ihm gar nicht klar, was er gesehen hatte.

Wer war in der Nähe der Riesentorte gewesen, während sie im Nebenraum die echte Hochzeitstorte bestaunt hatten? Soweit sich Lilo erinnern konnte, waren alle Teilnehmer der Feier mitgekommen. Außer Dominik, der zurückgeblieben war, um Jamie in die Torte zu stecken.

Im Haus hielten sich noch Herr und Frau Wunderer auf und vielleicht auch ein Unbekannter, der sich in einem Zimmer im dritten Stock versteckt hatte. Wie aber sollte eine dieser Personen so schnell nach unten gekommen sein und Jamie getötet haben?

Als Lilo die Augen öffnete, spürte sie die fragenden Blicke von Dominik, Axel und Poppi.

»Ist dir etwas eingefallen?«, wollte Poppi wissen.

»Viel«, antwortete Lilo ausweichend. »Aber es ergibt noch keinen Sinn.«

»Ich will nicht, dass Jamie in diesem Schloss liegt. Der Gedanke ist unerträglich.« Dominik lief zur Tür. Er wandte sich an Axel. »Du bist doch noch immer so sportlich. Kannst du nicht in das Schloss einsteigen?«

Axel lachte auf. »Danke für dein Vertrauen in meine Fitness. Aber die Fenster sind unten winzig und im ersten Stock haben die meisten Fensterläden. Geschlossene Fensterläden. Die Mauer ist glatt, ich habe nichts gesehen, an dem ich hochklettern könnte.«

»Daddy Dominik!« Henry stand in der Tür. Er lief auf Dominik zu und warf sich in seine Arme. »Where is Daddy Jamie?«

Hilflos sah Dominik zu den anderen. Klaus kam nach, mit Lotta an der Hand. Axel konnte sich nicht erinnern, wann ihm Lotta beim Gehen zum letzten Mal die Hand gegeben hatte. Wie ein kleines Mädchen stand sie neben Klaus, blass und übernächtigt.

»Der Film ist aus«, sagte Klaus entschuldigend.

EISESKÄLTE

»Ich bin ein Vollidiot«, beschimpfte sich Mario immer wieder leise. Der Racheplan war die größte aller Dummheiten, die er jemals geplant hatte und er hatte schon viele dumme Dinge getan. »Blödmann, Trottel …«, setzte er fort.

Mario fror. Der Skikeller war zu dieser Jahreszeit noch nicht geheizt und die Temperatur musste nur knapp über dem Gefrierpunkt liegen.

Alles nur wegen Annabell. Er hatte sie vor einigen Monaten auf einer Datingseite kennengelernt und zu Beginn schien alles gut zu laufen. Es stellte sich heraus, dass sie dieselbe Schule besucht hatten. Sie waren sogar gleich alt, aber Annabell war in einer anderen Klasse gewesen. Die Nachrichten, die sie austauschten, waren nicht nur freundlich, sondern auch herzlich. Annabell gestand ihm ehrlich, dass sie schüchtern wäre und aufgrund ihres Aussehens kein großes Selbstbewusstsein besäße. Sie hatte ihm ungeschönte Fotos von sich geschickt, auf denen sie Mario sogar besser gefiel als auf den Fotos, die sie in ihrem Profil hatte.

Als sie sich in Innsbruck auf der Terrasse in einem Café am Inn getroffen hatten, war die Begegnung ohne große Peinlichkeiten abgelaufen. Mario war aufgeregt wie immer, schwitzte und entschuldigte sich dafür mehrere Male. Außerdem trank er zu viel Wasser und musste öfter auf die Toilette. Als er zurückkam, hörte er Annabell telefonieren. Sie erzählte gerade jemandem, dass sie den »Stinksalamander« aus der Schule getroffen hatte und er sich kaum verändert hätte.

Er war darüber zutiefst verletzt und verließ gekränkt das Café, ohne ein weiteres Wort mit Annabell zu sprechen.

Danach wollte er keine Frauen mehr treffen. Aber er bekam große Lust, sich an allen zu rächen, die ihm in der Schulzeit das Leben so schwer gemacht hatten. Der Gedanke, sie leiden zu sehen, wie er bis zum heutigen Tag litt, ließ ihn nicht mehr los.

Was hatte er eigentlich davon? Er war weiterhin allein und schwitzte wie früher. Seine Mutter hatte ihm mehrfach geraten, einen Spezialisten aufzusuchen und etwas gegen die übermäßige Schweißproduktion zu tun, aber Mario war von der Idee besessen, dass ihn Menschen lieben mussten, so wie er war.

Alles Unsinn, dachte er. Er konnte und wollte nicht weitermachen wie bisher, weil er dadurch im Leben keinen Millimeter weiterkam.

Nun saß er fest. Der Ausgang nach oben, den die Skifahrer im Winter benutzten, war verschlossen, genauso aber die Hintertreppe in die oberen Stockwerke. Lift gab es hier keinen.

Er hatte die Heizkörper aufgedreht, aber sie waren nicht wärmer geworden. Der Heizkreis war ausgeschaltet.

In dem dunklen und unerträglich kalten Raum konnte er nicht bleiben. Er würde hier erfrieren. Außerdem musste er dringend auf die Toilette und fand die Vorstellung widerwärtig, sich einfach in einer Ecke zu erleichtern.

Der Zugang zum Skiraum hatte drei Oberlichten. Es waren schmale Fenster unter der Decke. Sie konnten von innen entriegelt und geöffnet werden. Wenn er sich sehr schmal machte, dann könnte er es schaffen, sich durchzuzwängen.

Mario brauchte einen Platz zum Schlafen. Wenn er alle Kraft zusammennahm, dann konnte er Hochlissen zu Fuß erreichen. Vielleicht gab es dort irgendeinen Raum, der offen war und warm. Oder er würde es sogar wagen, bei einer der Pensionen anzuläuten. Die Besitzer wohnten in den Unterkünften und irgendjemand würde ihn hören. Das hoffte er jedenfalls.

Mario schob einen kleinen Schrank unter eine der Oberlichten. Er fand Hocker, die er daraufstellte. Wenn er es schaffte, die Balance zu halten, würde er durch die Oberlichte kriechen können. Er verwendete einen anderen Hocker als Trittleiter, um auf das Regal zu klettern. Es war alles eine wackelige Angelegenheit. Mario erreichte mit der Hand den Griff des Fensters, musste aber heftig daran herumziehen, bis er sich endlich nach oben drehen ließ. Das Fenster schwang nach innen auf und von draußen kam ein Schwall kalter Luft. Marios Beine zitterten so heftig, dass der Hocker vom Schrank kippte und Mario stürzte.

Wie ein Käfer lag er auf dem Rücken und stöhnte vor Schmerz. Fluchend kämpfte er sich hoch und begann erneut mit dem Aufbau der Hocker. Als er wieder oben stand, schob er als Erstes den Rucksack durch das Fenster. Unter keinen Umständen durfte er bei einem neuen Absturz darauf fallen. Wurde eine der Phiolen beschädigt, so würde der entsetzliche Gestank an ihm kleben.

Eine kleine Mauer und ein Gitter als Abdeckung schützten den Bereich vor dem Fenster. Mario beugte sich vor und begann, sich durch die rechteckige Öffnung zu schieben. Er schnaufte und schimpfte. Der Rahmen des Fensters kratzte über seinen Bauch und den Rücken.

Ich werde abnehmen, ich mache die beste Diät, schwor er sich. Strampelnd und sich windend wie eine Schlange schob er sich nach vorne. Einige Male kam er nicht weiter und Panik erfasste ihn. Er musste sich zwingen, kurz ruhig zu bleiben und sich dann mit einem energischen Ruck zu befreien.

Mario kam sich vor, als hätte er gerade einen Marathon hinter sich gebracht, als er sich endlich aus dem Fenster schob. Die Gitterabdeckung über ihm ließ nicht zu, dass er sich aufrichtete. Schnee rieselte durch das Gitter und ihm in den Kragen. Im Watschelgang, den Rucksack hinter sich herziehend, bewegte er sich durch den Schacht, der an einer Mauer endete. Ihm blieb nichts anderes übrig, als das Gitter über ihm in die Höhe zu stemmen, wobei ihm eine große Ladung Schnee auf den Kopf fiel. Er hustete und spuckte.

Endlich war er frei. Er schwitze am ganzen Körper. Mario spürte, wie ihn ein Zittern erfasste. Er hatte es schon früher erlebt. Kroch die Kälte erst einmal unter seine Haut und in seine Knochen, so bekam er Schüttelfrost, der ihn keinen geraden Satz mehr sprechen ließ. Den Rucksack in der Hand machte er ein paar Schritte voran.

Aus dem ersten Stock fiel Licht und beleuchtete den Abgang von der Terrasse auf die Straße. Mario erkannte, dass er sich fast an derselben Stelle befand wie vor ein paar Stunden, als er von dort den großen Mann beobachtet hatte, der einen Menschen aus dem Hotel auf der Schulter fortgetragen hatte.

Mario hielt die Luft an. Der Mann war zurückgekehrt. Er holte etwas aus der Jacke und ging die Stufen zur Terrasse hinauf und auf das Hotel zu.

Mario schlich näher und spähte durch die Latten der Einzäunung zur Fassade.

Der Mann öffnete eine der Terrassentüren und verschwand im Haus. Mario wartete kurz. Er hatte Mühe, ruhig zu atmen. Das Zittern wurde immer heftiger und er glaubte, die Kontrolle über seine Arme und Beine zu verlieren.

Mario musste ins Warme. Er musste in das Haus. Wenn die Tür noch offen stand, war es die richtige Gelegenheit für ihn.

GELDBÜNDEL

Die Wohnung der Wunderers war in einem Stil eingerichtet, den Veronika insgeheim immer »Billig-Protz« genannt hatte. Die Stuckatur an der Decke war aufgeklebt, die Barockmöbel waren schlechte Kopien und das Vorzimmer mit den goldenen Wänden wirkte wie ein lächerlicher Abklatsch des Appartements von Donald Trump in New York.

Die Eltern boten Veronika keinen Platz an, aber sie setzte sich einfach in einen der Sessel mit abgewetzter Brokatbespannung. Der Rahmen krachte, als sie sich hineinfallen ließ und ihre Mutter verzog das Gesicht, als würde es ihr Schmerzen bereiten.

Noch immer hielt Veronika eine Tasche in den Händen. Sie holte ein Bündel verschweißter Banknoten heraus und wedelte damit in der Luft herum.

»Was ist das für Geld? Wo kommt das her?«

Ihr Vater schwieg und schob das Kinn vor, um zu zeigen, dass er nicht daran dachte, zu antworten. Veronika begann deshalb, ein Banknotenbündel nach dem anderen aus der Tasche zu nehmen und auf den Couchtisch zu legen. Laut zählte sie die Beträge zusammen. Die Tasche enthielt 500.000 Euro in Fünfzigeuroscheinen.

Noch immer presste ihr Vater die zweite Tasche an seine Brust, als wäre es ein Baby.

»Ich nehme an, dort ist auch so viel drinnen. Eine Million Euro. Versteckt in der Wäschekammer. Du hast das Geld erst vor drei Tagen ins Haus gebracht. Aber woher kommt es?«

»Das würde mich auch interessieren, nachdem ich unsere Bank beknien musste, unseren Überziehungsrahmen zu erweitern.« Frau Wunderer fixierte ihren Mann von der Seite. Er drehte den Kopf etwas weg und sie stellte sich vor ihn, um ihn von dort anzustarren.

»Am Dienstag hast du das Geld ins Haus gebracht, am Mittwoch am frühen Morgen bricht jemand bei uns ein, obwohl es doch hier um diese Zeit nichts zu stehlen gibt. Es muss also jemand gewusst haben, dass du das Geld hast. Mein Verdacht ist auf Ignaz gefallen, weil er große Fußabdrücke hinterlassen hat.« Veronika sah ihren Vater herausfordernd an. »Sag etwas dazu. Stimmt es, was ich da geschlussfolgert habe oder nicht?«

»Sprich endlich, Matthias!«, brauste Frau Wunderer auf. »Du meinst doch nicht, dass wir einfach zum normalen Tagesgeschäft übergehen können, wenn du uns keine Erklärung gibst.«

Veronika staunte. Zum ersten Mal verbündete sich ihre Mutter mit ihr.

Noch immer hatte Herr Wunderer die Lippen zusammengepresst. Seine Frau trat zu ihm. Mit einer energischen Handbewegung und Kraft, die ihr Veronika nie zugetraut hätte, entriss sie ihm die zweite Tasche. Herr Wunderer protestierte schwach.

Veronika wiederholte ihre Frage. »Woher hast du eine Million Euro, die du vor Mutter und mir verheimlichen wolltest, von der aber Ignaz weiß?«

Herr Wunderer bekam einen hochroten Kopf. »Ich habe keine Ahnung, wieso er davon wissen sollte.«

»Ich auch nicht«, sagte Veronika.

»Du fantasierst dir da etwas zusammen.«

»Der Einbruch hat stattgefunden. Ich habe keine Beweise, dass es Ignaz war, aber Vermutungen, da es kaum jemand anderen mit so großen Füßen auf dem Berg gibt. Willst du sagen, es ist jemand extra heraufgefahren, um das Geld zu stehlen? Dann muss noch jemand davon gewusst haben und wir wollen endlich hören, wer das sein kann.«

Veronika bekam Angst, ihr Vater könnte einen Herzinfarkt erleiden, so rot war sein Gesicht.

»Es geht euch nichts an und es ist mein Geld!«, zischte er.

»Es geht mich sehr wohl etwas an, denn ich bin deine Frau«, sagte Frau Wunderer scharf.

»Ich gebe das Geld in den Tresor im Büro«, entschied Veronika. »Dort ist es sicher.« Sie warf die Banknotenbündel in die Tasche zurück, stand auf und holte sich die zweite Tasche von ihrer Mutter.

»Da ist *mein* Geld!«, schrie Herr Wunderer.

Veronika wünschte eine gute Nacht und verließ die Wohnung. Ihr Vater rannte ihr nach, sie aber schlug ihm die Tür vor der Nase zu und stürmte die Treppe hinunter. Auf halbem Weg fiel ihr ein, dass sie das Gewehr oben vor der Wohnungstür hatte stehen lassen.

Zurück wollte sie unter keinen Umständen. Dieses Geld bekam ihr Vater nicht mehr. Veronika hatte bereits beschlossen, die Kombination des Tresors zu ändern, sodass ihr Vater ihn nicht öffnen konnte.

Im ersten Stock blieb sie kurz stehen und lauschte nach oben. Sie konnte nichts hören, was bedeutete, dass ihr Vater ihr nicht folgte.

Langsamer setzte sie den Weg nach unten fort, durchquerte die Halle und erreichte die Theke der Rezeption. Dort blieb sie stehen, weil sie etwas störte. Sie konnte aber nicht benennen, was.

Doch. Es lag ein Geruch in der Luft, den sie erst kürzlich gerochen hatte: Feuchte Wolle, der Mief eines nassen Kellers.

Es war der gleiche Geruch wie beim Einbruch vor drei Tagen.

Veronika fühlte einen kalten Luftzug. Erschrocken sah sie sich um. Es war doch alles verriegelt und abgeschlossen. Das Eingangstor war ausgeschaltet und konnte selbst mit dem Code nicht geöffnet werden.

Am besten, sie warf das Geld in den Tresor und holte danach das Gewehr von oben.

Nein, das war Veronika zu unsicher. Sie würde in den ersten Stock laufen und Herrn Reder wecken, der sie ohnehin in Kürze ablösen sollte.

Veronika drehte sich von der Rezeption weg und machte ein paar schnelle Schritte in Richtung Treppe. Ihre Knie begannen zu zittern, als sie hinter sich eine Bewegung wahrnahm. Als Veronika reagierte und sich umdrehen wollte, traf sie etwas Kantiges am Kopf. Hart schlug sie auf dem Boden auf und spürte einen stechenden Schmerz an ihrer Schläfe. Neben ihr kam ein grüner Gegenstand zum Liegen.

»Halt!«, rief jemand von der Treppe.

STILLE

»Um Himmels willen!« Poppi stand auf dem mittleren Treppenabsatz, Klaus war ein paar Stufen vor ihr. Er war unterwegs zu Veronika gewesen und Poppi begleitete ihn, weil sie nicht allein im Zimmer bleiben wollte.

Sie hatten gesehen, wie Veronika auf die Treppe zugestolpert war, bevor sie ein grüner Aktenordner traf und sie zu Boden ging. Klaus stürmte die Stufen hinunter und sah sich in der Halle um.

Es war niemand da.

»Halt!«, wiederholte er so befehlend, wie er nur konnte.

Poppi rief laut nach oben. »Axel, Lilo! Kommt schnell.«

Klaus ging in die Hocke zu der liegenden Veronika. Sie wimmerte und Blut floss aus einer Platzwunde am Kopf. Neben ihr lagen die beiden weißen Kunststofftaschen. Aus einer waren ein paar Banknotenbündel gerutscht.

Die Stille der Halle war beängstigend. Aber Klaus war aufgrund seiner Arbeit mit unberechenbaren Tieren im Zoo darauf trainiert, Ruhe zu bewahren, auch wenn er unter hohem Druck stand. Egal, wie ihm zumute war, eine Raubkatze durfte das nie bemerken. Sie musste immer das Gefühl haben, er wäre ihr überlegen. Daher schaffte er es auch in diesem Moment, einfach nur abzuwarten, als bestünde keine Gefahr.

»Lilo! Axel!« Poppi konnte nicht laut schreien, weil ihr Hals nicht mitspielte. Der Schreck schlug sich bei ihr auf die Stimme.

Klaus nahm den Aktenordner, aus dem einige Papiere gefallen waren, und stand langsam auf. Er hatte eine Vermutung, wo sich der Angreifer befand, wollte ihn aber im Ungewissen darüber lassen.

Irgendwann würde der Angreifer auch ihn attackieren, weil er flüchten wollte. Diesen Angriff musste er abwehren oder ihm rechtzeitig ausweichen.

Poppi hielt sich mit einer Hand den prallen Bauch und griff mit der anderen nach dem Geländer, weil ihr schwindlig war. Sollte sie bei Klaus bleiben oder nach oben gehen und Lilo und Axel aus dem Zimmer holen?

Bis auf Veronikas stoßweises Atmen war nichts zu hören. Die Blutlacke unter ihrem Kopf wurde größer und Klaus wusste, dass er sie verarzten musste. Wenn er sich aber einen Moment abwandte, würde der Angreifer mit größter Wahrscheinlichkeit die Gelegenheit nutzen und auch ihn außer Gefecht setzen.

Klaus hielt die Luft an. Hinter ihm flüsterte Poppi etwas. Er konnte es aber nicht verstehen.

»Klaus ... das Baby ...«

Beim Wort Baby fuhr Klaus herum. Er sah Poppi an. Ihre Augen waren weit aufgerissen. Sie hatte den Mund zu einem stummen Schrei geöffnet. »Klaus ... das Baby ...«

Zwischen ihren Beinen auf dem Teppich war ein nasser Fleck zu sehen.

»Ich habe mein Wasser verloren.«

»Lilo! Axel!«, schrie Klaus aus Leibeskräften. »Hilfe! Kommt her! Schnell! Poppi bekommt das Baby!«

DER SCHUSS

Die Stimme drang aus weiter Ferne an Lilos Ohr. Sie hörte im Traum Klaus rufen, dass Poppi ihr Baby bekam. Im Halbschlaf schmiegte sich Lilo fester an Axel. Sie lag mit ihm und Lotta auf dem großen Bett ihrer Suite. Axel hatte den Platz in der Mitte und in jedem Arm eine seiner beiden Lieben.

»Hier ist ... jemand ... Hilfe!«

Axel fuhr mit einem erschrockenen Laut in die Höhe. »Was ist los?«

Nun erkannte auch Lilo, dass sie nicht bloß träumte.

»Hast du das gehört?«, fragte Axel leise. Er war wie benebelt, weil er so tief geschlafen hatte.

»Poppi und das Baby ...«, flüsterte Lilo.

Nun erwachte auch Lotta.

»Ich habe Angst«, wimmerte sie und schlang den Arm fest um ihren Vater.

»Lilo! Axel!«

Diesmal war den beiden alles klar: Klaus rief um Hilfe. Sie sprangen aus dem Bett. Schlaftrunken richtete sich Lotta auf.

Lilo warf Axel einen Bademantel zu und schlüpfte selbst in den zweiten.

»Was ist geschehen?« Lotta rieb sich die Augen.

»Bleib im Zimmer!«, befahl Lilo.

»Schließ dich im Bad ein«, trug ihr Axel auf.

»Nein. Bleibt da!« Lotta war sofort auf den Beinen und hängte sich an den Gürtel des Bademantels von Axel.

»Lotta, wir müssen zu Poppi und Klaus. Bitte tu, was wir sagen.« Axel löste den Griff seiner Tochter und schob sie sanft in Richtung Badezimmer.

Jemand klopfte an die Zimmertür. Lilo warf einen Blick durch den Spion.

»Dominik.« Sie riss die Tür auf. »Bleib bei Lotta«, rief sie. Dominik, der Henry im Schlepptau hatte, sah sie verwirrt an. Lilo zerrte ihn am Ärmel ins Zimmer und stürmte mit Axel zum Treppenhaus.

Sie liefen hinunter zur Halle und fanden Poppi auf dem letzten Absatz stehend. Entsetzt starrte sie zu Boden. Axel wusste sofort, was der Fleck zwischen ihren Füßen zu bedeuten hatte.

»Nach oben ... bring sie in ihr Zimmer«, sagte er zu Lilo. »Hinlegen. Liegen ist ...« Er konnte nicht weiterreden, weil er Veronika am Ende der Treppe in ihrem Blut liegend entdeckt hatte.

»Da ist jemand. Jemand hat Frau Wunderer niedergeschlagen«, berichtete Klaus keuchend.

Axel kam von oben langsam herunter. »Geh zu deiner Frau. Geh zu Poppi. Ich mach das hier.«

Klaus deutete Richtung Rezeption. »Von dort hat jemand den Ordner geworfen.« Er zeigte auf den Ordner, der neben Veronikas Kopf lag.

Axel konnte seine Angst nicht verbergen. Er wollte nicht allein mit einem gewalttätigen Menschen zurückbleiben, der hier irgendwo lauerte.

Klaus stampfte mit einem Fuß auf, um zu demonstrieren, dass er sich nicht wegbewegen würde.

»Geh zu Poppi«, wiederholte Axel.

»Zuerst muss ich Frau Wunderer verarzten.« Klaus hockte sich neben Veronika, die leise stöhnte. »Können Sie sich aufsetzen? Frau Wunderer? Hören Sie mich?«

Veronika nickte und Klaus nahm sie unter der Achsel, um sie hochzuziehen. Die Wunde an ihrer Schläfe sah schlimm aus und blutete heftig.

»Ich brauche meinen Notfallkoffer aus dem Auto.« Klaus setzte Veronika auf eine Stufe. »Wie kann ich den Eingang öffnen?«

»Der Schalter ist unter der Theke. ›Door 1‹ und ›Door 2‹.« Veronika konnte nur flüstern.

»Ich bin sofort zurück. Nicht bewegen«, trug Klaus ihr auf. Er lief auf die Rezeption zu, erreichte den Einstieg bei der hochgeklappten Theke und prallte zurück.

Von unten schnellte jemand hoch, einen grünen Ordner in den Händen, den er Klaus gegen den Kopf knallen wollte. Klaus reagierte schnell und duckte sich. Der Ordner flog über ihn hinweg.

Es war Ignaz, der dort gehockt hatte. Er warf sich gegen Klaus und stieß ihn mit beiden Händen nach hinten. Klaus stürzte auf den Rücken.

»Halt!«, befahl Axel. »Stehen bleiben!« Es klang nicht nur lahm, es war einfach lahm, da er keine Waffe bei sich hatte. Ignaz kümmerte sich nicht um ihn und rannte in Richtung Speisesaal. Axel stürmte ihm nach, aber Ignaz knallte ihm den offenen Flügel der Saaltür mit aller Wucht entgegen.

Axel riss geistesgegenwärtig die Arme hoch. Die Tür knallte hart gegen seine Unterarmknochen.

Im Saal hörte er Ignaz' Schritte, dann ein Poltern, als wäre ein schwerer Körper zu Boden gegangen. Axels Arme waren ein einziger Schmerz, als er die Tür aufzog.

Er sah Ignaz auf dem Boden liegen. Ein sehr untersetzter Mann mit hochrotem Gesicht warf sich auf seinen Rücken und versuchte, die langen Arme zu fassen zu bekommen. Ignaz kämpfte mit allen Kräften um seine Freiheit, bäumte sich auf und versuchte, den Angreifer abzuschütteln.

Weil seine Arme noch immer wehtaten, konnte Axel nicht eingreifen. Ignaz durfte aber nicht entkommen. Deshalb lief Axel zur halb offenen Terrassentür und baute sich davor auf.

Der Tiroler war kräftiger, als Axel es vermutet hätte. Er schaffte es, den schweren Mann, der sich an seinem Hals festklammerte, abzuschütteln und mit einer energischen Drehung gegen die Wand zu schleudern. Danach setzte er die Flucht fort, sah Axel kurz in die Augen und stürmte einfach auf ihn los, als wollte er ihn niederrennen.

Axel wich nicht aus, spürte aber das Glas der Scheibe an seiner Seite. Ignaz holte mit der rechten Faust weit aus, um Axel einen Hieb zu verpassen. Noch immer stand Axel stocksteif da, die Faust sauste durch die Luft auf ihn herab. Nur Bruchteile von Sekunden bevor sie ihn traf, wich Axel blitzschnell nach unten aus. Jahrelanges Rugby-Training hatte ihm diese Fähigkeit verliehen, die er nie verlernt hatte.

Die Faust des riesigen Ignaz verfehlte Axels Gesicht und knallte ungebremst gegen das Glas. Es zerbrach und die Sprünge schossen wie hunderte Blitze nach allen Seiten. Es war Sicherheitsglas mit einer Folie zwischen den Glasscheiben. Das Glas zerbrach nicht, sondern wurde von der Folie zusammengehalten. Ignaz blieb mit der Faust im Loch stecken, das er geschlagen hatte. Nach einer Schrecksekunde riss er die Hand in die Höhe. Dabei schnitten ihm die Splitter die Haut am Gelenk auf. Auch darum kümmerte er sich nicht. Er holte aus, um nach Axel zu treten, der sich aber mit einer schnellen Rolle zur Seite retten konnte. Der Tritt ging gegen den Rahmen der Terrassentür, die heftig erschüttert wurde.

Der Weg war für Ignaz frei.

»Bleib stehen. Ich schieße sonst!«, gellte ein Schrei durch den Saal.

Ignaz kümmerte sich nicht darum und bewegte sich weiter. Gleich darauf knallte ein Schuss und etwas schlug ins Holz über Axel ein. Draußen auf der Terrasse schrie Ignaz auf. Es folgte ein Poltern und danach herrschte Stille.

In der Tür des Speisesaals stand Herr Wunderer, das Gewehr in der Hand. Er hatte geschossen.

Axel hob die Hände, um ihm zu deuten, dass er das Gewehr von ihm wegrichten sollte. »Ganz ruhig, ich habe nichts getan«, sagte er.

»Weiß ich«, knurrte Herr Wunderer. Er kam zur Tür und richtete den Lauf hinaus auf die Terrasse. Axel erhob sich, seine Beine knickten fast ein, so geschockt war er. Er warf einen Blick über die Schulter von Herrn Wunderer.

Ignaz war verschwunden.

Herr Wunderer ging hinaus und schwenkte das Gewehr herum. »Rühre dich nicht vom Fleck!«, befahl er.

Im Schnee sah Axel eine Spur, die zur Treppe führte. Er machte ein paar Schritte in den Schnee hinaus und sah Ignaz am Fuße der kurzen Treppe auf der Straße bäuchlings im Schnee liegen.

»Noch ein Blödsinn von dir und ich knall dir ins Bein«, drohte Herr Wunderer.

Ignaz drehte den Kopf zu ihm. Schnee klebte auf seinen Augenbrauen.

»Ich will mein Geld«, sagte er heiser. »Ich will mein Geld, Vater!« Das Wort »Vater« spuckte er aus, als wäre es das schlimmste Schimpfwort.

SCHLAFLOSE NACHT

Der Speisesaal des *Alpenschlössels* hatte in den vergangenen 24 Stunden schon viel gesehen.

Zuerst ein fröhliches Hochzeitsessen.

Dann die Spannung vor der Überraschung aus der riesigen Hochzeitstorte.

Minuten später einen Toten.

Stunden danach die Entführung des Toten.

Danach einen neuerlichen Einbruch, gefolgt von einem Kampf und einem Schuss.

Nun war der Speisesaal zum Verhörraum umfunktioniert worden. Ignaz und Mario saßen beide auf Stühlen, die Handgelenke hinter der Stuhllehne zusammengebunden und mit einem Stück Strick an der Lehne fixiert. Flüchten war auf diese Weise unmöglich, da sie zuerst die Fesseln zerreißen mussten und dann die Stühle zerschmettern. Beides war – das hoffte Axel jedenfalls – durch die Festigkeit des Seils und seiner Spezialknoten ein Ding der Unmöglichkeit.

Den beiden Männern gegenüber saß Herr Wunderer, das Gewehr auf dem Schoß, den Lauf genau zwischen die zwei gerichtet. Axel war bei ihm und überlegte, was nun am besten zu tun war. Ignaz starrte mit versteinertem Gesichtsausdruck ins Leere, der andere Mann schwitzte und beteuerte ständig, wie leid ihm alles täte, ohne aber näher zu erklären, was er meinte.

Im ersten Stock war ein Zimmer zu einem Not-Operationssaal umfunktioniert worden. Klaus hatte im Kofferraum seines Wagens zum Glück seine Ausrüstung, die er immer mitführte, wenn er zu Notfällen gerufen wurde.

»Ich bin Tierarzt, aber da kein anderer Arzt in der Nähe ist, vertrauen Sie mir bitte. Bei einer Platzwunde besteht kein Unterschied zwischen Tieren und Menschen. Es ist beim Menschen sogar einfacher, da Sie die Wunde sicher nicht ablecken werden und nicht versuchen werden, den Verband sofort vom Kopf zu reißen.«

Veronika, bei der der Schock langsam etwas nachließ, zeigte sogar ein Lächeln angesichts Klaus' Ansprache. Er betäubte die Wunde, desinfizierte sie gründlich und begann sie dann zu nähen.

Ein Zimmer weiter lag Poppi auf dem Bett. Sie hatte die Hände auf dem Bauch und blickte besorgt von Lilo zu Frau Wunderer, die von oben zu ihr gekommen war.

»Wenn das Baby jetzt kommt, was tun wir dann?« Genau vor einer solchen Situation hatte sich Poppi gefürchtet. Die Schwangerschaft hatte sie letztendlich gut überstanden und nun bestand Gefahr für das Baby bei der Geburt.

Lilo fühlte sich unendlich schuldig, wollte es sich aber nicht anmerken lassen. Poppi sollte durch Lilos schlechtes Gewissen, darauf bestanden zu haben, die Hochzeit so kurz vor dem Geburtstermin abzuhalten, nicht noch größere Angst bekommen.

Frau Wunderer legte Poppi ein feuchtes Handtuch auf die Stirn.

»Ich habe nur eine Tochter zur Welt gebracht und das liegt schon 31 Jahre zurück, aber solange keine Wehen eingesetzt haben, will das Baby noch nicht auf die Welt.«

»Wird morgen die Straße frei sein? Ich muss ins Krankenhaus.«

»Gegen sieben Uhr in der Früh erhalten wir Nachricht und dann wissen wir mehr. Wenn das Schneien aufhört, kann zur Not ein Rettungshubschrauber kommen«, erklärte Frau Wunderer zu Poppis Beruhigung.

In Schloss Lucasberg schritt Lady Ross durch die nächtlichen Gänge, in denen es noch kälter war als tagsüber. Sie fand - wie so viele andere - keine Ruhe in dieser Nacht.

Mit einer starken Handlampe ausgerüstet, stieg sie die Wendeltreppe hinunter, die in einen selten genutzten Keller des Schlosses führte. Als sie die letzte Stufe hinter sich gelassen hatte, blieb Lady Ross stehen und zog ihre Nerzjacke vorne fest zusammen. Sie rückte den dicken Kaschmirschal und die Fellkappe, die wie ein Storchennest auf ihrem Kopf saß, zurecht. Die freie Hand hatte sie in einen altmodischen Muff aus Fell gesteckt, musste sie nun aber herausziehen, um die Türe zu öffnen, vor der sie stand. Von oben zog sich ein langes Kabel die Treppe hinunter bis in den Keller und unter einer der Türen durch.

Lady Ross richtete sich auf, steckte den langen Schlüssel ins Schloss, drehte ihn und drückte die Klinke nieder. Mit leisem Knarren und Quietschen schwenkte die Tür nach innen auf.

Langsam senkte die Lady ihren Blick auf den leblosen Mann, der auf dem Boden lag. Sie machte einen Schritt näher, zögerte und stieß dann mit der Spitze ihres Schuhes prüfend gegen seine dünne Sohle, die unter der Decke hervorragte. Sie wartete. Danach versetzte sie dem Fuß des Toten einen zweiten sanften Tritt, den Blick dabei immer auf das blasse Gesicht gerichtet.

Schließlich schritt sie neben dem Mann vorbei und kam auf Höhe seines Kopfes zum Stehen. Mit dem Schuh lüpfte sie den Rand der Decke auf seiner Brust und zog sie hoch über sein Gesicht. Dabei verlor sie fast das Gleichgewicht und musste sich mit der Hand an der Wand abstützen.

Nachdem sie den Raum wieder verlassen hatte, schloss sie die Türe hinter sich. Sie drehte den Schlüssel einmal im alten, knirschenden Schloss. Ohne ihn abzuziehen, machte sie sich wieder auf den Weg nach oben.

Die Wendeltreppe hatte eine Tür im Erdgeschoß, die in den Innenhof führte. In der Mitte des Hofes lag hoch der Schnee, die Seiten aber, über die das Vordach ragte, waren fast trocken. Lady Ross ging entlang der Mauer, die Hand im Muff. In diesem Stockwerk des Schlosses gab es nur Lagerräume und ein Spitzbogentor mit einer kunstvollen Einfassung. In den Stein waren Girlanden, aber auch freundliche und dämonische Fratzen gemeißelt.

Das Holztor war schwer und die Lady musste sich fest dagegenstemmen, um es aufzudrücken. Sie leuchtete in den Raum.

Es war ein hohes Gewölbe, in dem drei Reihen alter Kirchenbänke standen. An der Stirnseite erhob sich ein kleiner Altar, umgeben von geschnitzten, halbnackten kleinen Engeln, die den Anschein machten, jubelnd Richtung Decke zu fliegen.

Neben dem Tor befanden sich drei altmodische Lichtschalter an der Wand, die man drehen musste. Es klickte und elektrische Kerzen gingen an. Lady Ross schritt zum Altar nach vorne. Jeder Schritt hallte in der Kapelle wider. Auf der Stufe vor dem Altar lag eine Schachtel mit langen Streichhölzern. Sie nahm eines heraus und strich es an.

Mit der Flamme entzündete sie die dicken Kerzen in der Kapelle. Manche standen auf vergoldeten Leuchtern, manche waren halb abgebrannt und einfach nur auf den Boden oder die Altarplatte gestellt.

An der linken Seite des Raumes befand sich eine rechteckige Öffnung im steinernen Boden. Eine Winde war darüber aufgestellt, die eine dicke Steinplatte aufgeklappt hielt.

ERBSCHAFT

»Wieso haben Sie Jamies Leiche ins Schloss getragen?« Axel hatte weder Übung noch Erfahrung im Verhören von Leuten.

Ignaz sah ihn mit ausdrucksloser Miene an und schwieg.

»Haben Sie ihn umgebracht?«, fuhr Axel den Mann an, der auch sitzend ein Riese war.

Ignaz sagte kein Wort.

»Sie wissen, woran er gestorben ist, nicht wahr? Sie wollen die Spuren vertuschen.«

»Ich weiß nicht, wovon Sie reden.« Ignaz blickte gelangweilt zum Fenster.

Der schwergewichtige Mann neben ihm meldete sich schnaufend zu Wort. »Ich habe Fotos auf meinem Handy. Es war sehr dunkel, aber es sind Fotos von diesem Mann, wie er den Toten fortträgt. Auf der Schulter. Er hat mit einem Besen die Spuren im Schnee verwischt.«

»Wer sind Sie?«, wollte Axel wissen.

»Mario Zylkor ist mein Name.«

»Zylkor?« Herr Wunderer hatte den Namen schon einmal gehört.

»Ich bin mit Ihrer Tochter in die Schule gegangen.« Mario hatte beschlossen, nichts zu leugnen und die Wahrheit zu sagen. Im Grunde genommen hatte er sich nichts zuschulden kommen lassen. Er war heimlich in das Hotel geschlichen und hatte sich kurze Zeit in einem Zimmer versteckt, das war alles.

Natürlich gab es da noch die Droh-E-Mails, aber darüber wollte er mit Veronika persönlich reden. Unter vier Augen.

Axel wandte sich Mario zu. »Was tun Sie hier im Hotel? Sie sind im dritten Stock am Fenster gestanden, nicht wahr?«

»Ich wollte diese Hochzeit stören, weil ich mich bei Veronika für etwas rächen wollte. Aber ich habe nichts getan.« Mario spürte den nächsten Schweißausbruch.

»Mit Jamies Tod haben Sie nichts zu tun?« Gleich nachdem Axel die Frage gestellt hatte, fand er sie dumm. Niemand würde mit Ja antworten.

»Ich habe es nur mitgekriegt, aber sonst nichts gesehen. Außer diesem Mann, der den Toten auf der Schulter fortgetragen hat.«

Axel wandte sich an Herrn Wunderer. »Ist Ignaz wirklich Ihr Sohn?«

Herr Wunderer zögerte mit der Antwort. Ignaz kam ihm zuvor. »Dieser Herr hatte ein Verhältnis mit meiner Mutter. Sie war hier im Hotel Zimmermädchen. Er hat ihr versprochen, seine Frau zu verlassen. Aber als meine Mutter mit mir schwanger war, hat er ihr einen Diebstahl untergeschoben.«

Fragend sah Axel zwischen Ignaz und Herrn Wunderer hin und her.

»Sage ich die Wahrheit? Los! Du kannst es leugnen, aber ich habe einen Vaterschaftstest gemacht. Mit deinen letzten Haaren, die ich kriegen konnte.« Ignaz konnte seinen Zorn schlecht verbergen. »Du bist mein Vater. Ich habe es schwarz auf weiß.«

Was Axel nicht verstand, war Ignaz' Auftauchen und die Aussage über das Geld.

»Meine Mutter hat geahnt, dass er sie fallenlässt, wenn er sie nicht mehr braucht«, fuhr Ignaz fort. »Sie war ein Zimmermädchen, aber nicht dumm. Deshalb hat sie alles über diesen Herren gesammelt, was sie im Haus finden konnte. Zum Beispiel hat sie herausgefunden, dass er eine Lebensversicherung abgeschlossen hat, die er nach dreißig Jahren ausbezahlt bekommt. Eine Million Euro. Sie wusste auch, dass er immer Einnahmen vor seiner Frau verheimlicht und in bar im Safe in der Wäschekammer versteckt hat. Meine Mutter hat viele Notizen angelegt und als er sie dann wirklich rauswerfen hat lassen, hat sie den feinen Herren hier ein wenig unter Druck gesetzt.«

»Sie hat mich bluten lassen. Ein Leben lang«, brauste Herr Wunderer auf.

»Weil du sonst nie etwas für mich und meine Ausbildung gezahlt hättest«, schnauzte ihn Ignaz an.

»Ihr seid Diebe, du und deine Mutter.«

»Es wird Zeit, dass deine Frau erfährt, wer du wirklich bist«, entgegnete Ignaz voller Feindseligkeit.

»Du wirst Luise fein in Ruhe lassen.«

»Dann gib mir die Lebensversicherung! Du hast sie ausbezahlt bekommen. Sie ist im Haus. In den weißen Taschen.« Ignaz schien es nicht zu stören, gefesselt dazusitzen. »Gib mir die Hälfte und deine Frau erfährt nichts.«

»Das Geld gehört dir nicht.«

»Mir steht eine Erbschaft zu. Ich bin dein Sohn und ich habe Recht auf ein Erbe. Du musst dafür nicht mal sterben, du kannst es mir jetzt schon ausbezahlen. Oder in Hochlissen erfährt der ganze Ort alles über eure ›gute Ehe‹, auf die ihr so stolz seid und bei der ihr jedes Jubiläum in der Kirche feiert, wo euch der Pfarrer seinen Segen gibt.«

Herrn Wunderer war anzusehen, dass Ignaz mit dieser Drohung einen Nerv traf.

»Nein«, wiederholte er.

»Oh doch.« Ignaz klang gefährlich ruhig.

Axel trat zwischen die beiden. »Sie können sich das alles später ausmachen. Jetzt will ich endlich wissen, warum Sie Jamies Leiche von hier weggetragen haben.«

SCHULDLOS

Lilo betrat den Speisesaal. Im Türrahmen blieb sie stehen und betrachtete verwirrt die Szene, die sich ihr bot.

»Wir unterhalten uns nur«, erklärte Axel. »Sehr interessante Sachen, die wir erfahren. Aber das Wichtigste fehlt noch.« Er drehte sich zu Ignaz. »Wieso kommt jemand auf die kranke Idee, einen Toten zu stehlen, wenn der Todesfall schon schrecklich genug für alle Beteiligten ist?« Den letzten Satz schrie er. Ignaz zuckte leicht zusammen.

»Krank, das ist das einzig richtige Wort«, gab ihm Lilo recht. Dann wandte sie sich an Herrn Wunderer. »Ihre Frau meint, ich soll Sie fragen, ob Sie in Hochlissen die Leute, die die Pisten präparieren, per Funk erreichen können. Poppi ist in Panik, dass sie ihr Baby hier bekommt. Sie muss in ein Krankenhaus.«

»Ich kann helfen«, bot Mario an. »Ich bin Krankenpfleger und meine Mutter ist Hebamme. Ich war als Kind bei vielen Geburten dabei und ich kenne mich ein wenig aus. Ich meine, bis Hilfe kommt.« Er bemerkte die zweifelnden Blicke von Axel und Lilo. »Mein Ausweis ist in meiner Geldtasche. Der Ausweis vom Krankenhaus. Ich sage die Wahrheit.«

Axel kam zu ihm und Mario hob eine Hinterbacke. Aus der Tasche der Hose zog Axel mit spitzen Fingern eine abgewetzte Ledergeldtasche. Er öffnete sie und in einem Sichtfenster steckte ein Lichtbildausweis, der Mario als Mitarbeiter des Krankenhauses auswies.

»Kommen Sie mit.« Lilo ging voran. Mario ruckte am Stuhl, um darauf aufmerksam zu machen, dass er noch gefesselt war.

Axel steckte die Geldtasche ein und löste dann die Fesseln. »Den Ausweis behalte ich zur Sicherheit.«

Mario zuckte mit den Schultern. »Ich habe beim Abschluss der Pflegerschule einen Eid geschworen, immer zu helfen, wenn ich dazu in der Lage bin. An so etwas halte ich mich.« Dann eilte er Lilo hinterher.

Als er nach ihr den ersten Stock erreichte, kam ihm Veronika entgegen. Sie sah sehr blass aus und hatte einen breiten Verband um den Kopf.

Mario und Veronika standen einander kurz gegenüber und sahen sich an.

»Mario Zylkor?« Veronika war natürlich mehr als verwundert, ihn nach all den Jahren hier zu sehen.

Er nickte wortlos.

»Mario?« Ihr dämmerte, was der Name bedeuten konnte. »Mario9990?«

Diesmal nickte er nicht, aber sein Schweigen war Antwort genug.

»Du hast mir diese E-Mails geschickt und diese Puppen?«

Er verzog das Gesicht. »Was für Puppen?«

»Voodoo-Puppen mit Nadeln im Körper.«

»Nein. Sicher nicht. Die E-Mails, ja.«

»Wofür soll ich bezahlen?«

»Woher kennt ihr euch?«, wollte Lilo wissen.

»Aus der Schule«, erklärte Mario.

»Wir reden über alles«, sagte Axel. »Aber zuerst Poppi.« Klaus war nachgekommen und Axel erklärte ihm, wieso

Mario helfen konnte. Klaus hatte Bedenken, ließ Mario aber schließlich in das Zimmer seiner Frau.

Axel schüttelte ratlos den Kopf. »Wissen Sie, was Mario hier zu suchen hat?«

»Ahnen kann ich etwas. Aber wenn es das ist, was ich glaube, dann liegt er falsch«, antwortete Veronika und Axel wurde noch immer nicht klüger. Sie schilderte in ein paar Worten ihre Erinnerungen aus der Schulzeit und was Mario damals angetan worden war. »Aber ich hatte nie damit zu tun. Ich war bloß heilfroh, dass mich diese Nora nicht als Opfer ausgesucht hat.«

»Sie haben ihm aber auch nicht geholfen«, meinte Lilo.

»Hätten Sie das getan, damals in der Schule, wenn Sie zu den Uncoolen gehört haben?«, erwiderte Veronika.

»Nein«, gab ihr Axel recht. »Aber wir waren immer zu viert und dicke Freunde. Uns hat niemand etwas anhaben können.«

SCHLÜSSEL

»Ich mache mir solche Vorwürfe!« Lilo hatte sich mit Axel in die Ecke der Eingangshalle zurückgezogen, wo sie in den vergangenen Stunden so oft gesessen hatten. »Wenn Poppis Baby etwas geschieht, wenn die Geburt nicht in Ordnung läuft, wenn ...« Weil sie zu weinen begann, drehte Lilo schnell den Kopf weg. Axel setzte sich neben sie und nahm sie in die Arme.

»Du bist die klügste Frau, die ich kenne, und die liebste. Aber du bist keine Hellseherin und niemand hat ahnen können, was sich hier seit Donnerstag abgespielt hat.«

»Poppi muss so schnell es geht ins Tal, nach Innsbruck.«

»Vielleicht kann Herr Wunderer funken«, fiel Axel ein. Er lief in den Speisesaal, wo Veronikas Vater noch immer gegenüber von Ignaz saß, das Gewehr auf ihn gerichtet. Seine Frau und seine Tochter standen hinter ihm. Ihnen war anzusehen, dass sie die Wahrheit über das Verwandtschaftsverhältnis mit Ignaz erfahren hatten.

Axel hatte keine Zeit für lange Einleitungen. »Können Sie Funkkontakt herstellen?«

»Frühestens morgen, wenn es hell ist. Vorher hat es keinen Sinn«, sagte Herr Wunderer, ohne seinen Blick von Ignaz zu nehmen.

»Wo ist Jamies Leiche?« Axel genierte sich für diese Frage, die so unglaublich grausam klang.

»Das müssen Sie die Lady fragen«, antwortete Ignaz ruhig.

Weil ihm etwas eingefallen war, trat Axel zu dem gefesselten Mann. Er tastete seine Jacke ab und danach seine Hosentaschen. In der linken fand er, was er suchte: einen Bund mit Schlüsseln. Außerdem einen Autoschlüssel, den er auch an sich nahm.

»Wollen Sie mit dem Auto fahren? Jetzt?«, fragte Ignaz mit spöttischem Unterton.

Als Axel in die Halle zurückkehrte, musste er als Erstes Lilo umarmen und küssen. Er drückte und streichelte sie zärtlich und beteuerte, wie sehr er sie liebte. Es war für ihn unvorstellbar, sie zu verlieren, so wie Dominik den liebsten Menschen seines Lebens vor Stunden verloren hatte.

Zu Axels Enttäuschung erwiderte Lilo seine Liebesbekundung nicht so herzlich, wie er sich das erwartet hätte.

»Axel, mir ist etwas eingefallen«, flüsterte sie. »Ich weiß, wie Jamie gestorben sein kann.«

»Wie?« Axel verstand, wieso Lilo abgelenkt war.

»Ich glaube, Lady Ross hätte ermordet werden sollen.«

»Von wem?«

»Vielleicht von Ignaz.«

»Aber weshalb? Was hat er für ein Motiv?«

»Vielleicht hat sie ihn in einem Testament bedacht. Oder sie wusste etwas über ihn. Bei Mord geht es doch meistens um Geld, Rache, Liebe, Affekt oder darum, jemanden zum Schweigen zu bringen.«

»Wieso hat er dann den toten Jamie weggebracht?«

»Damit nie herausgefunden werden kann, auf welche Weise er die Lady umbringen wollte.«

»Welche Weise wäre das gewesen?«

»Ich fürchte, Jamie ist ein winziges Laster zum tödlichen Verhängnis geworden.«

»Was meinst du, Lilo?«

»Auf der Terrasse haben wir das silberne Zigarettenetui von Lady Ross gefunden. Es ist im Schnee gelegen und es haben Zigaretten gefehlt.«

Noch immer verstand Axel nicht, was Lilo damit sagen wollte.

»Dominik hat doch erzählt, dass Jamie manchmal aus Nervosität geraucht hat. Aus dieser Torte zu springen und für uns zu tanzen und dann Dominiks ältesten und besten Freunden vorgestellt zu werden, das macht sicher nervös.«

»Du meinst, er hat eine von Lady Ross' Zigaretten geraucht?«

»Er hat das Etui auf der Terrasse auf dem Tisch gesehen und sich eine Zigarette genommen.«

»Von einer Zigarette stirbt man nicht.«

»Wenn Gift im Tabak ist, schon.«

Axel begann zu verstehen. »Du meinst, die Zigarette war vergiftet, und Lady Ross sollte sie rauchen. Doch Jamie hat sie aus Versehen geraucht und ist daran gestorben?«

Lilo nickte. »Das erscheint mir sehr, sehr wahrscheinlich.«

»Ein ziemlich habgieriger Mensch, dieser Ignaz. Hier wollte er sich auch Geld holen«, erzählte Axel und berichtete von allem, was er vorhin erfahren hatte. Ihm kam noch ein Gedanke. »Könnte er diese Voodoo-Puppen verteilt haben? Vielleicht um abzulenken und damit es so aussieht, als wären alle Frauen in Gefahr: Veronika, die Lady ...«

Ausschließen wollte Lilo das nicht. Überzeugt war sie aber auch nicht.

»Wir müssen Lady Ross auf jeden Fall warnen.« Axel stand auf. »Sie könnte noch mehr vergiftete Zigaretten von Ignaz bekommen haben.«

»Funktionieren die Telefone schon wieder?« Lilo zog ihr Handy heraus und überprüfte den Empfang. Sie hatte noch immer keinen.

»Dann bleibt uns nur übrig, zum Schloss zu gehen und mit ihr zu sprechen. Ich habe die da.« Axel hielt Ignaz' Schlüssel hoch, schüttelte sie und ließ sie klingeln.

DIE WARNUNG

Poppi lag mit mehreren Kissen im Rücken auf dem Bett, Mario saß auf einer Seite, Klaus auf der anderen. Klaus hielt Poppis Hand, Mario leitete sie zum ruhigen Atmen an.

»Wird das Kind bald kommen?«, fragte Poppi.

»Langsam einatmen, Luft kurz anhalten, ausatmen«, setzte Mario die Übung fort, ohne ihre Frage zu beantworten.

»Ist es gefährlich für das Kind, dass die Fruchtblase schon geplatzt ist?«

»Sie haben noch keine Wehen und das bringt Zeit«, erklärte Mario mit gleichbleibend ruhiger Stimme.

»Wirklich?« Poppi drehte den Kopf zu Klaus. »Ist das wahr?«

»Mario kennt sich aus und wir vertrauen ihm.« Klaus lächelte sie an, strich ihr über die Wange und nahm dann das feuchte Handtuch von ihrer Stirn. Er ging ins Badezimmer, um es wieder unter das kalte Wasser zu halten. Poppi hatte erklärt, wie angenehm die Kühlung war.

Es klopfte und Lilo streckte den Kopf ins Zimmer. »Alles in Ordnung hier?« Sie versuchte, so locker und fröhlich wie möglich zu klingen, weil das seit Kindertagen Poppis Angst verkleinert hatte.

»Wir machen das großartig«, antwortete Mario für Poppi und atmete geräuschvoll weiter, um sie zum Mitmachen anzuregen.

»Uns geht es gut«, versicherte Poppi, die Lilo die Aufregung und das schlechte Gewissen ansah. Sie wollte nicht noch mehr dazu beitragen.

Lilos nächster Weg führte zu Dominik, Henry und Lotta. Sie fand die drei auf dem Bett, schlafend. Henry hatte sich an Dominik geschmiegt, Lotta an Henry und Dominik hielt ein Kissen im freien Arm wie einen Teddybären. Lilo überlegte, ob sie das Licht am Nachtkästchen ausschalten sollte, ließ es aber bleiben.

Wenn einer der drei wach wurde, sollten sie sich orientieren können.

In der Halle wartete Axel auf sie. Er reichte Lilo die dicke Jacke und sie schlüpfte in die Moonboots, die sie von oben mitgebracht hatte.

Veronika kam aus dem Speisesaal. »Mein Halbbruder, der Leichen stiehlt und Geld haben will«, sagte sie niedergeschlagen.

»Wie nimmt Ihre Mutter die Sache auf?«, wollte Lilo wissen.

»Sie ist auf einmal sehr freundlich zu mir, weil in ihrem Leben doch nicht alles so perfekt ist, wie sie immer behauptet hat.« Veronika setzte sich. »Ich kann noch immer nicht glauben, dass Mario mich so sehr in Angst versetzt hat. Was ist nur in die Menschen gefahren?«

»Sie sollten ihn sehen, wie fürsorglich und professionell er sich um unsere Freundin kümmert«, sagte Lilo.

»Ich störe besser nicht.« Veronika lächelte ausweichend. Sie deutete auf Jacken und Moonboots. »Wohin gehen Sie? Es ist vier Uhr am Morgen.«

»Zum Schloss. Wir werden die Lady wecken und warnen. Wissen Sie, wo sich ihr Schlafzimmer befindet?«, fragte Axel.

»Nein, die Zimmer sind wie ein Ameisenbau. Ich verlaufe mich jedes Mal. Ich glaube, das Schlafzimmer ist am Ende des Ganges, wenn Sie die Haupttreppe heraufkommen.«

»Sie wird einen ziemlichen Schreck bekommen, wenn wir in ihrem Schloss auftauchen«, meinte Lilo.

Axel sah das anders. »Besser erschrocken als tot.« Als er Veronikas verwunderten Blick bemerkte, ergänzte er: »Wir müssen Sie warnen. Meine Frau hat einen sehr logisch klingenden Verdacht, wieso Jamie gestorben ist. Der Anschlag hat eigentlich der Lady gegolten.«

»Ein Anschlag auf Lady Ross? Wieso denn das?« Veronika war fassungslos.

»Das wissen wir auch nicht. Aber Ignaz scheint der Killer zu sein.«

Lilo deutete Axel, nicht weiterzureden. »Es sind alles Spekulationen. Im Zweifel immer für den Angeklagten. Also wir haben keine handfesten Beweise, aber starke Vermutungen. Deshalb möchte ich nicht mehr sagen.«

Ausgestattet mit den starken Handlampen machten sich Lilo und Axel auf den Weg. Unterwegs versanken sie knietief im Schnee, weil die Straße natürlich noch nicht geräumt worden war.

»Du hast mich zum ersten Mal ›deine Frau‹ genannt«, merkte Lilo an. »Das hat sich gut angehört.«

Axel beugte sich zu ihr und küsste sie auf die Wange. »Bist du doch auch.«

Lilo blieb stehen und sah Axel an. »Warst du eigentlich gleich in mich verknallt, als wir uns damals beim Lederhosen-Wettbewerb kennengelernt haben?«

»Wie kommst du jetzt darauf?« Obwohl Axel gut trainiert war, keuchte auch er von der Anstrengung des Aufstiegs. Die unerwartete Pause tat gut.

Lilo stieß ihn auffordernd an. »Sag schon, warst du verknallt, oder nicht?«

Axel antwortete mit einer Gegenfrage: »War es bei dir Liebe auf den ersten Blick?«

»Ja.«

Diese Antwort kam für Axel unvermutet. Er stieß einen Pfiff aus. »Aber dann habe ich dich näher kennengelernt und es war mit der Verliebtheit wieder vorbei. Sie ist erst später wiedergekommen.« Sie lachten beide kurz. »Jetzt du? Wie war das damals?«

»Ich war damals noch zu naiv, um zu wissen, was Liebe ist und Verlieben«, gestand Axel. »Bei mir ist alles erst nach zwei oder drei Jahren gekommen und dann dachte ich immer, du interessierst dich nur für andere.«

Lilo küsste ihn auf die kalte Wange. »Was für ein Irrtum.«

Nebeneinander stapften sie weiter zum Schloss hoch. Jeder Schritt war eine große Kraftanstrengung. Der Schnee war oben in Lilos Moonboots gerutscht und kroch eisig langsam an ihren Beinen herab.

»Ich kann nicht mehr.« Lilo hatte das Gefühl, sie müsse ihre Beine bei jedem Schritt aus Zement ziehen.

»Wir haben es gleich geschafft.« Axel lenkte den Strahl seiner Handlampe nach vorne, wo er auf die Fassade und das Tor des Schlosses traf.

Endlich angekommen, blieben beide erst einmal kurz stehen, stützten die Hände auf die Knie und versuchten, ihren

Atem zu beruhigen. Axel deutete auf den Messingknopf neben dem Tor. Die Farbe der schrägen roten und grünen Streifen blätterte an einigen Stellen ab.

Lilo nickte und er klingelte.

Sie warteten, aber es geschah nichts. Axel unternahm zwei weitere Versuche, beide ohne Erfolg.

»Schlüssel«, sagte Lilo knapp. Axel holte sie aus der Jackentasche und musste einige durchprobieren, bis er den richtigen gefunden hatte. Das Tor ließ sich öffnen und sie betraten einen kleinen Innenhof. Suchend leuchteten sie herum.

DIE GRUFT

Dem Eingang gegenüber lag eine Glastür, hinter der eine Treppe nach oben zu erkennen war. Die Tür war nicht abgesperrt und Lilo und Axel stiegen die Stufen hinauf.

Im Schloss war es stockfinster. Sie waren froh über die starken Lampen, die sie trugen.

»Wir können doch nicht einfach nach ihr rufen«, flüsterte Lilo.

»Wir können auch nicht hinter jede Tür sehen, ob sich dort ihr Schlafzimmer befindet«, sagte Axel leise.

Oben angekommen leuchteten sie die Galerie ab, in der sie sich befanden. Malereien zierten die Decke. In der langen Wand zählten sie sieben dunkle Holztüren, alle in tiefe Nischen gebettet. Die Mauern des Schlosses waren dick.

»Und jetzt?« Lilo stieß Axel an. Er verzog ratlos das Gesicht.

»Wo hat Ignaz Jamies Leiche versteckt?«, fragte Lilo leise.

Axel zuckte mit den Schultern. Er hatte keine Ahnung.

Hinter ihnen schlug eine Tür zu. Erschrocken zuckten sie beide zusammen.

»Hast du das Tor offen gelassen?«, wisperte Lilo.

»Ich glaube. Angelehnt, jedenfalls.«

»Dann hat der Wind es zugeschlagen. Du hast aber die Schlüssel?«

Zum Beweis und um Lilo zu beruhigen, zog sie Axel ein kleines Stück aus der Tasche.

Noch immer wussten sie nicht, was sie tun sollten.

»Wir rufen sie«, schlug Lilo vor. »Wir sagen dazu, wer wir sind. Dann ist es weniger erschreckend.«

»So machen wir es.« Axel öffnete den Mund.

Aus dem Erdgeschoss kam ein Knarren und Quietschen. Lilo und Axel wechselten einen fragenden Blick. Axel deutete mit dem Kopf, dass er hinuntergehen und nachsehen wollte.

»Ich bleibe nicht hier«, flüsterte Lilo und kam mit. Sie stiegen die lange Treppe wieder ins Eingangsgeschoss, traten durch die Glastür ins Freie und leuchteten den Hof ab.

»Dort!« Lilo zeigte zu einem Spitzbogen mit Holztür. Sie war aus breiten Dielen gezimmert und wurde von dunklen Eisenbändern zusammengehalten. Die Tür stand einen Spalt breit offen und ein schwacher, flackernder Lichtschein fiel auf den Schnee im Hof.

»Die Tür war vorhin zu«, sagte Lilo leise. Sie hatte eine sehr gute Beobachtungsgabe und ein solcher Lichtstreifen auf dem Boden wäre ihr aufgefallen. Axel kaute auf der Unterlippe und nickte langsam.

Schulter an Schulter gingen sie auf die Tür zu. Der Strahl von Lilos Lampe glitt über die Fratzen, die in den Spitzbogen gemeißelt waren. Axel leuchtete durch den Türspalt. Er konnte zwei vergoldete Statuen erkennen, deren glatte Oberflächen das Licht zurückwarfen.

»Sehen wie Heiligenstatuen aus.« Mit einer Hand drückte er die Tür weiter auf. Lilo und er sahen in eine kleine Kapelle, wie es sie oft in Schlössern oder Burgen gab.

»Alles vorbereitet für …« Lilo deutete auf die brennenden Kerzen und wollte eigentlich »eine Messe« sagen, als Axel und sie auf der linken Seite die Öffnung im Boden bemerkten. Eine dicke Steinplatte wurde an einem Ende von einer Winde hochgehalten.

Darunter befand sich ein Hohlraum. Sie leuchteten hinein. Auf einem Podest ruhte ein offener Sarg.

Lilo sog heftig die Luft ein, auch Axel konnte sein Erschrecken über den unerwarteten Anblick nicht verbergen.

Die Winde war eines dieser Geräte, wie sie auf Baustellen eingesetzt wurden, um schwere Lasten in obere Stockwerke oder auf das Dach hochzuziehen. Es war ein Gestell aus Metallstangen, einer Seilwinde mit Kurbel, Ketten und einem Haken. Der Haken war in einen Eisenring gefädelt, der vorne in die Platte eingelassen war.

»Eine Gruft«, flüsterte Lilo.

Wieso aber war der Gruftdeckel aufgeklappt, wie für eine Bestattung?

Rundherum flackerten zahlreiche Kerzen, manche dicker, andere dünn, einige schon abgebrannt, einige neu.

Der offene Sarg war innen mit feinster Seide ausgeschlagen, hatte ein flaches Kissen am Kopfende, eine weiche Einlage und eine Decke mit Spitzen, die gefaltet über dem Rand am Fußende lag.

Axel machte einen Schritt auf die Öffnung zu und ging in die Knie. So konnte er besser in den Raum unter der Kapelle sehen.

»Mehr Särge?«, fragte ihn Lilo, die nicht von seiner Seite wich.

»Nein. Betoniert. Sieht neu aus.«

Das war nicht weiter verwunderlich, war das ganze Schloss doch neu.

Lilo leuchtete zur Decke, die von einem Rippengewölbe gestützt wurde, danach auf alte Ölgemälde an den Wänden mit Szenen aus der Bibel und eine kleine Orgel, deren Pfeifen nach oben ragten.

Mit einem leisen Knall fiel das Tor der Kapelle ins Schloss. Axel und Lilo zuckten zusammen.

»Der Wind«, sagte Axel beruhigend.

In diesem Moment wurde draußen ein Schlüssel umgedreht. Lilo war als Erste an der Tür und versuchte, sie zu öffnen. Die Klinke aus Schmiedeeisen ließ sich niederdrücken, die Tür aber blieb zu.

»Hallo ... wir sind hier drinnen ... lassen Sie uns raus!«, rief Lilo und schlug mit der flachen Hand gegen das Holz. Axel kam zu ihr und trommelte mit der Faust.

»Aufmachen, hier ist jemand!«

Vom Hof kam kein Laut.

6.17 UHR

Das Erwachen war wie nach einer Party mit viel Alkohol und Drogen. Dominik hatte das Gefühl, von einem dunkelgrauen Nebel umgeben zu sein. Er brachte die Augen nur unter größter Kraftanstrengung auf. Viel lieber hätte er sie geschlossen gelassen und weitergeschlafen.

Als Erstes fiel ihm ein, dass er seit mehr als zwei Jahren keine Drogen mehr angerührt hatte und Alkohol nur noch in kleinen Mengen genoss. Seit er Jamie kannte, war er niemals betrunken gewesen, da Jamie alles ablehnte, das berauschte.

Jamie!

Beim Gedanken an seinen Partner rasten alle Erinnerungen auf Dominik zu wie der ungebremste Triebwagen eines Zuges. Er hatte das Gefühl, mit dem Rücken gegen eine Wand zu stehen und dem Zusammenstoß nicht ausweichen zu können.

Da waren die Bilder sofort wieder: Jamie, wie er lachte und die strahlend weißen Zähne zeigte (seine Eckzähne waren etwas länger und spitz, was ihm den Spitznamen Drac, nach Dracula, eingebracht hatte.) Jamie, der sich auf den unerwarteten Tanzauftritt bei der Hochzeit freute, weil seine wichtigste Sprache das Tanzen war.

Dann Jamie, der leblos aus der Torte gekippt war. Jamie, dessen Gesicht so starr und grau gewesen war. Jamie, der nicht wiederbelebt werden konnte. Jamie, der tot auf dem Boden des Speisesaals lag. Jamie, dessen Körper auf einmal verschwunden war.

Der Kummer bohrte sich Dominik in Brust und Herz und schnürte ihm den Hals ab. Tränen wären vielleicht erleichternd gewesen, aber Dominik war in diesem Moment nicht in der Lage, zu weinen.

Langsam kam er zu sich. Er lag in einem Bett, angezogen. Neben sich spürte er Henrys drahtigen, schlanken Körper. Daneben sah er, als er sich auf den Ellbogen aufstützte, Axels Tochter Lotta liegen. Die Kinder schliefen und darüber war Dominik sehr froh.

Weil er auf die Toilette musste, kroch er unter der Decke heraus und tappte in Richtung Badezimmer.

Die Zunge klebte an seinem Gaumen. Sein Mund war trocken und er hatte einen bitteren Geschmack. Er ging zum Nachtkästchen, holte sein Handy und verließ damit geräuschlos das Zimmer. Auf dem Gang schaltete er das Handy ein.

Es war 6.17 Uhr.

Durch ein Gangfenster blickte er hinunter zum beleuchteten Parkplatz. Die Autos seiner Freunde waren unter einer dicken Schneeschicht verschwunden.

Gähnend streckte sich Dominik. Wo waren die anderen?

Im Hotel war es still. Er lenkte seine Schritte zum Treppenhaus. Das Licht ging überall automatisch an. Er griff nach dem Handlauf und stieg die Stufen hinunter. Seine Beine waren steif, sein Rücken schmerzte.

In der Halle ging Dominik hinter die Bar, nahm das größte Glas, das er finden konnte, und füllte es mit Wasser aus der Leitung. Er leerte es mit großen Schlucken.

Aus dem Speisesaal vernahm er das Wetzen eines Stuhles. Dominik vermutete seine Freunde, die vielleicht schon wach waren. Aber was taten sie in diesem Raum, der doch geschlossen bleiben sollte? Sie konnten doch nicht dort sitzen und frühstücken, nach dem, was am Freitag geschehen war.

Im Saal fand er Veronika, den Kopf dick bandagiert, auf einem Stuhl sitzend. Sie war eingenickt. Daneben saß ihr Vater, ein Gewehr auf den Knien. Auch er schlief und gab dabei schnarchende Laute von sich.

Ihnen gegenüber hockte der lange Diener der Lady. Er war wach und verharrte in einer verkrampften Bewegung, als er Dominik sah. Es machte den Eindruck, als hätte er versucht, sich zu befreien. Dominik kam langsam auf ihn zu und kontrollierte die Fesseln hinter seinem Rücken. Alles war noch fest zugezogen.

»Was hast du mit Jamie gemacht? Und warum?«, fragte Dominik und sein leises Sprechen klang wie ein Knurren.

Ignaz drehte den Kopf weg. Dominik wurde so wütend, dass er ihn an den Haaren packte und zurückdrehte.

»Was-hast-du-Dreckskerl-mit-Jamie-gemacht-und-warum?«

»Lass mich los, du Schwuchtel«, zischte Ignaz. Dominik riss ihn noch fester an den Haaren. »Besser Schwuchtel als ein Verbrecher. Leichendieb. Und was weiß ich, was noch alles.«

Veronika schreckte hoch.

»Hat er versucht, etwas zu tun?«, wollte sie wissen.

»Dieser Dreckskerl hat genug getan«, fauchte Dominik.

»Er hat ... Ihre Freunde glauben, dass er die Lady umbringen wollte und Ihr Partner aus Versehen das Gift genommen hat.«

Dominik sah sie entsetzt an. »Ein Versehen, weil dieser Dreckskerl da jemand anderen ermorden wollte?«

»Ich bin kein Mörder!«, brauste Ignaz auf. Er versuchte, aufzustehen und den Stuhl zu zertrümmern, aber Dominik war schneller und presste ihn energisch wieder zurück auf den Boden.

»Vater, wach auf.« Veronika rüttelte Herrn Wunderer unsanft an der Schulter.

»Ich bin wach«, brummte er schlaftrunken.

»Dann wach mit offenen Augen auf.« Veronika deutete zu Ignaz. »Bewach ihn, ich gehe mit Herrn Kascha kurz raus.«

»Versuch mal, ob das Telefon wieder geht«, rief ihr Herr Wunderer hinterher.

Veronika nahm ihr Handy und prüfte den Empfang. Es gab noch immer keinen. Sie ging in ihr Büro und Dominik hörte, wie sie am Festnetztelefon wählte und auf der Tastatur des Computers herumtippte.

»Alles tot«, sagte sie, als sie wieder zu ihm zurückkam. »Haben Sie Hunger? Wollen Sie etwas essen?«

Obwohl ihm überhaupt nicht nach Essen war, spürte Dominik, dass er etwas zu sich nehmen sollte. Er würde sonst noch müder und nervöser werden.

»Es reicht ein bisschen Schokolade. Oder Brot mit Honig.«

»Kommen Sie mit in die Küche.« Veronika zeigte ihm den Weg. Dort schaltete sie das Licht ein und an der Decke gingen flackernd die Neonröhren an.

Auf einer Anrichte standen die Reste des Hochzeitsessens. Der Geschirrspüler blinkte und gab Piepstöne von sich. Veronika öffnete ihn und nahm saubere Teller heraus.

Aus einem Lagerraum, der gleich nebenan lag, holte sie Brot und Honig, Butter nahm sie aus dem Kühlschrank.

»Meine Freunde schlafen alle«, sagte Dominik.

Während sie Honigbrote strich, berichtete Veronika von den Ereignissen und Erkenntnissen der Nacht, von denen Dominik noch nichts wusste. Er hatte sein Honigbrot zur Hälfte gegessen, ließ es vor dem nächsten Bissen aber wieder sinken.

»Lilo und Axel sind zum Schloss gegangen?«

»Ja, um die Lady zu warnen.«

»Sind sie schon wieder zurück?«

Verlegen sah ihn Veronika an. »Ich bin eingeschlafen. Bemerkt habe ich sie nicht.«

Dominik ließ den Rest des Brotes auf den Teller fallen und rannte in den ersten Stock. Wo befand sich das Zimmer von Lilo und Axel? Er öffnete eine Tür nach der anderen. Im dritten Zimmer fand er Poppi und Klaus im Bett. Auf dem Sofa lag ein Mann, den er nicht kannte.

Poppi wachte auf und sah ihn erschrocken an.

»Haben sich Axel und Lilo bei euch gemeldet?«

»Gemeldet? Wieso gemeldet?«, fragte Poppi verschlafen.

Der Mann auf dem Sofa richtete sich auf. »Nicht aufregen, bitte wieder ruhig atmen.«

»Alles in Ordnung«, sagte Klaus, der nun auch munter war. »Alles in Ordnung, hier jedenfalls.«

»Axel und Lilo sind zum Schloss, aber sie sind nicht zurück.« Dominik warf in alle Zimmer einen Blick und hatte danach Gewissheit. Die Freunde waren noch immer fort.

»Wann sind sie aufgebrochen?«, wollte er von Veronika wissen, die ihm nachgekommen war.

Henry und Lotta kamen aus dem Zimmer, in dem sie mit Dominik geschlafen hatten. Beide waren noch benommen. Sie trugen die feine Kleidung, die sie zur Hochzeit angehabt hatten, doch war alles vom Liegen verdrückt und schief.

»Wo sind Papa und Lilo?«, fragte Lotta.

Henry stand mit hängenden Armen da und sah Dominik todtraurig an. »Daddy Jamie«, sagte er leise.

Dominik stürmte nach oben in den zweiten Stock und holte aus seinem Zimmer Jacke und Stiefel. Im ersten Stockwerk waren nun auch Poppi und Klaus aus dem Zimmer gekommen. Alle standen herum, ratlos, was sie tun sollten.

»Ich gehe zum Schloss«, verkündete Dominik. »Ich muss hin. Axel und Lilo suchen. Und …« Er konnte Jamies Namen nicht aussprechen.

LETZTE ANWEISUNG

Es war nicht möglich, Dominik aufzuhalten. Klaus bot ihm an, mitzukommen. Mit einem Blick zu Poppi sagte er: »Es ist doch in Ordnung für dich, nicht wahr?«

Poppi nickte. Sie machte sich große Sorge um Lilo und Axel. Veronika hatte nachgerechnet. Sie mussten bereits mehr als vier Stunden fort sein. Vielleicht sogar länger. Im Trubel der Ereignisse hatte sie aber nie auf die genaue Zeit geachtet.

Mario trat neben Poppi. »Ich bin ja hier, es kann nichts geschehen.«

Poppi sah ihn von der Seite dankbar an. Mario hatte eine sehr beruhigende Art. Auch wenn sie immer wieder die Panik vor der bevorstehenden Geburt in sich aufsteigen spürte, vertraute sie ihm. Im Notfall würde sie ihr Kind hier zur Welt bringen.

Klaus zog sich warm an und nahm seine Wollmütze. Gemeinsam mit Dominik machte er sich auf den Weg.

»Daddy!« Henry kam Dominik nachgelaufen, schlang seine Arme wieder um ihn und wollte ihn nicht gehen lassen.

Auf Englisch erklärte ihm Dominik, dass er bald zurück sein werde und Henry bei Lotta, Poppi und Veronika gut aufgehoben sei. Auch wenn er ihm das nicht glaubte, trat Henry schließlich ein paar Schritte zurück und winkte Dominik, als er mit Klaus das Hotel verließ.

Lotta stellte sich zu ihm und nahm ihn an der Hand. Henry ließ es geschehen. Beide sahen sie den Männern nach, die in der Dunkelheit verschwanden.

Veronika breitete die Arme aus und schob die Kinder behutsam in Richtung Treppe, wo Poppi und Mario standen.

»Geht wieder nach oben. Ich hole Honigbrote aus der Küche. Und Tee. Oder Kakao?«

Lotta wollte Kakao. Henry nur Wasser.

»Kommt mit!« Poppi lächelte die beiden liebevoll an. Tief drinnen aber schmerzte sie das Mitgefühl für Henry so sehr, dass sie losheulen hätte können. Sie zwang sich, an etwas Schönes zu denken. Mario hatte ihr eingeschärft, alle aufregenden Gedanken zu vermeiden und immer weiter tief zu atmen.

Veronika schritt durch die Halle in Richtung Hotelküche. Um sicher zu sein, dass Ignaz nicht flüchten konnte, warf sie einen Blick in den Speisesaal. Es hatte sich, wie sie erleichtert feststellte, nichts geändert, seit sie mit Dominik weggegangen war.

Ihr fiel eine Frage ein, die sie Ignaz unbedingt stellen wollte: »Lady Ross hat dir doch so sehr vertraut.« Veronika fiel ein, was die Lady über ihn gesagt hatte, als sie in der Bibliothek des Schlosses saßen. Ihre Worte waren gewesen:

»Ignaz weiß sogar, was meine Wünsche sind, wenn mich wirklich ein plötzlicher Tod ereilt.«

Darauf hatte Ignaz geantwortet: »Ich werde alles tun, wie Sie es wollen. Aber darüber müssen wir jetzt nicht reden.«

Dieser sehr merkwürdige Teil des Gesprächs war Veronika in Erinnerung geblieben, allerdings hatte sie ihm damals nicht so viel Bedeutung beigemessen. Das aber war jetzt anders, da es einen Toten gab und eigentlich die Lady hätte sterben sollen.

»Was sind die Wünsche der Lady, wenn Sie ein plötzlicher Tod ereilt?«, wollte Veronika von Ignaz wissen.

Der Hausdiener schwieg.

»Du hast versprochen, alles zu tun, was sie wollte. Du hast sie auch immer zum Arzt gefahren. Hast du mitbekommen, dass sie danach manchmal sehr bedrückt erschien? Stand ihr Leben wirklich immer auf der Kippe?« Veronika empfand das viele Reden der Lady über ihre schlechte Gesundheit und den bevorstehenden, plötzlichen Tod, im Zusammenhang mit den Geschehnissen verdächtig.

Ignaz verzog den Mund. »Ich hätte sie nie umgebracht. Wozu? Hoffentlich kommt die Polizei bald und befragt sie. Sie wird das bestätigen. Ich habe alles für sie getan, weil ich so für sie arbeiten und trotzdem in der Nähe des Hotels sein konnte. Sie hat mir das Doppelte dessen gezahlt, das ich hier bekommen habe.«

»Und wie waren die Anweisungen im Falle ihres Todes?«, forschte Veronika weiter.

»Sie wollte in der Gruft des Schlosses bestattet werden. Sobald der Arzt den Totenschein ausgestellt hatte, sollte sie in der Gruft beigesetzt werden. Sie hat den Deckel der Gruft seit Wochen offen gehalten, als würde sie jeden Tag mit ihrem Ableben rechnen.«

»Wieso kein Begräbnis, keine Verabschiedung?«

Ignaz hob die breiten Schultern. »Weil sie keine Familie mehr hat? Ich weiß es auch nicht. Aber sie hat mir immer wieder eingeschärft, dass sie in den Sarg gelegt werden wollte, den sie selbst ausgesucht hatte. Er sollte verschlossen werden und die Gruft geschlossen.«

Veronika schüttelte verwundert den Kopf. »Ist das überhaupt erlaubt? Dürfen Bestattungen nicht nur auf dem Friedhof stattfinden?«

»Sie hatte eine Sondergenehmigung. Ich glaube, sie hat dafür eine Menge Geld bezahlt.«

»Wenn du sie nicht umbringen wolltest, wer könnte dann die Zigaretten vergiftet haben?«, fragte Veronika halb Ignaz, halb sich selbst.

»Sie war in letzter Zeit sehr unruhig«, fiel Ignaz dazu ein. »Das Schloss hatte keine Alarmanlage, weil es zu groß dafür ist. Aber sie hat manchmal am Abend selbst kontrolliert, dass alle Tore und Türen abgesperrt waren. In ihrem Schlafzimmer hatte sie eine Waffe, das weiß ich. Eine Pistole. Sie hat einmal erwähnt, dass sie damit auch umgehen kann. Seit der Ermordung ihres Mannes hätte sie lange in Angst gelebt. Die Waffe gab ihr Sicherheit.«

LEBENDIG BEGRABEN

Keuchend erreichten Dominik und Klaus das Schloss. Hinter den Kämmen der Bergkette war das erste Morgenrot zu erkennen. Sie hatten im Schnee die Spuren von Lilo und Axel verfolgt und Dominik war zu einer Erkenntnis gelangt, die ihn noch mehr beängstigte: Die zwei waren noch im Schloss. Es gab keine Spur, die zurückführte.

Was der Grund dafür sein könnte, verstand Dominik nicht. Die beste Möglichkeit wäre, dass sie Jamie gefunden hatten und auf das Eintreffen der Polizei warteten, die irgendwann an diesem Samstag kommen musste. Die schlechteste Möglichkeit bestand in einem Unglück. Seinen Freunden war im Schloss etwas zugestoßen.

»Wir läuten an?« Klaus deutete auf den Messingknopf.

Dominik wollte schon zustimmen, da bemerkte er, dass das Tor nicht geschlossen war. Er drückte gegen den kleineren Teil, der nur die Größe einer Tür hatte und in das große Tor eingelassen war. Die Tür ließ sich nach innen öffnen.

Im Hof, der dahinter lag, brannte eine Lampe an der Wand. Im Schnee auf dem Boden sahen die Männer Abdrücke von Moonboots und Stiefeln, wie sie Lilo und Axel trugen. Die Abdrücke führten zu einem kleinen, gezimmerten Vorbau mit Glastür, von wo eine Steintreppe nach oben führte. Von dort waren Axel und Lilo aber wieder herausgekommen und über den Hof gegangen. Die Spuren endeten an einem Spitzbogen mit dunkelbrauner Holztür. Sie führten von dort nicht mehr weg.

»Sie könnten dort drinnen sein«, flüsterte Dominik.

Klaus schauderte. Er war übernächtigt, aufgewühlt und durchgefroren. Er ging mit Dominik zu der Tür.

»Lilo? Axel?«, rief Dominik leise. Die Männer warteten auf eine Reaktion, die aber nicht kam. Dominik hob die Hand und klopfte gegen die Tür.

»Mach doch auf«, flüsterte ihm Klaus zu. Dominik drückte die Klinke nieder, aber die Tür ließ sich nicht öffnen. Sie war versperrt.

»Hallo ... lassen Sie uns raus!«, hörte er dahinter die Stimmen seiner Freunde. Die Tür musste sehr dick sein, denn er hörte Axel und Lilo nur stark gedämpft.

Mit einiger Kraftanstrengung schaffte es Klaus, den Schlüssel zu drehen, der im Schloss unter der Klinke steckte. Von drinnen wurde die Tür geöffnet. Starke Lichtstrahlen blendeten Dominik und Klaus.

»Gott sei Dank!«, rief Lilo. Axel und sie senkten ihre Lampen.

»Wart ihr eingesperrt?«, fragte Klaus.

»Ja. Seit Stunden.« Axel und Lilo rieben sich die Arme, weil sie durchgefroren waren.

»Wer war das?« Dominik deutete auf die Tür.

»Keine Ahnung. Aber wir müssen die Lady finden und warnen. Vielleicht ist jemand im Schloss.« Lilo kam als Erste aus der Kapelle.

Dominik sah hinter ihr die Winde und den geöffneten Gruftdeckel.

»Alles bereit für eine Bestattung«, erklärte Axel, der Dominiks Erstaunen bemerkt hatte. Im nächsten Augenblick aber war ihm klar, wie sehr diese Bemerkung seinen Freund schmerzen musste.

Lilo dachte augenblicklich an Jamie. Sein Körper musste hier irgendwo sein.

»Zuerst die Lady, dann alles andere«, sagte sie vage, um Dominiks Gefühle nicht zu heftig aufzuwühlen.

»Alle hinein!«, sagte jemand scharf.

Klaus und Dominik drehten sich um. Hinter ihnen stand Lady Ross in Nerzmantel und mit Pelzkappe. Sie hielt eine Pistole auf sie gerichtet.

»Lady Ross, wir sind gekommen, um Sie zu warnen«, sagte Lilo erklärend.

»Hinein!« Die Lady deutete mit der Waffe in die Kapelle.

»Sie sind in Gefahr. Wir vermuten, dass Ignaz versucht hat, Sie zu vergiften.« Lilo konnte den Gesichtsausdruck der Lady nicht verstehen. Sie starrte sie hart an, mit einem grausamen Zug um den Mund.

Axel schnaubte. »Sie glauben doch nicht, dass wir Ihnen etwas antun wollen.«

Lilo fuhr mit ihrer Erklärung fort. »Wir vermuten, dass Gift in Ihren Zigaretten war. Jamie hat eine davon geraucht und deshalb ist er ...«

»Hi-nein!«, wiederholte die Lady ungerührt.

Dominik begann zu zittern. »Mein Mann ist gestorben, weil Sie umgebracht werden sollten. Legen Sie endlich diese Pistole weg.«

»In die Kapelle und hinunter in die Gruft!«

Die vier waren fassungslos. Klaus begann zu stottern. »Hören Sie ... hören Sie auf. Das ist ein schlechter Scherz.«

»Ich wusste immer, dass jemand kommen würde. Aber nicht gleich so viele«, sagte die Lady. »So viele gegen eine einzelne Frau. Es ist fast ein Kompliment für mich.«

»Wovon reden Sie?«, fragte Axel, dem der Ernst der Lage immer klarer wurde.

»In die Gruft. Sonst ...« Die Lady hielt Dominik die Pistole an die Schläfe. »Und alle Hände in die Höhe strecken. Keine schnelle Bewegung. Zurück in die Kapelle und in die Gruft.« Lady Ross drehte Dominik mit ein paar Handgriffen um, die Waffe hielt sie weiter an seinen Hinterkopf.

Lilo und Axel überlegten fieberhaft, wie sie verhindern konnten, in die Gruft zu steigen, aber das Leben ihres Freundes stand auf dem Spiel. Sie hatten keine Wahl.

Lilo ließ sich von der Kante der Öffnung hinunter in die Kammer, die nicht hoch genug war, um darin zu stehen. Axel folgte ihr. Klaus kam als Dritter. Sie standen neben dem Sarg und sahen nach oben, wo Lady Ross Dominik mit der Pistole einen Stoß versetzte. Er stolperte nach vorne und mit einem Fuß in das Loch im Boden. Axel und Lilo streckten die Arme aus, als er auf sie stürzte. Alle drei gingen zu Boden.

Den Lauf der Pistole weiter auf die vier gerichtet begann Lady Ross, an der Kurbel der Winde zu drehen. Es quietschte und mit einem Rasseln begann sich der Deckel zu senken.

»Sind Sie verrückt? Hören Sie auf! Was soll das?« Als Axel nach dem Fuß der Lady greifen wollte, um sie zu stürzen, schoss sie auf ihn. Das Projektil prallte am Stein ab und schlug irgendwo in die Wand der Kapelle ein.

»Bist du verletzt?«, rief Lilo entsetzt.

Axel war zurückgewichen. »Nein. Nicht verletzt.« Der Schock schnürte ihm den Hals ab.

Immer tiefer und tiefer senkte sich die Gruftplatte herab. Der Spalt wurde immer kleiner. Von drinnen riefen die drei Freunde und Klaus und flehten die Lady an, sie wieder herauszulassen. Sie kurbelte mit einem Blick, als würde sie die vier gar nicht hören.

Sie war im Begriff, vier Menschen bei lebendigem Leib zu begraben.

Es knirschte und die Platte rastete in der Vertiefung im Boden ein. Lady Ross kurbelte weiter, bis der Draht der Winde lose hing und sie den Haken aus dem Eisenring des Gruftdeckels lösen konnte.

Einen Moment lang lauschte sie. Unter ihr war ein sehr leises Kratzen zu hören, aber keine Rufe. Niemand würde die vier hier unten finden.

JEMAND FEHLT

Poppi war noch einmal eingeschlafen. Zuerst dachte sie nicht, noch ein Auge zuzubekommen, aber irgendwann musste sie doch eingenickt sein.

Im Zimmer war es hell. Durch das Fenster sah sie hinaus in einen grauen Morgen. Die Wolken hingen noch immer dunkel und schneeschwer am Himmel.

Sie richtete sich auf und stützte sich auf die Ellbogen. Auf dem Sofa lag Mario. Sein Kopf war nach hinten gekippt, sein Mund stand offen und er atmete rasselnd.

Die Hälfte des Betts, wo Lotta und Henry gelegen hatten, war leer. Poppi fühlte mit der Hand. Das Laken war kalt. Sie mussten also schon eine Weile wach sein.

»Hallo, Mario!«, rief sie.

Mario zuckte erschrocken zusammen, verschluckte sich und richtete sich, Entschuldigungen murmelnd, auf.

»Haben Sie die Kinder gesehen?«

Mit beiden Händen rieb sich Mario über das Gesicht. »Sie waren doch da.« Er deutete auf das Bett.

»Sie sind schon aufgestanden. Können Sie bitte nachsehen, wo sie sind?«

»Geht es Ihnen gut?«, erkundigte sich Mario, während er sich vom Sofa löste.

»Ich ... ich glaube schon. Aber ich will ins Krankenhaus.«

»Die Straße ist bestimmt schon offen«, sagte Mario.

»Bitte sehen Sie nach Lotta und Henry und fragen Sie wegen der Straße.« Poppi griff nach ihrem Handy, das auf dem

Nachtkästchen lag. Die Anzeige war dunkel, der Akku leer. »Und können Sie mir ein Ladekabel beschaffen?« Sie winkte mit dem Handy.

»Ich mache alles.« Mario verließ den Raum, stopfte seinen Pulli in die Hose und stapfte zur Treppe. In der Lobby traf er Veronika. Die beiden starrten sich einen kurzen Moment an.

Schweigend kamen sie zu dem Entschluss, ihre persönlichen Probleme auf später zu verschieben. Jetzt gab es Wichtigeres.

»Kein Handyempfang, noch immer nicht«, sagte Veronika.

»Frau Reder sollte so schnell wie möglich ins Krankenhaus. Die Schwangerschaft war zu Beginn gefährdet. Bei der Geburt muss ihr Arzt dabei sein und eine echte Hebamme.«

»Mein Vater versucht, nach Hochlissen durchzukommen. Er hat auch zu funken probiert, aber die Leute von der Pistenräumung sind noch nicht im Einsatz. Es gibt noch keine Skifahrer und daher keine Notwendigkeit, die Pisten gleich zu präparieren.«

»Kann der Notarzt-Helikopter hier landen?«, fragte Mario.

Veronika trat an die Fenster beim Eingang. »Nicht in diesem Schnee. Er müsste aber herfliegen können.«

»Wir müssen ihn irgendwie herbekommen.«

»Aber wie?« Veronika wollte in ihr Büro, wo sie jede halbe Stunde die Internetverbindung überprüfte und das Festnetztelefon.

»Die Kinder sollen zu Frau Reder hochkommen. Es ist wichtig, dass sie die beiden sieht. Sie macht sich schon wieder Sorgen und das ist nicht gut.« Mario sah sich suchend in der Lobby um. »Weißt du, wo die zwei sind?«

»Nein.« Veronika überlegte, wann sie Henry und Lotta zuletzt gesehen hatte. Vielleicht, als sie die zwei mit Frau Reder nach oben geführt hatte? »Ich suche sie. Sie sind wahrscheinlich in der Küche.«

Im Speisesaal hatte ihre Mutter Ignaz' Bewachung übernommen. Herr Wunderer hatte sich zu Fuß auf den Weg nach Hochlissen gemacht. Er trug altmodische Schneeschuhe, mit denen er auf der Schneedecke gehen konnte, ohne ständig einzusinken.

Entsetzt stellte Veronika fest, dass die Kinder weder in der Küche, noch im Speisesaal oder im Schwimmbecken waren. Sie suchte zuerst die Zimmer im ersten Stock ab, dann die im zweiten und auch im dritten. Sogar in den Heizungskeller ging sie nachsehen und in den Skiraum.

Keine Spur von den beiden.

Sie konnten doch nicht hinausgegangen sein? Veronika warf sich eine Jacke über und suchte rund um das Hotel nach ihnen. Nichts.

Als sie zurückkehrte, fiel ihr aber eine Spur im Schnee auf. Es waren kleine Schuhabdrücke von Kinderschuhen. Sie führten zum Schloss hinauf.

Ein Blick auf die Uhr und Veronika spürte, wie sich ihr Magen verkrampfte.

Es war 9.10 Uhr. Das junge Ehepaar Klingmeier-Schroll war seit sechs Stunden abgängig, Herr Kascha und Herr Reder seit mehr als zwei Stunden, die Kinder seit … Sie hatte keine Ahnung, wann die zwei aufgebrochen waren.

Als sie in die Halle zurückkehrte, fiel Veronika noch etwas auf. Es fehlte noch jemand anderes. Sie lief noch einmal in den ersten Stock und vergewisserte sich.

Was war hier los? Wieso verschwanden die Leute der Reihe nach?

Sie musste etwas tun. Es hatte alles mit dem Schloss zu tun.

Veronika lief in den Speisesaal. Ignaz kauerte zusammengesunken da, grau im Gesicht.

»Was geht in diesem Schloss ab?«, fuhr sie ihn an.

Er hob müde den Kopf. Seine Augen lagen noch tiefer in den Höhlen als sonst.

»Wieso hast du den Toten ins Schloss gebracht? Wolltest du deine Spuren beseitigen?«

»Leckt mich alle«, knurrte Ignaz.

Frau Wunderer stand auf, trat vor ihn und versetzte ihm links und rechts eine schallende Ohrfeige. Ignaz war davon völlig überrascht und starrte Veronikas Mutter ungläubig an. »Wo das herkommt, dort gibt es noch mehr«, drohte ihm Frau Wunderer. »Was soll dieses Theater? Du weißt doch was, das du nicht sagst. Willst du alles für dich noch schwerer machen? Wird das deine Mutter stolz auf dich machen, wenn sie erfährt, dass du jemanden umgebracht hast?«

Diesmal schrie Ignaz. »Ich habe niemanden umgebracht! Sie wollte, dass ich die Leiche hole. Sie hat es mir befohlen und gesagt, dass wir sonst beide in Schwierigkeiten kommen. Sie hat gesagt, dass ich am Ende der Schuldige sein werde. Die Lady ist nicht so nett, wie alle denken. Sie weiß genau, wie sie Leute unter Druck setzen kann. Sie hat mich gezwungen, den Toten zu holen und in den Keller zu legen.« Er brach ab und starrte vor sich hin, als wäre ihm etwas eingefallen. »Ich musste einen elektrischen Radiator in den Raum stellen.«

»Sie heizt einen Raum für einen Toten?« Frau Wunderer atmete schnaufend aus. »Diese Frau war mir immer suspekt. Tote werden gekühlt, nicht gewärmt.«

»Ich musste den Toten in Decken wickeln, als ich ihn hochgetragen habe. Sie war sehr darauf bedacht, dass er … warm gehalten wird.«

»Was weißt du sonst über die Lady?«

Ignaz zögerte mit der nächsten Antwort. »Es ist ohnehin egal.«

»Was ist egal?«

»Ob ich es sage, oder ob ich schweige.«

»Dann sag's!«, befahl Veronika.

»Sie hat einen zweiten Pass. Mit einem anderen Namen. Einen italienischen Pass auf den Namen Elena Fossi.«

»Wieso weißt du das?«, fragte Frau Wunderer.

»Weil ich mich umgesehen habe. Ich wollte was in der Hand haben, um sie erpressen zu können.«

Veronikas Mutter verpasste ihm noch eine Ohrfeige. »Von deinem biologischen Vater hast du das nicht. Er ist ein anständiger Mann.«

Veronika lief in ihr Büro und kam mit der Schachtel zurück, die die erhängte Voodoo-Puppe enthielt.

»Was weißt du darüber?«

Ignaz hob die Augenbrauen. »Ich weiß, dass ich damit nichts zu tun habe. Die Lady hat die bekommen. Sie standen vor dem Schloss. Sie hat, als sie zu Fuß heruntergekommen ist, die Schachtel mitgebracht. Ich habe sie vom Fenster aus beobachtet.«

Das erklärte, wie sie auf die Theke der Rezeption gekommen war. Aber es hatte noch andere Schachteln gegeben. Veronika fragte Ignaz danach.

»Eine Schachtel hat sie ins Schloss gebracht. Mit so einer Puppe, die einen durchgeschnittenen Hals hat. Ich glaube, es gab da mehrere.«

»Wer kann sie hingestellt haben?« Das war für Veronika das größte Rätsel. Wer sollte außer ihnen hier oben auf dem Berg sein?

SPÄTE RACHE

Eng aneinander gedrängt kauerten Lilo, Axel, Dominik und Klaus in der Gruft. Sie hatten nur ein Handy eingeschaltet, um die Akkus der anderen zu schonen. Alle paar Minuten knipste Axel die Handytaschenlampe an.

Die Dunkelheit und die Kälte waren schwer zu ertragen. Die vier wärmten sich gegenseitig, solange es noch ging.

»Die anderen werden uns bestimmt suchen. Alle wissen, dass wir hier sind. Wenn sie uns im Schloss nicht finden, dann werden sie hier suchen«, sagte Klaus immer wieder. Er versuchte, sich und den anderen Mut zuzureden.

»Die Frau ist verrückt«, sagte Lilo leise. Sie konnte die Atemwolken vor ihrem Mund spüren.

»Nein«, erwiderte Axel, »nein, ich glaube, sie ist das Gegenteil. Sie ist eiskalt und berechnend.«

Lilo hatte eine andere Erkenntnis gewonnen. »Ihren Mann hat sie selbst umgebracht. Nach dem, was wir gerade erleben, bin ich davon überzeugt.« Noch etwas fiel ihr ein. »Der Mann aber, den sie damals ins Gefängnis gebracht hat, ist frei.«

»Na und?« Dominik klapperte mit den Zähnen. Er war völlig erschöpft und die Kälte gab ihm den Rest.

»Vielleicht ist er hier irgendwo und will Rache an ihr nehmen. Vielleicht hat er den vergifteten Tabak in die Zigaretten gegeben.«

»Wie? Wir sind hier abgeschnitten von der Außenwelt.« Axel rieb Dominik kräftig über die Arme, um ihn etwas zu wärmen und rubbelte ihm danach den Rücken.

»Es geht um diese Lady. Sie sollte das Mordopfer sein«, beharrte Lilo.

»Das macht Jamie auch nicht wieder lebendig«, flüsterte Dominik.

»Nein. Tut mir leid, dass ich darüber rede.« Lilo versank wieder in Gedanken.

Axel auch. Ihm fiel etwas ein, das ihm damals schon merkwürdig vorgekommen war. Es schien zuerst eine kleine Unstimmigkeit zu sein, der er keine Bedeutung beigemessen hatte.

»Lilo«, begann er leise und wisperte in ihr Ohr. »Als wir am Sonntag hier waren für die Besprechung, da ist doch diese Küchenhilfe angekommen.«

»Marie heißt sie.«

»Sie hat behauptet, mit dem Bus auf den Berg gekommen zu sein, aber wir haben auf der langen Fahrt herauf keinen Bus gesehen. Es ist keiner nach oben gefahren, uns ist kein Bus entgegengekommen und in Hochlissen ist auch keiner gestanden.«

»Dann wird sie schon früher angekommen sein«, vermutete Lilo.

»Die Voodoo-Puppen ... wenn sie nicht für Frau Wunderer bestimmt waren, dann für Lady Ross. Es muss sie jemand gebracht haben. Vielleicht Marie. Sie könnte schon länger hier sein, als sie zugibt.«

»Selbst wenn ...« Lilo fand diese Erkenntnis im Augenblick reichlich nutzlos.

»Sollen wir noch einmal versuchen, den Deckel zu heben?«, meldete sich Klaus.

»Können wir.« Axel nahm eine gebückte Haltung ein, Klaus ebenfalls. Dominik und Lilo versuchten zu helfen, so gut es ging. Jeder von ihnen wusste jedoch, dass es ein völlig sinnloses Unterfangen war.

Und sie hatten recht. Als sie sich wieder auf den Boden sinken ließen, machte sich in allen drei Hoffnungslosigkeit breit.

»Sie werden uns finden«, versicherte Lilo erneut den anderen.

Klaus plagten düstere Gedanken. »Wenn diese Winde entfernt wurde, weiß niemand, dass wir hier drinnen sind. Wer kommt auf die Idee, dass Menschen unter einer Gruftplatte eingeschlossen sind, die eine alte Frau niemals allein heben könnte? Nicht einmal vier Männer sind dazu in der Lage.«

Axel schaltete die Taschenlampe seines Handys ein und leuchtete herum. Sie brauchten Licht, denn sonst würden sie von der Dunkelheit der Gruft und der Hoffnungslosigkeit verschlungen werden.

»Spar den Akku auf«, brummte Lilo.

»Ich will das Gesicht meiner schönen Frau sehen«, erklärte Axel, der Lilo ein wenig aufzuheitern versuchte. In dieser völlig wahnsinnigen Situation ein schweres Unterfangen. Er küsste sie zuerst auf die Wange, dann drehte er mit den Fingern ihr Kinn in seine Richtung und küsste sie auf den Mund. Lilo erwiderte die Zärtlichkeit, so gut es in diesem Moment möglich war. Als sie sich voneinander lösten, gab sie einen schmatzenden Laut von sich.

»Ist das ein Kompliment für den vollendeten Kuss oder muss ich noch was lernen?« Axel fiel ein, dass man Humor in dieser Lebenslage »Galgenhumor« nannte.

»Nur so ein Gedanke«, sagte Lilo. »Wozu war die Gruft überhaupt offen? Wieso ein offener Sarg? Wieso die Vorbereitungen für ein Begräbnis?«

Von Dominik kam ein gequälter Laut.

»Nein. Es war sicher nicht für Jamie«, sagte Lilo beruhigend. »Es muss für …«

»Es kann eigentlich nur für die Besitzerin der Burg vorbereitet gewesen sein«, spann Axel den Gedanken weiter. »Niemand sonst kann hier beigesetzt werden. Jedenfalls nicht so offiziell wie es vorgesehen war.«

»Wer bereitet sein eigenes Begräbnis vor?« Lilo begann, ihre Nasenspitze zu massieren. »Es sieht aus, als hätte jemand auf den Tod gewartet.«

»Den eigenen? Das ist makaber«, mischte sich Klaus ein.

Axel spielte mit dem Handy und lenkte den Lichtstrahl nach oben, dann nach unten, dann auf die Wände.

Die Gruft erstreckte sich unter dem größten Teil der Kapelle, der hintere Teil war leer. Der Lichtschein der Taschenlampe reichte gar nicht bis zur anderen Wand. Auf den Knien rutschte Axel hin.

In den vielen Abenteuern, die sie als Kinder erlebt hatten, waren ein paar Grundsätze selbst in aussichtslosen Lagen hilfreich gewesen:

Rechne immer mit dem Unmöglichen.

Lasse nie etwas unversucht.

Gib niemals auf.

WIR MÜSSEN WAS TUN

»Wieso geht sie zum Schloss?«, überlegte Lotta laut. Sie redete mit Henry Englisch und war froh, dass Axel und Lilo sie so sehr gedrängt hatten, den Kurs am Nachmittag zu belegen. So konnten sie sich gut miteinander verständigen.

Henry trottete hinter ihr her. Er war völlig verwirrt, aber Lotta hatte ihm keine andere Wahl gelassen, als mitzukommen.

Sie hatten nur kurz geschlafen und waren dann in die Lobby hinuntergegangen, um Poppi nicht zu wecken. Lotta hatte sich auf Lilos iPad mit Henry Videos auf Youtube angesehen. Sie warteten ungeduldig auf die Rückkehr der Erwachsenen.

Aber niemand kam. Dafür sahen sie durch die Fenster der Halle Marie durch den Schnee in Richtung Schloss stapfen. Sie hatte den Kopf eingezogen und sah sich immer wieder prüfend um, als hätte sie Sorge, jemand könnte ihr folgen.

Lotta hatte auf der Bank gekniet und sie nicht aus den Augen gelassen, bis sie in der Morgendämmerung verschwunden war. Eigentlich wollte sie Veronika davon erzählen, aber die war nicht zu finden. In den Speisesaal wollte Lotta nicht gehen. Dort saß dieser riesige Mann gefesselt und Veronikas Vater mit dem Gewehr.

Von oben hatte Lotta ihre und Henrys Jacke geholt, dazu auch die Stiefel. So warm angezogen waren sie ins Freie hinausgegangen. Es wurde langsam immer heller.

Die Kinder liefen auf dem Parkplatz herum und schließlich war Lotta nicht mehr zu halten. »Wir gehen auch zum Schloss und suchen meine Eltern und Onkel Domininik.«

Sie folgten der Spur, die die Erwachsenen hinterlassen hatten und konnten es sich manchmal einfacher machen, indem sie in die tiefen Abdrücke der Moonboots traten. Dazu waren zwar große Schritte nötig, dafür blieben sie nicht im Schnee stecken.

Die Tür im Tor des Schlosses stand noch immer offen. Lotta kam nicht auf die Idee, zu klingeln, sondern drückte sie mit beiden Händen ein Stückchen weiter nach innen. Als sie den Hof betraten, war es schon recht hell.

Wie eine geübte Detektivin untersuchte Lotta die Schuhspuren im Schnee. Eines ihrer Lieblingsspiele mit Axel und Lilo war Spurenraten. Lilo hatte ihr beigebracht, aus Schuhabdrücken abzulesen, wann jemand hier gegangen war, ob er schwer oder leicht war, ob er einen Ort wieder verlassen hatte und welche Schuhe oder Stiefel sie oder er getragen hatte.

»Komm!« Weil Henry zögerte, zog ihn Lotta an der Hand. Sie zeigte auf die vielen Abdrücke, die zu dem Spitzbogen führten.

»Sind sie hier drinnen?«, wollte Henry wissen.

Es waren zu viele Spuren übereinander. Der Schnee war zertrampelt und Lotta war sich nicht sicher. Vielleicht waren sie auch wieder herausgekommen und zu dem Holzvorbau gegangen, hinter dem sich die Treppe nach oben befand.

Zu einer Holztür am Ende des Hofes führten schmale Schuhabdrücke. Lotta hockte sich nieder und untersuchte sie genauer. »Da ist jemand zweimal gegangen«, erklärte sie Henry.

»Wo ist Daddy Dominik?«

»Wir finden ihn.« Lotta rieb sich mit den Handflächen die Ohren. Erstens wärmte es und zweitens tat sie es auch in der Schule, wenn sie nachdenken musste. Sie hatte gesehen, wie Lilo manchmal ihre Nasespitze knetete und irgendwann hatte Lotta mit dem Ohrenreiben begonnen.

Langsam marschierte sie zu der Holztür, drückte die Klinke nieder und zog sie auf. Sie blickte in das Treppenhaus einer Wendeltreppe, die nach oben und unten führte.

»Schau!« Lotta wies Henry auf nasse Abdrücke hin, die sich auf den Stufen nach oben zogen. »Hier ist jemand raufgegangen, aber ...« Sie zeigte ihm Abdrücke, die an einer Stelle waren, wo jemand nur von unten gekommen sein konnte. »... es war jemand unten und ist dann hier raus und wieder zurück und nach oben.«

Unruhig trat Henry von einem Bein auf das andere.

»Ich muss mal.«

Lotta verdrehte die Augen. Typisch Junge. Sie wedelte mit der Hand in eine Ecke des Hofes. Henry lief hin und Lotta wandte sich ab, hörte aber trotzdem, was er tat. Erleichtert kehrte er zurück.

»Hinauf oder hinunter zuerst?«, fragte sie ihn leise.

Henry zögerte und zeigte dann in die Tiefe.

»Wollte ich auch«, erklärte Lotta.

Es brannte Licht auf der Wendeltreppe und so mussten sie ihre Handys nicht einsetzen. Sehr langsam stiegen sie hinab. Lotta ging voran. Henry drehte sich immer wieder prüfend zurück. Sie blieben manchmal stehen und lauschten, ob sie jemanden heraufkommen hören konnten.

»Ein Kabel!« Henry machte sie auf das weiße Kabel aufmerksam, das an der Innenseite der Treppe nach unten verlief.

Im Keller angekommen, folgten ihre Blicke dem Kabel bis zu der Tür, unter der es durchging. Neugierig steuerte Lotta darauf zu und sah sich dann fragend zu Henry um.

»Schauen wir hinein?«

Er bückte sich leicht, als könnte ihm etwas Schweres auf den Kopf fallen.

Lotta drehte den Schlüssel im Schloss. Sie nahm die Klinke, drückte sie hinunter und zog die Tür auf.

Beide Kinder waren eine halbe Sekunde lang starr. Danach öffneten sie ihre Münder, um zu schreien.

FLUCHT

Ein Koffer war bereits gepackt und stand bei der Treppe. Der zweite Koffer lag auf ihrem Bett und sie warf aus dem Schrank wahllos Kleidungsstücke hinein. Sie brauchte alles nur für die erste Zeit, dann würde sie sich eine neue Garderobe zulegen. Geld hatte sie mehr als genug dafür.

Energisch schloss sie den Koffer und drückte die Schlösser zu. Ihr Plan war, alles in den Wagen zu verladen und die erste Gelegenheit, die sich bot, zu nutzen, um ins Tal zu flüchten. Sie würde über die Grenze nach Italien fahren und dort ihre neue Identität als Elena Fossi annehmen. Lady Mona Ross war dann tot und sie konnte für alle Zeiten untertauchen.

Lieber wäre es ihr gewesen, wenn Lady Ross tatsächlich für tot erklärt worden wäre. Das hätte alles vereinfacht, aber ein kleiner Fehler, eine kleine Unachtsamkeit und schon hatte eine Kettenreaktion an Problemen begonnen.

Zuerst hatte sie die Hochzeitsgesellschaft für echt gehalten und eine Chance gesehen, an der Feier teilzunehmen und vor all den Leuten ihren Tod vorzutäuschen. Sie hatte ihre »Hilfe« aufgedrängt, um auch bestimmt eingeladen zu werden. Außerdem sollten die Leute sie für eine etwas überdrehte Adelige halten, damit die Anweisungen für ihre Bestattung keinen Verdacht erregten.

Mit dem Auftauchen der Voodoo-Puppen aber hatten bei ihr alle Alarmglocken geschrillt. Die Pakete mit den Puppen waren eines Tages vor der Tür des Schlosses gelegen. Das erste hatte sie zum Abendessen ins Hotel mitgenommen und dort in der Halle vergessen. Erst das zweite hatte sie geöffnet.

Die Puppe, die sich darin befand, war eine Nachbildung von ihr, wie sie früher ausgesehen hatte. Detailgetreu bis auf das Muttermal an der Hüfte. Es gab nur einen Menschen außer dem toten Lord, der es kennen konnte: Gilbert.

Gilbert kündigte seine Rache an. Die Puppen sollten ihr zeigen, was er mit ihr vorhatte.

Ihre Panik war größer geworden.

Lady Ross hatte die Angst doppelt und dreifach gepackt. Sie wollte den Plan des vorgetäuschten Todes unbedingt bei der Hochzeit durchziehen.

Allerdings war ihr dann noch ein anderer Verdacht gekommen: Vielleicht war die Hochzeit von Gilbert inszeniert worden und er hatte auf diesem Weg professionelle Privatermittler, oder noch schlimmer, Auftragskiller geschickt. Wer heiratete schon um diese Zeit hier oben in dieser eisigen Gegend?

Mittlerweile war sie sich bei diesem Verdacht nicht mehr so sicher. Das Brautpaar, der Schauspieler und die schwangere Tierärztin wirkten nicht gefährlich. Doch irgendjemand hatte ihr diese Puppe geschickt. Und diese Person befand sich vermutlich noch in ihrer Nähe. Sie konnte keinen der Hochzeitsgäste, egal wie harmlos sie ihr vorkamen, ausschließen. Jeder war verdächtig.

Die Angst vor Gilberts Rache hatte sie nicht mehr schlafen lassen.

Sie wollte den Plan des vorgetäuschten Todes trotzdem durchziehen. Wenn ihr Verdacht stimmte und Gilbert seine

Leute tatsächlich in die Hochzeit eingeschleust hatte, konnte sie das sogar ausnutzen. Seine eigenen Leute würden ihm dann berichten, dass sie gestorben wäre.

Doch ihr war ein entscheidender Fehler unterlaufen. Sie hatte das silberne Etui mit der vergifteten Zigarette auf der Terrasse des Hotels vergessen.

Wer aber rechnete damit, dass ausgerechnet diese eine präparierte Zigarette gestohlen und von diesem Tänzer geraucht werden würde?

Mona Ross hasste den Zufall, hatte in ihrem Leben nie etwas diesem unberechenbaren Schicksalsgott überlassen und stattdessen alles bis ins Kleinste geplant.

Wie ihren Tod.

Ihre Bestattung.

Die Flucht aus der Gruft durch den Tunnel, den der vorige Besitzer dort angelegt hatte. Warum ein solcher Tunnel angelegt worden war, hatte sie nie herausfinden können und im Grunde war es ihr auch egal. Ihr hätte der Tunnel genützt, um unbemerkt zu verschwinden. Er endete in einem Betonrohr am Hang, das alle für eines der Rohe hielten, durch das Wasser vom Berg abgeleitet wurde, um Murenabgänge zu verhindern.

Gilbert Sulivaan hätte ihre Todesnachricht erhalten und sicherlich triumphiert. Er war ein jämmerlicher Kerl, vor dem Mona nie Respekt gehabt hatte. Gilbert hatte ihr gehorcht wie ein kleiner Hund. Er war so verliebt in sie gewesen, dass er ihrem Plan sofort zugestimmt hatte, den Lord auszurauben.

Er hatte natürlich nicht damit gerechnet, dass sie ihn danach sofort loswerden wollte. Sie war ein Mensch, der das

Alleinsein genoss. Vor allem die Gesellschaft eines solchen Schlappschwanzes, wie Gilbert einer war, hätte sie niemals ertragen.

Sie hatte nie gedacht, dass Gilbert freikam. Sie war überzeugt gewesen, dass er bis an sein Lebensende im Gefängnis sitzen würde. Hätten sie den Mord in Texas verübt, wäre er vielleicht sogar hingerichtet worden, was Mona sehr entgegengekommen wäre.

Damals, als sie ihn das letzte Mal gesehen hatte, schwor er ihr Rache. Er drohte, ihr alles heimzuzahlen, was sie ihm angetan hatte.

Nachdem sie von seiner Freilassung erfahren hatte, entwickelte sie den Plan, scheinbar aus dem Leben zu scheiden, um unter einem anderen Namen weiterzuleben. Das Gift, das sie im Darknet von diesem Abigor erworben hatte, hätte ihr dabei helfen sollen.

Macbeth72 hatte sie sich ihm gegenüber genannt. Wie Lady Macbeth in der Tragödie von Shakespeare, die ihren Mann umbrachte. Das Gift ähnelte einem Trank in einer anderen Tragödie von William Shakespeare: Romeo und Julia. Julia trinkt ein Gift, das ihren Tod vortäuscht, in Wirklichkeit aber lässt es sie nur in einen tiefen Schlaf fallen.

Den ersten Teil des Versprechens hatte Abigor erfüllt: Das Gift simulierte den Tod so täuschend echt, dass alle reingefallen waren, selbst Ärzte, auch wenn es nur Tierärzte waren.

Allerdings würde der Mann nach weniger als 24 Stunden wieder erwachen und Mona Ross wollte alle Fragen und Nachforschungen vermeiden, die das bringen konnte. Sobald sie über der Grenze war, konnte er gefunden werden, früher aber nicht.

Mittlerweile war sie froh, das Gift nicht selbst eingenommen zu haben. Es wäre bei der Hochzeit spektakulär gewesen und viele Augenzeugen hätten aussagen können, dass sie tatsächlich tot war.

Ignaz hätte sie auf das Schloss gebracht und so schnell wie möglich bestattet. Mona Ross hatte allen von ihrer fragilen Gesundheit erzählt. Ihr plötzlicher Tod hätte niemanden überrascht.

Aber eine Mail von Abigor hatte sie beunruhigt:

Betreff: Einsatz

Kein Einsatz nach Erhalt der Ware. Sie bekommen eine Nachricht und erst danach kann die Ware für Ihre Zwecke gefahrlos eingesetzt werden.
Abigor

Sie hatte nachgeforscht und war auf einen Bericht gestoßen, demzufolge Abigor seinen Kunden zusätzlich Geld abknöpfte, weil seine Gifte Nebenwirkungen auslösen konnten, die dem Auftraggeber gefährlich wurden.

Vielleicht war noch eine zusätzliche Substanz nötig, um aus der scheinbaren Totenstarre zu erwachen. Oder die Wirkung des Mittels trat erneut ein, wenn kein Gegengift genommen wurde.

Das alles war jetzt egal. Sie musste sich nur noch den Kopf darüber zerbrechen, wie sie nach Italien kam. Sie versuchte, sich Gilberts Gesicht vorzustellen, wenn er vom Verschwinden seiner kleinen »Truppe« erfuhr.

Mona verließ das Schlafzimmer und stellte den Koffer neben den anderen. Danach ging sie zum Kuriositätenkabinett, um den gefälschten Pass und andere Unterlagen zu holen.

Als sie die Türe öffnete und das Licht anknipste, wurde ihr eiskalt.

Von der Decke baumelte ein Seil, in das eine Schlinge geknotet war. Darunter stand ein Stuhl.

Langsam, wie hypnotisiert, ging sie näher.

ABRECHNUNG

Hinter ihr fiel die Tür zu. Mona Ross fuhr herum und sah die zarte Marie hinter sich stehen. In der Hand hielt sie Monas Pistole, die sie bei der Rückkehr aus der Gruft auf einem Tischchen bei der Treppe abgelegt hatte.

»Du bist also die berühmte Lady Ross, Lady Mona Ross. Da liege ich doch richtig?«

»Was soll diese Frage. Natürlich bin ich Lady Ross.«

»Zahltag«, sagte Marie mit ruhiger Stimme.

»Wieso ...?« Die zitternde Gestalt, die einmal die stolze Lady Ross gewesen war, hob die Arme und wich zurück. Mit den Kniekehlen stieß sie gegen den Stuhl.

»Es soll nicht lange dauern, wenn du springst und zappelst. Dann bricht dir das Genick am schnellsten und du musst nicht warten, bis dein Gehirn durch das Abschnüren so sehr mit Sauerstoff und Blut unterversorgt ist, dass es die Lebensfunktionen langsam aufgibt.«

Mona warf einen kurzen Blick zu der Galgenschlinge, die über ihr baumelte. Sie war an einem Haken an der Decke befestigt, an dem außerdem ein ausgestopftes Krokodil hing. Seitlich, bei den Regalen, stand die hohe Leiter, die Marie verwendet hatte. Es war die Leiter mit Rollen, die dazu diente, auch aus den höchsten Fächern kuriose Sammlungsstücke zu holen. Wer hätte gedacht, dass sie einmal zum Aufhängen eines Galgenstricks verwendet werden würde?

»Nein.« Mona Ross schüttelte den Kopf. »Nein. Nein.«

»Du wirst sterben. Ich werde hier stehen, bis du deinen Kopf in die Schlinge gesteckt hast und ich den Stuhl wegtreten kann.«

»Nein.« Es war das Einzige, was die Lady herausbekam. »Nein.«

»Du hast das Leben meines Vaters zerstört. Es ist Zeit, dass du dafür bezahlst.«

»Gilbert hat dich geschickt?«

Marie schüttelte den Kopf. »Er weiß nicht, dass ich hier bin.«

Erst jetzt wurde Lady Ross klar, was Marie gerade gesagt hatte. »Vater? Wieso Vater? Gilbert kann keine Tochter haben. Er war im Gefängnis. Du bist zu jung.«

»Er hat mich adoptiert. Vor drei Jahren.«

»Da war er noch im Gefängnis. Er kann dich nicht adoptiert haben«, platzte Lady Ross heraus, als würde die Anerkennung der Tatsache etwas an ihrer Lage ändern.

Marie sah sie ausdruckslos an. »Anders als du ist er ein Mensch mit Herz. Es war zu groß und zu weich für dich, daher ist er auf dich hereingefallen und für deinen Mord ins Gefängnis gegangen.«

»Er kann dich nicht adoptiert haben.« Die Lady wiederholte den Satz mechanisch, wie ein Roboter.

»Die Papiere werden gerade ausgestellt. Aber die emotionale Adoption hat vor drei Jahren schon stattgefunden.«

»Das ist eine Lüge!« Der Ausruf der Lady klang mehr nach Hoffnung als nach Erkenntnis.

»Mein Vater hat mir alles erzählt.« Marie sah hinauf in eine Ecke des Zimmers, als würden dort alle Details der Geschichte stehen. »Ihr habt euch auf einer Vernissage in New York kennengelernt, wo der Lord und du zu Gast wart. Du hast mit Gilbert zu flirten begonnen und danach habt ihr euch einige Male heimlich getroffen. Du musst etwas wirklich Verführerisches an dir gehabt haben, denn mein Vater war überzeugt, dass du ernsthaft an ihm interessiert warst.«

Das Gesicht der Lady war wie versteinert.

Marie fuhr fort: »Du hast Vater glaubhaft versichert, mit ihm leben zu wollen. Aber der Lord hätte einer Scheidung niemals zugestimmt und selbst wenn, dann wärst du danach so arm gewesen wie vor deiner Heirat. Du warst immer nur auf das Geld von Lord Ross aus, gib es zu.«

Lady Ross' Schweigen war eisig, ihre Lippen zwei dünne Striche.

Marie führte ihr diesen Tag vor vielen Jahren noch einmal vor Augen. Um Gilbert zu überzeugen, wie ernst sie es meinte, hatte Lady Ross einige teure Gemälde des Lords in einen neuen Tresor bringen lassen, der sich in ihrem New Yorker Appartement befand. Besonders wichtig, erzählte sie Gilbert, war das Bild von Claude Monet. Es würde ihnen viele Millionen einbringen und ein neues Leben ermöglichen.

Alles war genau geplant. Lady Ross sollte mit ihrem Mann in einem Konzert sitzen, während Gilbert in die Wohnung einstieg. Sie deaktivierte die Alarmanlage und ließ die Tür des Appartements unversperrt. Gilbert hatte von Lady Ross Schlüssel und Codes bekommen.

»Du hast ihm genau erklärt, wie er in die Tiefgarage gelangen und mit dem Lift in die Wohnung fahren kann, ohne gesehen zu werden. Er müsse nur den Tresor öffnen, das

Bild nehmen und verschwinden. Du hättest sogar schon einen Käufer dafür. So war es doch.«

Die Lady schwieg weiter. Sie wusste genau, wie eiskalt und berechnend ihr eigentlicher Plan gewesen war.

Sie hatte immer vorgehabt, ihren Mann zu töten und die Schuld auf Gilbert zu schieben. Es sollte aussehen wie ein Einbruch, bei dem der Dieb überrascht worden war. Sie hatte im Konzert eine Übelkeit vorgetäuscht und ihren Mann gezwungen, frühzeitig nach Hause zu fahren. Dort hatten sie Gilbert überrascht. Es kam zu einem Handgemenge, bei dem der Lord nach hinten stürzte und sich den Kopf aufschlug. Mona erschoss ihn aus nächster Nähe mit einer Waffe, die sie bereits in der Handtasche vorbereitet hatte.

Die Ereignisse des Abends liefen vor ihrem geistigen Auge ab wie ein Film im Kino. Bewegungslos stand Lady Ross da und verzog keine Miene. Mit ruhigen Worten, fast so, als würden sie an einem Kamin sitzen, erzählte Marie ihr nun, wie sie Gilbert Sulivaan begegnet war.

Veronika Wunderer gegenüber hatte Marie ihren Lebenslauf erfunden. Zum Glück hatte die Hotelbesitzerin sie nie nach Zeugnissen gefragt. Auf der Suche, wie sie unauffällig in die Nähe von Lady Ross gelangen konnte, war Marie auf die Stellenanzeige von Veronika gestoßen. Sie hatte sich beworben und war genommen worden, da sie bereit war, nur wenige Wochen angestellt zu bleiben und nicht auf die ganze Wintersaison bestand.

Doch nicht alles an ihrer Geschichte war erfunden. Eine ihrer Pflegemütter stammte aus Salzburg und hatte ihr als Kind Deutsch beigebracht.

Marie war in den USA aufgewachsen, in New York. Als sie ihr Jusstudium begann, gab eine ihrer Professorinnen den Studenten die Aufgabe, sich mit einem alten Fall zu beschäftigen, der medial großes Interesse erlebt hatte. Sie sollten den Fall analysieren und die öffentliche Meinung. Marie stieß auf den Mord an Lord Ross, Gilberts Beteuerung seiner Unschuld und auf die schillernde Lady Ross, über die die Meinung der Leute zweigeteilt war.

Sie besuchte Gilbert in der Haftanstalt und begann einen langen Dialog mit ihm. Ihre Aufzeichnungen wurden immer länger und ihre Überzeugung von seiner Unschuld immer größer. Marie kontaktierte verschiedene Personen, die damals in die Ermittlungen und den Prozess verwickelt waren. So stieß sie auf den Pathologen, der die Leiche des Lords obduziert hatte. Er war kürzlich verstorben, aber seine Töchter arbeiteten gerade die Berge an Unterlagen auf, die er hinterlassen hatte. Sie wollten die Arbeit ihres Vaters, den sie sehr geliebt hatten, nicht einfach wegwerfen.

Als sie auf die Berichte von damals stießen, meldeten sie sich sofort bei Marie.

»Ich werde nie den Moment vergessen, als ich den Bericht des Pathologen gelesen habe. Der Lord war nachträglich erschossen worden. Gestorben war er bei einem Unfall.« Maries Augen leuchteten bei der Erinnerung.

Sie fand einen Anwalt, der bereit war, den Fall erneut vor Gericht zu bringen. Gilbert wurde freigesprochen.

»Ich bin als Kind bei drei verschiedenen Pflegemüttern aufgewachsen«, erzählte Marie weiter. »Es war immer mein größter Wunsch, einen Vater zu haben. Bei einem Besuch habe ich Gilbert davon erzählt. Er meinte, er hätte sich immer eine Tochter wie mich gewünscht. Damals haben wir den Entschluss gefasst, dass er mich adoptiert, wenn er freikommt.«

»Rührend.« Die Lady konnte sich diese Spitze nicht verkneifen. »Aber wieso bist du hergekommen? Wie hast du mich überhaupt gefunden?«

»Dich zu finden war die kleinste Herausforderung.« Marie ging zwei Schritte auf sie zu. »Meinen Zorn auf dich zurückzuhalten und auf diesen Moment zu warten, das war das Schwierigste für mich. Du hast einen Mann ermordet und den anderen unschuldig ins Gefängnis gebracht, um dich zu bereichern. Du hast eine Spur von Blut und Unglück hinterlassen. Vor Reue kannst du keine Nacht geschlafen haben.«

Lady Ross hob den Kopf. Ihr alter Stolz kehrte zurück. »Wenn mein armer Mann gestorben ist, weil ihn Gilbert gestoßen und niedergeworfen hat, so bleibt es Totschlag. Es gibt keine Beweise für alle anderen Behauptungen, die du und dein ›Vater‹ aufgestellt habt. Was du da erzählst, ist alles erfunden und an den Haaren herbeigezogen, um mir zu schaden.«

»Du hast ihn nach dem Sturz kaltblütig erschossen, weil du sichergehen wolltest, dass er tot ist«, wiederholte Marie und machte noch einen Schritt auf sie zu.

»Es gibt keine Möglichkeit, jemals zu beweisen, dass ich das getan hätte.« Trotzig starrte die Lady Marie in die Augen.

Marie zuckte mit keiner Wimper. »Aber du hast es getan. Ich glaube meinem Vater, weil ich eine Lügnerin erkenne.

Mein Vater hat einen schweren Fehler begangen, den er zutiefst bereut. Der Fehler war, dir auch nur ein einziges Wort zu glauben und sich mit dir einzulassen. Er hat dafür bezahlt und den Tod deines Mannes kann er sich nicht verzeihen, auch wenn er nicht der Mörder ist.«

»Du bist wohl stolz auf deinen ›Vater‹ und glaubst ihm jedes Wort«, platzte Mona heraus.

»Er ist ein guter Mann – zu gutgläubig, leider – der sich von dir hat ausnutzen lassen. Er hat im Gefängnis studiert. Psychologie. Er will jetzt Kindern helfen, um wieder gutzumachen, woran er beteiligt war.«

»Wie edel«, spottete Mona Ross. »Gilbert ist ein Schwächling, ein Dummkopf, ein Schlappschwanz, der mir damals gerade recht kam. Du willst die Wahrheit über deinen ›Vater‹? Das ist sie. Los, sei stolz, du kleines Miststück.«

Es schien unmöglich, Marie aus der Ruhe zu bringen.

»Du gibst also zu, dass du den Lord damals erschossen hast?«

»Ja, ich war das. Ich, ich, ich. Aber was nützt es dir, das zu wissen?«

Marie machte ein paar Schritte rückwärts. Mit der freien Hand griff Marie hinter sich und öffnete die Tür. Sie trat auf den Gang hinaus und holte ein Handy unter der Jacke hervor.

»Ich habe das Gespräch aufgenommen. Du nennst deinen Namen und legst ein Geständnis ab. Dein Prozess wird interessant. Vor allem wird er viel Rummel in allen Medien auslösen. Du kannst dir überlegen, ob du dein Leben selbst beenden willst, dann häng dich auf. Oder es wird im Gerichtssaal beendet. Mord verjährt nie.«

Die Tür wurde zugeknallt und Marie sperrte ab.

Ihr Rückflug war für zwei Tage später gebucht. Sie konnte nicht erwarten, ihrem Adoptivvater das Band vorzuspielen. Auf den Prozess der Lady freute sie sich auch schon. Natürlich könnte Lady Ross sie der Nötigung beschuldigen, aber Marie hatte keine Sorge, von diesem Vorwurf freigesprochen zu werden. Das Geständnis der Lady wog zu schwer. Ein Mann war unschuldig viele Jahre lang im Gefängnis gesessen. Jetzt würde er endlich Gerechtigkeit erfahren.

HALB LEBEND

Er stand vor ihnen. Auf wackeligen Beinen, blass und mit jämmerlichem Blick. Aber er stand da und streckte zitternd eine Hand in Henrys Richtung.

»Was ist geschehen?« Jamie brachte die Worte nur mit Mühe über die Lippen. »Wo bin ich hier?«

»Daddy!« Henry brach in Tränen aus und umarmte seinen Vater, der ihn liebevoll an sich drückte und zu schwanken begann. Lotta kam zögernd näher. Sie konnte nicht verstehen, wieso ein Toter wieder lebendig war, erkannte aber, dass sie ihn stützen musste, weil er sonst umfiel. So machte sie schnell ein paar Schritte auf ihn zu und Jamie konnte im letzten Augenblick noch nach ihrer Schulter greifen.

»Ich ... Wasser.« Jamie deutete in seinen Mund. Die Lippen waren aufgesprungen.

»Dad, du hast ...« Henry deutete auf den nassen Fleck auf den Hosenbeinen seines Vaters.

»Es gibt jetzt Wichtigeres«, ermahnte ihn Lotta. »Wir müssen deinen Dad rausbringen. Ins Hotel. Er braucht einen Arzt, Klaus muss ihm helfen.«

»Klaus. Daddy Dominik. Lilo. Axel.« Henry deutete mit dem Finger nach oben. »Diese Tür ...«

»Wir machen auf. Aber zuerst dein Dad.« Auf Henry gestützt bewegte sich Jamie in den Vorraum des Kellers. Lotta lief zurück und holte Decken. Jamie trug nur seinen feinen Anzug und draußen war es eisig. Sie warf ihm Decken über die Schultern und wickelte ihm eine um den Bauch.

Stufe für Stufe kämpften sie sich nach oben. Es schien eine halbe Ewigkeit zu dauern, bis sie endlich die Tür zum Hof erreichten. Jamie bekam Schüttelfrost, als ihn die eisige Luft traf.

»Ich hole jemanden vom Hotel«, sagte Lotta.

»Wen?«

Sie musste Henry recht geben. Es war niemand mehr da, der ihnen hätte helfen können.

»Dad, bleib hier. Warte.« Henry half seinem Vater, sich auf die Stufen zu setzen. Lotta sorgte dafür, dass er gut in die Decken eingepackt war.

Die Kinder liefen zu dem Spitzbogen und schlossen die Tür auf. Sie betraten die Kapelle und sahen sich suchend um.

»Papa! Lilo!«, rief Lotta.

Henry zeigte auf Metallstangen, Ketten, Räder und Stahlseile, die auf dem Boden lagen.

»Was ist das?«

»Irgendwas zum Bauen oder so. Hier wird vielleicht etwas renoviert.«

»Wieso sind sie nicht da?« Henry sah Lotta vorwurfsvoll an.

»Weil sie vielleicht doch hinaufgegangen sind in den oberen Stock«, vermutete Lotta.

»Dann sehen wir nach.« Henry verließ die Kapelle, überquerte den Hof und zog die Tür des Vorbaus auf. Gemeinsam schlichen sie die Treppe hinauf. Sie sahen von hinten Marie und die Lady unter der Galgenschlinge. Lotta presste die Hand auf den Mund und deutete Henry, schnell nach unten zu verschwinden. Auf Zehenspitzen und mit angehaltenem Atem legten sie den gleichen Weg zurück, den sie gerade gekommen waren.

»Wir bringen Dad weg. Schnell!«

Henry und Lotta holten Jamie, der sich nur mit Mühe auf den Beinen halten konnte. Links und rechts auf die Kinder gestützt konnte er Fuß vor Fuß setzen. Sie schafften es zum Ausgang des Schlosses und sahen von dort das Hotel in der Ferne liegen. Es kam ihnen vor, als wäre es Kilometer entfernt.

»Ich schaffe das nicht«, flüsterte Jamie, als er den tiefen Schnee sah.

»Du musst, Daddy, bitte ... wir schaffen das!« Henry und Lotta nahmen alle Kraft zusammen und schoben Jamie voran. Während er sich auf Henry stützte, zog Lotta sein Bein in die Höhe und schwang es in das Loch im Schnee, das Lilo mit den Moonboots hinterlassen hatte.

Jamie schien immer schwerer zu werden. Henry knickte unter seinem Gewicht fast ein. »Hilf mir«, bat er Lotta flehend, die sofort zur Stelle war und mit beiden Händen den schwankenden Jamie stützte.

Jamie fiel seitlich um. Lotta und Henry begannen, den Schnee mit den Händen rund um ihn fortzuschaufeln.

»Hilfe!«, rief Lotta. Aber wer sollte sie hier hören?

»Daddy, sag etwas!« Henry zog die Lider seines Vaters hoch. Die Pupillen waren gespenstisch geweitet, der Blick leer. »Er ist wieder tot«, schluchzte Henry.

»Nein, nein, das darf er nicht sein«, wimmerte Lotta. Sie schaufelte immer energischer, damit Jamie nicht so stark gekühlt wurde. »Lauf runter. Es muss jemand aus dem Hotel kommen. Ich bleibe hier.«

»Nein, ich bleibe bei Daddy. Mein Daddy.« Henry sank neben ihn und rieb seine eiskalte Hand.

Zuerst dachte Lotta, sie würde fantasieren und es wäre ein Traum. Aber als die vier, die dort unten aufgetaucht waren, zu winken begannen, winkte sie zurück.

Springend, kämpfend, stolpernd kamen ihr Vater, Lilo, Dominik und Klaus aus einer Senke des Hanges.

»Papa, Mama!«, rief Lotta und winkte so ausladend und kraftvoll sie nur konnte. »Kommt ... Jamie ... er hat gelebt.«

Dominik jagte durch den Schnee, fiel der Länge nach hin, rappelte sich hoch, war von Kopf bis Fuß weiß, hustete, spuckte und weinte.

Als er Jamie und die Kinder erreichte, kniete er nieder, riss sich die Handschuhe von den Fingern und legte die Hände in Jamies Gesicht, um es zu wärmen.

Es war so schrecklich kalt. So eisig wie der Tod.

»Wo ... kommt ihr her?«, wollte Lotta wissen.

»Später«, sagte Axel. Er hatte Mühe, die Ereignisse der vergangenen Stunde zu begreifen: der versteckte Ausgang der Gruft, die Röhre, durch die sie gebückt geschlichen waren und die in den Schnee hinausgeführt hatte. Der Hang nach oben, wo sie das Schloss sehen konnten. Das Stapfen und dann die Kinder und Jamie.

In der Ferne war ein Knattern zu hören. Axel und Lilo versuchten, zu erkennen, ob es wirklich ein Helikopter war, der da kam.

Das Geräusch wurde lauter. Ein gelber Hubschrauber näherte sich. Klaus, Lilo und Axel winkten und schrien. Lotta half mit. Dominik und Henry knieten bei dem Mann, der gerade zum zweiten Mal das Leben verloren hatte.

Der Helikopter ging langsam nieder. Frisch gefallener Schnee wurde aufgewirbelt. Aus dem Hubschrauber wurden zwei Leute abgeseilt.

Axel lief näher. Es waren ein Mann und eine Frau, beide trugen dicke Overalls und Schutzhelme.

»Notarzt-Team. Wir haben einen Hilferuf erhalten. Eine schwangere Frau ist hier eingeschlossen.«

»Und ein Mann ... er ist tot gewesen. Dann hat er gelebt, nun scheint er wieder tot zu sein«, stammelte Lilo.

»Wir bringen ihn sofort ins Krankenhaus. Eine Landung ist nicht möglich. Er muss mit der Winde hochgezogen werden.«

Aus dem Hubschrauber wurde seitlich bereits eine lange Halbschale hinuntergelassen, aus der links und rechts Gurte hingen. Die beiden Notärzte kämpften sich durch den Schnee zu Jamie und winkten dem Piloten des Helikopters, ihnen zu folgen.

DIENSTAG
24. NOVEMBER

DIE NEUEN

Es war ein magischer Moment, den bisher nur Axel kennengelernt hatte. Er war bei der Geburt von Lotta dabei gewesen und hatte sie nur Minuten danach in den Händen gehalten.

Auch wenn er zu Lottas Mutter damals bereits keine innige Verbindung mehr gehabt hatte, so fühlte er sich ihr doch zutiefst verbunden. Das kleine Mädchen, das ihm die Hebamme gereicht hatte, besaß Gene von ihm und von ihr. Sie war die Mutter und er der Vater und er würde sich immer um seine kleine Tochter kümmern, die ihre Mutter bei der Geburt verloren hatte.

Das Zimmer im Krankenhaus war nicht sehr groß, das Licht gedimmt. Axel trat als Erster ein, Lilo kam hinter ihm nach, den Arm um Lotta gelegt, die sich an sie drängte.

In dem Bett an der Wand saß Poppi und lächelte den Freunden auf eine Art entgegen, die Lilo unendlich glücklich machte. Seit sie ihre Freundin aus Kindertagen auf der Felseninsel vor der Südküste Englands vor zweieinhalb Jahren wiedergetroffen hatte, war Poppi nie so glücklich gewesen. Vielleicht war es tatsächlich der glücklichste Moment ihres Lebens.

»Hallo«, sagte Axel leise. »Hallo, ihr zwei.«

Poppi nickte den anderen zu und blickte dann wieder auf das winzige Wesen in ihrem Arm.

»Ich kann es noch immer nicht glauben«, flüsterte sie. Tränen traten ihr in die Augen und sie wischte sie schnell mit dem Handrücken fort.

Lilo und Axel traten näher, Lotta stellte sich neugierig auf die Zehen. Sie beugten sich vor und sahen in dem weichen, weißen Stoffbündel ein kleines, gerötetes Gesicht und eine Hand, die kleiner als Axels halber Daumen war.

»Hallo, willkommen auf der Welt«, sagte Lilo, die ihre Rührung nicht mehr verbergen konnte. Genau wie Poppi hatte sie feuchte Augen und schluckte heftig.

»Die Ärztin hat gesagt, sie ist kerngesund.« Poppi streichelte zärtlich über die winzigen Finger. Die kleine Hand wurde geöffnet und griff nach ihrem Zeigefinger.

»Habe ich auch so verschrumpelt ausgesehen?«, platzte Lotta heraus.

Die drei Erwachsenen lachten leise auf. Es war für sie alle befreiend.

»Ja, du hast auch einmal so ausgesehen«, antwortete Axel. »Aber mit weniger Haaren auf dem Kopf.«

Lotta fuhr sich durch die Locken. »Toll, dass mir die gewachsen sind.«

Lilo strich ihr über den Kopf. »Toll, dass aus der verschrumpelten Lotta ein so wunderbares Mädchen geworden ist.«

»Ich heiße jetzt Klingmeier-Schroll«, verkündete Lotta. Am Vormittag hatten sie gemeinsam Lottas neuen Pass abgeholt.

Poppi blickte zwischen Axel, Lotta und Lilo hin und her. »Eine echte Familie. Endlich.«

»Ja. Eine wirklich echte Familie. Lotta hat nicht nur unseren gemeinsamen Namen, ich habe sie adoptiert«, fügte Lilo hinzu.

Das Baby öffnete den Mund und begann zu weinen.

»Ich glaube, da hat jemand Hunger«, sagte Poppi und legte das Baby behutsam an die Brust.

Im Zimmer des Krankenhauses war nur ein zartes Schmatzen zu hören. Schweigend und ohne im Geringsten verlegen zu sein beobachteten alle das winzige Wesen beim Trinken.

Vorsichtig wurde die Tür geöffnet. Dominik steckte den Kopf herein.

»Darf ich ...?«, fragte er flüsternd.

Poppi war die Freude über seinen Besuch anzusehen. »Komm nur.«

Dominik kam langsam auf sie zu. Auch ihn ergriff die Ehrfurcht angesichts des kleinen Wunders, das dieses Baby darstellte. »Gratulation, Poppi.«

»Danke.«

Die Tür war offen geblieben und Lilo wollte sie schließen.

»Warte.« Dominik hielt sie zurück. »Er darf nur fünf Minuten bleiben. Ich habe ihn aus seinem Bett entführt, aber er will natürlich auch ...«

Hinter ihm kam Jamie ins Zimmer, der sich an Henry festhielt. Jamie trug einen Bademantel und die Strapazen der vergangenen Tage hatten deutliche Spuren hinterlassen. Aber er lebte und die Wirkung des Narkotikums war weitgehend aus seinem Körper gewichen.

Der rachsüchtige Mario hatte sich als vielfacher Retter herausgestellt. Er hatte nicht nur Poppi betreut, sondern auch die Verbindung zu dem namenlosen Intensivpatienten hergestellt, der auf seiner Station im Krankenhaus Innsbruck versorgt worden war.

Mona Ross hatte von ihrem Anwalt den Rat bekommen, alle Informationen weiterzugeben, die sie über das Gift besaß. Sie hatte offengelegt, wie und wo es ihr übergeben worden war, den Decknamen des Dealers und ihren eigenen Decknamen während der Transaktion. Für den späteren Prozess, der Mona Ross bevorstand, zählte jede Art von Kooperation mit den Behörden und von Mithilfe zur Rettung eines Menschenlebens.

Mario hatte ausgerechnet, dass der Unbekannte auf der Intensivstation genau am Tag der Übergabe eingeliefert worden war. Er war mit dem Motorrad in der Gegend verunglückt, wo Mona Ross das Gift übernommen hatte.

Oberschwester Ingeborg gab die letzte Aussage des verstorbenen Patienten an die Toxikologie weiter, die sofort mit Jamies Behandlung begann. Damit die Scheintodeszustände nicht wiederkehrten, musste ihm alle paar Stunden ein Mittel verabreicht werden, das seinen Körper reinigte.

Jamie stützte sich auf Dominik und bestaunte das neue Leben, so wie die anderen.

»Wird das noch schöner?«, fragte Henry auf Englisch.

Alle lachten. »Du hast auch einmal so ausgesehen«, belehrte ihn Lotta.

»Poppi, ich bin so glücklich für dich«, sagte Dominik.

»Und ich bin glücklich für dich«, gab Poppi zurück. Mit einem Blick auf Jamie und Henry verbesserte sie sich: »Glücklich für euch, dass Jamie wieder gesund ist und ihr drei euch habt.« Dominik küsste Jamie auf die Wange.

»Ich kann leider nicht lange bleiben«, entschuldigte er sich. »Übermorgen gehen meine Dreharbeiten weiter und ich muss zurück. Klaus fährt mich nach München zum Flughafen. So kann ich wenigstens eine spätere Maschine nehmen und noch etwas länger bei meinen zwei Lieben bleiben.«

»Wir kümmern uns um Jamie und Henry, keine Sorge«, versicherte Lilo. Sie hatten für die nächsten Tage eine Familiensuite in Innsbruck gebucht, um in Jamies Nähe zu sein. Lotta hatte die Genehmigung erhalten, dem Unterricht fernzubleiben. Wahrscheinlich würde Jamie, wenn er aus dem Krankenhaus entlassen wurde, noch einige Tage mit Henry in Kitzbühel verbringen. Die Ärzte wollten ihn auf jeden Fall beobachten.

Axel hatte zusammengerollt in der Tasche eine Zeitung stecken, die er Dominik reichte. »Reiselektüre. Ein großer Bericht über die Lady und ihr Geständnis und Jamies Wiederauferstehung. Ihr werdet es nicht glauben. Aber die Journalistin nennt uns wieder ›Knickerbocker-Bande‹ und hat alle möglichen Fälle aufgezählt, die wir als Kinder gelöst haben.«

»Das war jetzt aber der letzte. Und der außergewöhnlichste«, stellte Lilo fest.

Klaus zwängte sich nun auch ins Zimmer, wo es schon etwas eng wurde. Er setzte sich zu Poppi auf das Bett und küsste seine zwei Liebsten nacheinander zärtlich auf den Kopf.

Poppi hatte noch Neuigkeiten für alle, bevor Dominik und Klaus sich verabschiedeten. »Wir haben schon einen Namen«, verkündete sie.

Natürlich wollten ihn alle erfahren, aber Poppi ließ sich Zeit. »Wir haben lange überlegt und viele verschiedene

Möglichkeiten gewälzt. Entschieden haben wir uns für …« Sie legte eine Pause ein, um die Spannung zu erhöhen.

»Sag schon«, bestürmte sie Axel.

Poppi sah Lilo fest in die Augen. »Perdita.«

»Echt?« Lilo runzelte die Stirn.

»Nach ihrer Taufpatin, denn das ist dein dritter Name«, fügte Poppi hinzu.

Lotta sprang aufgeregt in die Höhe. »Du bist Taufpatin. Bin ich dann eine Art Tante?«

»Wenn du das willst, gerne«, meinte Klaus schmunzelnd.

Axel sah seine Frau von der Seite an. »Perdita als dritten Namen. Das wusste nicht einmal ich.«

»Man soll sich immer ein kleines Geheimnis bewahren in der Ehe«, scherzte Lilo. »Ich heiße Lieselotte Viola Perdita. Das weißt du jetzt, aber ich habe noch andere Geheimnisse.«

»Ich finde sie alle heraus. Detektivisches Talent, du weißt«, lachte Axel.

Perdita hatte ihren Hunger gestillt und machte einen zufriedenen Eindruck. Sie rülpste und spuckte ein wenig Milch.

»Gut gemacht«, lobte Poppi.

»Wir müssen …«, sagte Dominik nach einem Blick auf seine Uhr. Jamie drückte ihn, küsste ihn und flüsterte: »Ich vermisse dich jetzt schon.«

Henry schloss sich an. »Ich dich auch, Daddy Dominik.«

»Ich möchte auch noch schnell etwas sagen.« Lilo schmiegte sich an Axel, der die Neuigkeit auch erst am Sonntag erfahren hatte.

»Ich habe die ersten drei Monate gut überstanden, wenn auch mit vielen Besuchen auf der Toilette«, begann Lilo.

Poppis Augen wanderten von Lilos Gesicht hinunter auf den weiten roten Pullover.

»Bist du ...?« Sie hatte die ganze Zeit über einen Verdacht gehabt, aber sich nicht zu fragen getraut. Vielleicht hatte Lilo auch nur ein wenig zugenommen und Poppi wollte sie nicht beleidigen.

»Ja«, antworteten Axel und Lilo gleichzeitig.

Auch wenn niemand übersetzt hatte, verstand Jamie sofort und gratulierte auf Englisch.

»Entschuldigt, dass ich es nicht früher gesagt habe.« Lilo blickte verlegen auf ihre Schuhspitzen. »Aber es war ein Risiko dabei und ich wollte es nicht verschreien. Unser Baby ist auch der Grund, wieso ich gerade jetzt heiraten wollte.«

»Ich freue mich so für euch.« Poppis Worte hatten eine tiefe Herzlichkeit.

Klaus küsste Poppi noch einmal und erhob sich.

»Ich kann das gar nicht wirklich glauben«, gestand Dominik. »Wir waren doch erst vorgestern selbst noch Kinder und jetzt haben wir bald vier eigene.« Er strubbelte Henry durch die blonden Locken. »Unsere zwei Retter, Lotta und Henry. Ihr wart großartig, so mutig und schlau.« Dominik deutete auf Perdita. »Noch ein Mädchen, sicher so tierlieb und einfühlsam wie du, Poppi. Und wenn Lilo einen Jungen bekommt, dann wäre ...«

»Nein«, sagte Lilo schnell. »Das erlaube ich unseren Kindern nicht.«

Lottas Gesicht leuchtete auf. »Zwei Jungen und zwei Mädchen. Wie ihr. Eine neue Knickerbocker-Bande.«

NOCH EIN PAAR WORTE …

Beim Schreiben dieses Buches sind mir an einigen Stellen die Tränen gekommen. Ganz besonders bei Lilo und Axels Hochzeit.

Im Sommer 1989 habe ich den Fall *Rätsel um das Schneemonster* geschrieben, der im Januar 1990 als erstes Buch der Knickerbocker-Bande erschienen ist. Entstanden ist die Geschichte am Wörthersee, wo es an die dreißig Grad Celsius heiß war.

Der vorläufig letzte Fall der erwachsen gewordenen Bande hat sie wieder nach Tirol geführt und wieder in den Schnee. An der Geschichte habe ich viele Monate gearbeitet.

Axel, Lilo, Poppi und Dominik sind wie meine eigenen Kinder. Ich habe nun mehr als dreißig Jahre mit ihnen verbracht und es macht mich stolz, sie erwachsen zu sehen.

Die Abenteuer der Knickerbocker als Kinder gehen aber weiter. Der Jubiläumsfall zu dreißig Jahren Knickerbocker-Bande trägt den Titel *Geheimplan, gefährliche Tiere* und spielt im Tiergarten Schönbrunn. Neue Bücher für Kinder sind schon in Planung.

Viele von euch haben mir schon geschrieben, ob das nun der dritte und letzte Teil von *Knickerbocker4immer* ist.

Fest stand für mich, dass ich das Leben der vier in diesem Buch zu wichtigen Wendepunkten führen wollte. Lilo und Axel sollten heiraten, Poppi ihr Kind bekommen und Dominik endlich zu dem stehen, was ihn wirklich glücklich macht.

Beim Schreiben des letzten Kapitels habe ich die vier auf einmal vor meinem geistigen Auge gesehen: Mit Kinderwagen und direkt unterwegs in einen neuen Fall.

Alles ist also möglich. Wir werden sehen. Lasst euch überraschen, ich tu es auch.

Danke euch allen, meinen Leserinnen und Lesern, für die Treue und die Begeisterung, die ihr mir so oft ausdrückt. Ich bin sehr stolz und glücklich über mein erstes literarisches Abenteuer namens *Knickerbocker-Bande*, das so viele Bücher umfasst und in so vielen Ländern gelesen wird. Damals und heute. Als Autor kann ich mir nicht mehr wünschen.

Danke an alle, die an diesem Buch mitgewirkt haben: dem Team der Editon a, meinem Verlag. Danke den wunderbaren Menschen von Tom Storyteller, der Firma, die mein Werk und mich betreut. Danke meinem Mann Ivo für viel Unterstützung und Verständnis, wenn ich in Zeiten des Schreibens wenig rede, viel vor mich hinstarre und trotzdem seine Gesellschaft und den Übermut unseres Hundes Joppy genieße.

Zum Abschluss das Wichtigste:

Lasst niemals locker!
Bleibt immer auf der Spur.